MR. ENEMY IN LOVE

FSC
www.fsc.org
MIX
Papier aus verantwortungsvollen Quellen
Paper from responsible sources
FSC® C105338

Lektorat und Korrektorat: Sabrina Cremer Textwerkstatt

Coverdesign und Umschlaggestaltung: ©Florin Sayer-Gabor-www.100covers4you.com, verwendete Fotos von ©Shutterstock

E.M. Prutsch

Schubertgasse 12

A-8200 Gleisdorf

Herstellung und Druck über tolino media GmbH & Co. KG, München.
Printed in Germany

MR. ENEMY IN LOVE

EVA PERKICS

SOUTH

Es gibt sie, diese aufregenden Momente, in denen ich genau spüre, dass ein völlig neuer Lebensabschnitt beginnt. Das nervöse Kribbeln in den Fingerspitzen, das schnelle Pochen meines Herzens. Diese Augenblicke sind kostbar, das weiß ich nur zu gut. Deshalb muss ich sie unbedingt festhalten. Am besten noch mit einem Eintrag in meinem elektronischen Tagebuch, samt Foto, damit ich dieses Erlebnis niemals vergesse. Dieses Buch beinhaltet sowohl meine schönsten als auch meine traurigsten Erinnerungen. Schnell schieße ich in meinem Zimmer ein Selfie, mit einem breiten Grinsen auf den Lippen und meinem neuen Arbeitsvertrag in der Hand. Mein braunes, welliges Haar habe ich heute glattgeföhnt und ein dezentes Make-up ziert mein Gesicht.

Die letzten Jahre auf dem College waren hart, denn ich musste neben dem Studium unzählige Nachtschichten in einem Klub arbeiten. Nie wieder möchte ich diese Doppelbelastung.

Ich speichere das Foto und tippe schnell eine Notiz in mein Tagebuch:

Neustart ins Glück

Diesen Glücksrausch muss ich für immer verewigen, denn wer weiß, wann erneut etwas Glückliches passiert. Zu oft habe ich nach einem grandiosen Erfolg eine Retourkutsche erhalten und bin in Selbstmitleid versunken. Dafür brauche ich nicht einmal weit zurückzudenken. Als ich meinen Abschluss als Anwältin in der Hand hatte, dachte ich, mir würden die Jobs nur so zufliegen. Ich war Jahrgangsbeste. Leider nutzte mir das nichts. Schnell wurde ich in die Realität zurückkatapultiert, denn ohne Kontakte durch reiche Eltern sieht die Arbeitssuche alles andere als leicht aus. Noch dazu habe ich den Wohnsitz in Londons Problemviertel Nummer eins. Da hat man auch nicht die richtigen Freunde, die gute Kontakte herstellen können. Unzählige Absagen habe ich in den letzten Monaten erhalten. Weil meine Mum und ich irgendwie die Miete und unser Essen bezahlen müssen, habe ich mich bereits bei einem kleinen Café um die Ecke beworben. Doch dann kam eine Zusage eines jungen Unternehmens, das im Investmentbereich von Immobilien tätig ist. Seitdem schwebe ich auf Wolke sieben. Ich hatte mein Vorstellungsgespräch mit dem Leiter der Personalabteilung und es lief wunderbar. Trotzdem mache ich mir Sorgen, ob sie mir in ein paar Monaten einen Festvertrag unterbreiten werden. Meine ganze Existenz hängt von diesem Job ab.

»South, hör endlich auf, dir so viele Gedanken zu machen«, sage ich meinem Spiegelbild. Ich bin eine Meisterin darin, jedes Detail zu zerlegen, aber ich will damit aufhören. Es wird alles perfekt sein.

»Frühstück ist fertig«, ruft meine Mum und ich zupfe den Kragen meiner weißen Bluse zurecht. Ich habe dieses Stück im Secondhandladen ergattert, ebenso wie meinen dunkelblauen Bleistiftrock. Wenn man nicht das nötige Kleingeld besitzt, muss man eben kreativ werden bei der Kleidersuche. Bei uns im Viertel gibt es unzählige solcher Shops, in denen man großartige Kleidung zum Schnäppchenpreis ergattern kann. Sogar meine Pumps habe ich dort gefunden, als hätte dieses Outfit regelrecht als Gesamtpaket auf mich gewartet.

»Guten Morgen, Mum«, begrüße ich sie, als ich unsere kleine Wohnküche betrete. »Du hast frische Brötchen geholt? Aber das ist doch ...«

Meine Mutter hebt abwehrend die Hand und ich verstumme sofort. »Heute ist ein besonderer Tag, denn du wirst für deine harte Arbeit der vergangenen Jahre belohnt. Außerdem wirst du dort ein Vermögen verdienen, wenn sie dir einen unbefristeten Vertrag geben.«

Und nun ist sie da, die Realität, die ich wie gewohnt für eine Millisekunde verdrängt habe. Denn mein Vertrag ist auf sechs Monate befristet. Was bedeutet, dass ich danach genauso gut wieder arbeitslos sein kann. Deshalb können wir nicht Unmengen an Geld ausgeben, denn wir müssen meinen Studienkredit zurückbezahlen.

»Mum, noch habe ich diesen Vertrag nicht, aber trotzdem freue ich mich auf das frische Gebäck.« Ich nehme mir ein Brötchen und schmiere hauchdünn Erdnussbutter darauf. Eigentlich hätte ich lieber mehr davon, aber bei uns ist eben Sparen angesagt. Normalerweise kaufen wir Backwaren nur kurz vor dem Ablaufdatum, weil sie zu diesem Zeitpunkt stark reduziert sind. Deshalb genieße ich jetzt jeden Bissen und kaue extra langsam, um den Geschmack in Erinnerung zu behalten.

»Ich bin mir sicher, sie werden deine Arbeit genauso schätzen wie auf dem College.« Sie lächelt und die Fältchen neben ihren Augen werden noch tiefer. Meine Mum hatte es nie leicht. Weil mein Vater bei einem Unfall ums Leben kam, musste sie mich allein großziehen. Sie machte unzählige Überstunden, damit wir überhaupt etwas zu essen auf dem Tisch hatten. Nun haben wir zwar regelmäßig unsere Mahlzeiten, aber auch einen Berg Schulden, was sich nicht gerade beruhigend anfühlt.

»Das hoffe ich.« Ich trinke einen Schluck Tee.

»Was soll ich heute Abend für uns kochen? Immerhin haben wir deinen ersten Arbeitstag zu feiern.« Mum beginnt zu husten und hält sich die Hand vor ihren Mund. Ihr Gesicht wird knallrot. Schnell fasst sie nach dem Glas Wasser und trinkt einen kräftigen Schluck.

»Du solltest dir nicht Gedanken übers Essen machen, sondern lieber beim Arzt vorbeischauen.« Seit Wochen hustet sie und es wird von Tag zu Tag schlimmer. Und das bilde ich mir bestimmt nicht ein.

»Das ist nur eine harmlose Erkältung, das wird schon wieder.« Mum will mich wie immer beruhigen, aber für eine Erkältung dauert mir das eindeutig zu lange.

»Ich würde trotzdem zu Dr. Green gehen.«

»Lassen wir das. Wir könnten uns zur Feier des Tages ein Steak gönnen. Ich habe gestern von Cindy erfahren, dass sie es heute im Angebot haben.« Meine Mutter konnte ihre Probleme schon immer sehr gut zur Seite schieben und das Thema wechseln.

»Vielleicht einfach einen Burger?« Ich schlucke den letzten Bissen runter und bringe meinen Teller und die Teetasse zur Spüle.

»Ich lasse mir etwas einfallen«, sagt meine Mum und stellt sich vor mich hin. Ich habe dieselben Augen wie sie. Vor ein paar Jahren meinte sie, es sei ihre Augenfarbe, die meinen Vater magisch angezogen hat. Meine Mutter sagte immer: »Wir haben mit unseren himmelblauen Augen die Macht, in das tiefe Innere unseres Gegenübers zu blicken.« Ehrlich gesagt habe ich keine Ahnung, wovon sie damals gesprochen hat.

»Ich muss jetzt los, bis heute Abend.« Ich gebe meiner Mutter einen Kuss auf die Wange und mache mich auf den Weg nach draußen. Unsere Wohnung ist im dritten Stock, da das Gebäude älter ist, haben wir keinen Fahrstuhl. Ich laufe die Treppen nach unten und jede Holzstufe gibt ein knarzendes Geräusch von sich. Ja, dieses Haus ist in die Jahre gekommen und eine Sanierung würde ihm guttun. Doch der Besitzer ist ein knausriger alter Mann, der nie Geld für Erneuerungen übrig hat. Aber wir müssen froh sein, so einen niedrigen Mietzins zu haben. Für Londoner Verhältnisse ist die Wohnung günstig, deshalb sind wir diesbezüglich immer still gewesen.

Ich öffne die Tür und ein heller Lichtstrahl leuchtet mir ins Gesicht. Mein Blick wandert wie automatisch nach oben und ich entdecke eine einzelne Wolke am Himmel. Wenn ich sie genauer betrachte, sieht sie wie ein Engel aus. Die Flügel sind groß und breit. Der Tag kann heute nur wundervoll werden, wenn mich sogar ein Engel begleitet. Ich glaube an die Hinweise, die mir der Himmel und der Alltag schicken. In vielen kleinen Details steckt eine Nachricht. In diesem Fall bin ich mir sicher, einen neuen Weg in eine grandiose Zukunft zu starten.

»Guten Morgen«, reißt mich eine männliche Stimme aus meiner Träumerei. Der Mann trägt einen Maßanzug, was für diese Gegend sehr ungewöhnlich ist. Er stammt eindeutig nicht von hier. Sogar das teure Parfüm lässt erahnen, dass der Kerl sich verirrt haben muss.

»Guten Morgen«, erwidere ich freundlich und lächle.

»Wohnen Sie hier?« Er blickt an mir vorbei zum Eingang.

»Ja. Warum?« Augenblicklich überkommt mich ein flaues Gefühl.

»In welchem Apartment?« Er blättert in seiner Mappe und nun blicke ich mich tatsächlich um. Ist hier irgendwo eine versteckte Kamera? Doch dann bemerke ich einen Mann, nicht unweit von mir entfernt. Er telefoniert und steht neben einem protzigen schwarzen Porsche. Er trägt ebenfalls einen dunkelblauen Maßanzug und seine Krawatte sitzt perfekt. Seine Augen kann ich nicht sehen, weil er eine schwarze Sonnenbrille aufhat. Die zwei gehören eindeutig zusammen und plötzlich macht sich in meiner Bauchgegend ein mulmiges Gefühl breit.

»Apartment zwölf«, sage ich geistesabwesend, weil ich den Typen neben seinem Auto nicht aus den Augen lasse. Der Kerl nimmt seine Sonnenbrille ab, reibt sich kurz an der Nasenwurzel, als sich unsere Blicke begegnen. Ein wilder Stromschlag jagt durch meinen Körper, als ich in diese dunklen Augen sehe. Er verzieht keine Miene, aber auch ich gebe kein Lächeln preis. Gefühlt dauert dieser Moment eine Ewigkeit. Keine Ahnung, wie lange wir uns so anstarren, als mich der Schnösel vor mir wieder in die Realität zurück manövriert.

»Ms Westwood?«

»Korrekt«, antworte ich nun distanziert und starre den Typen mit der eckigen Brille mit dunkler Fassung an. Auf seiner Wange prangt ein großes schwarzes Muttermal, das mir sofort ins Auge sticht. »Und Sie sind?«

»Entschuldigen Sie, ich bin Mr Castell.« Er streckt mir seine Hand entgegen und ein verhaltenes Lächeln gleitet über seine Lippen.

»Sollte ich Sie kennen?« Nun ziehe ich eine Braue nach oben.

»Na ja, nach diesem Brief werden Sie mich bestimmt in Erinnerung behalten.« Er reicht mir ein Kuvert, das ich sofort aufreiße. Mein Blick überfliegt die unwichtigen Details, von wem er kommt, die Anrede und landet direkt auf den wichtigen Buchstaben, die mir nun den Boden unter den Füßen wegziehen.

Kündigung des Mietvertrages.

»Das ist jetzt ein übler Scherz, oder?«, entgegne ich schroff. Meine Hände beginnen zu zittern und mein Puls beschleunigt sich. Mein Herz hämmert wild gegen meine Rippen. »Sie können uns nicht ohne Grund rauswerfen!« Meine Stimme wird immer lauter.

Nun gleitet ein siegessicheres Lächeln über seine Lippen. »Neuer Besitzer, neue Regeln. Entweder Sie ziehen in drei Monaten von selbst aus oder wir reichen eine Räumungsklage gegen Sie ein. Haben Sie das Geld, sich einen Anwalt zu nehmen? Wenn nicht, tun Sie sich selbst etwas Gutes, und ziehen ohne Klage aus.«

»Wir haben regelmäßig unsere Miete bezahlt, Sie können uns nicht rauswerfen.« Meine Augen verengen sich.

»Glauben Sie mir, Sie werden uns dafür dankbar sein, wenn Sie woanders wohnen.« Dieser Typ hat so eine selbstgefällige Art, dass mir Galle hochkommt.

»Dankbar?«, presse ich hervor. Ich runzle die Stirn. »Der Typ dort drüben ist also unser neuer Vermieter?« Ich deute zu dem Mann neben dem Porsche. Er lehnt an dem schwarzen Wagen und fixiert sein Handy, als würde ihn das alles nichts angehen.

»Das ist für Sie unwichtig. Ich bin der Anwalt des Besitzers und für alle Belange zuständig.« Sein selbstgefälliges Lächeln macht mich wahnsinnig. Doch dieser Typ hat nicht die Macht, Entscheidungen zu treffen, sondern der Kerl neben dem Porsche, davon bin ich überzeugt. Ich beiße meine Zähne fest zusammen und visiere den Porscheboy an.

»Sie sind also der neue Inhaber unseres Wohnhauses?« Ich schiebe die Förmlichkeiten beiseite, denn dieser Kerl macht mich rasend.

Er hebt den Blick und sieht mir direkt in die Augen. Obwohl seine Iriden braun sind und eigentlich Wärme ausstrahlen sollten, wirken sie eiskalt, sodass mir ein frostiger Schauder den Rücken runter läuft.

»Ms, wenden Sie sich einfach an meinen Anwalt. Er ist meine rechte Hand und ich vertraue ihm blind. Ich habe bessere Dinge zu tun, als mich mit Ihren weiblichen Stresshormonen auseinanderzusetzen.«

»Wie bitte?« Nun beiße ich meine Zähne fest aneinander, sodass mein Kiefer schmerzt. »Ich verspreche Ihnen, das werden wir nicht so einfach hinnehmen.« Ich schleudere ihm den Brief entgegen.

Er blickt über meine Schulter zu unserem Wohnhaus. »Ehrlich gesagt sollten Sie mir dankbar sein, dass ich Sie aus diesem Drecksloch rausbringe, damit Sie in einer besseren Gegend wohnen können.« Er richtet sich ein Stück weiter auf, sodass er auf den einen oder anderen sogar einschüchternd wirken könnte. Aber nicht auf mich.

»Dankbar? Sie haben überhaupt keine Ahnung, was die Menschen hier mit dieser Gegend verbinden.« Ich mache einen Schritt auf ihn zu und blicke ihm direkt in die Augen. Er soll nur merken, dass ich vor solchen reichen Schnöseln keine Angst habe. Er hält für eine Zeit lang meinem Blick stand, als er sich abwendet und sein Auto umrundet.

»Richard, ich muss ins Büro, kümmere dich um den Rest.« Er lässt mich einfach stehen und steigt in seinen Porsche. Der Motor gibt ein tiefes, brummendes Geräusch von sich, ehe er sich in den Straßenverkehr einfädelt.

Ich drehe mich um und fixiere diesen Mr Castell. »Was meinte er mit dem Rest? Werden die anderen Bewohner auch rausgeworfen?«

»Eigentlich geht Sie das überhaupt nichts an.« Er rückt seine Brille zurecht. »Aber Sie werden es sowieso erfahren. Ja, in wenigen Minuten werden Ihre Nachbarn einen Brief erhalten. Ehrlich gesagt sollten Sie froh sein, wenn Sie hier wegkommen. Außerdem haben Sie ja die Möglichkeit, eine kleinere Wohnung in Anspruch zu nehmen. Noch dazu in einer besseren Gegend.« Er lässt einen abfälligen Blick über unser Wohnhaus gleiten. Ja, es wirkt durch die Ziegelfassade wie in einem Industriegebiet. Trotzdem hat es einen besonderen Charme, den wohl nicht jeder zu schätzen weiß.

»Sie wissen nicht, was wir wollen, aber ich verspreche Ihnen, Sie werden damit nicht durchkommen. Die kleinere Wohnung können Sie sich schenken. Wir wollen nicht umziehen.« Meine Stimme ist hart. Dieser Snob hat keine Ahnung, was die Menschen hier wirklich brauchen. »Sie werden von mir hören«, entgegne ich, bevor ich den Brief vom Boden aufhebe, in meine Tasche stecke und zum Bus eile. Ich bin sowieso mit der Zeit im Verzug. Zu meinem neuen Job zu spät kommen, ist wohl nicht die beste Ausgangsposition.

NORTH

»Guten Morgen, Sue«, begrüße ich meine Assistentin, die seit der Firmengründung vor vier Jahren dabei ist. Sie ist meine rechte Hand in allen Belangen.

»Guten Morgen, North, ich habe dir bereits einen Kaffee besorgt.« Sie reicht mir den To-go-Becher, während wir gemeinsam mein Büro anvisieren.

»Was steht heute an?«

»Um neun beginnt die neue Anwältin Ms South Westwood, die in Zukunft die Verträge der neuen Mieter erstellen und prüfen soll.«

Nun halte ich in der Bewegung inne und kurz ziehe ich eine Braue nach oben. »Wie heißt die Neue? Ms South Westwood?« Das muss ein dummer Zufall sein, dass genau die Person, die vorhin aufgebracht vor mir stand, heute bei uns zu arbeiten beginnt.

»Ja, kennst du sie?«

»Nein, eigentlich nicht, aber ich habe heute bei einem Außentermin auch den Familiennamen Westwood gehört. Das ist bestimmt ein seltsamer Zufall.«

»Genau, du warst ja heute im East End. Der Name ist ziemlich häufig, also sicher ein Zufall. Wie war es dort?«

»Einer der Mieter sieht wieder mal nicht das Positive darin. Für die meisten ist Veränderung etwas Schlimmes, dabei werden sie dadurch eine bessere Wohnsituation gewinnen.«

»Sie werden bestimmt einsehen, welchen Nutzen du ihnen damit lieferst.« Sue lächelt und ihre schmalen Augen werden dadurch noch kleiner. Ihr Vater stammt aus China und ihre Mutter ist gebürtige Britin. Ihre asiatischen Gesichtszüge lassen sich nur erahnen.

»Ich weiß, dass ich den Menschen in diesem Viertel eine neue Zukunft eröffne, deshalb lass uns lieber über meinen nächsten Termin sprechen.«

»Wie gesagt, die neue Anwältin wird um neun begrüßt. Um zehn steht der Termin mit dem Bürgermeister an. Es geht um die Umstrukturierung des East Ends. Bist du dir sicher, dass du dir mit diesem Projekt nicht zu viel aufhalst?«

Mit dem Zeigefinger klopfe ich mir auf die Stirn. »Meine Vision ist hier im Kopf verankert, seit ich aus dem Rattenloch weggekommen bin.« Ich öffne Sue die Bürotür, damit sie eintreten kann.

»North, ich weiß, du hast ein gutes Herz, aber dieses Projekt ist ...«

»Lass es gut sein. Ich kenne deine Bedenken, seit ich mich dazu entschlossen habe, es durchzuziehen. Mein

Entschluss steht fest. Sag mir lieber den weiteren Tagesablauf.« Ich setze mich auf das überdimensionale Sofa. Als es geliefert wurde, dachte ich mir, das habe ich ausgesucht? Die Farbe ist viel zu hell für meinen Geschmack, aber als die Innenarchitektin mir die Farbkarte dazu zeigte, sah es um einiges dunkler aus. Nun habe ich dieses beigefarbene Teil hier stehen und muss wohl oder übel damit leben. Denn ich werde Dinge, die in Ordnung sind, nicht wegwerfen. Hier kommt wahrscheinlich mein innerer Monk zum Vorschein. Eigentlich hatte ich vor, mir in einem Secondhandladen ein Sofa zu besorgen, doch Sue hat damals ihre Augen verdreht und mich mehr oder weniger dazu überredet, mir ein neues zu kaufen.

Sue erzählt mir von den heutigen Terminen und wie immer ist der Tag ziemlich verplant. Wie gewohnt lässt er kaum Spielraum für Verzögerungen. Jeder Termin ist auf fünfzig Minuten angesetzt. Nicht einmal der Bürgermeister hat bei mir eine längere Gesprächszeit zur Verfügung. Ich bin es gewohnt, genau nach Plan zu arbeiten. Sehr früh habe ich gelernt, dass ich nur durch harte Arbeit zum Erfolg komme. Früh hatte ich ein Ziel vor Augen, um finanzielle Unabhängigkeit zu erreichen. Nun bin ich in einer Position, in der sich Regierungsleute mit mir treffen wollen, um die Wohnsituation in London zu verbessern. Jeder dieser Kontakte ist ein Hinweis auf meinen Erfolg.

»Kommst du in zwanzig Minuten zum Empfang, um unsere neue Mitarbeiterin zu begrüßen?«

»Mal sehen«, antworte ich und blicke auf meinen

Bildschirm. Langsam fährt der Computer hoch und ich kann es kaum erwarten, endlich mit der Arbeit loszulegen.

Sue stellt sich direkt vor meinen Schreibtisch und stützt ihre Hände darauf ab. Ihr Blick ist eindringlich und ich ahne bereits, dass sie mir wieder ihre Meinung aufzwingen wird.

»North, mich hat es beeindruckt, als du sagtest, jeder neue Mitarbeiter soll wie von einer Familie begrüßt werden. Das sind wir doch noch hier, oder?«

Ich atme tief durch und reibe mit beiden Handflächen mein Gesicht. »Ja, das sind wir, aber ich habe noch einiges zu erledigen.«

»North, bitte werd nicht wie die anderen versnobten Bosse aus dem Finanzdistrikt.« In ihrer Stimme schwingt ein Flehen mit. »Sag mir, dass du nur dein Äußeres verändert und nicht deine Seele an den Teufel verkauft hast.«

»Ich weiß schon, was ich tue, also lass deinen Esoterikgedanken mit dem Teufel bitte draußen.«

Sie zieht ihre Braue nach oben, sodass sie unter dem gezackten Pony verschwindet. »Du hast noch zwanzig Minuten«, sagt sie und verlässt dann mein Büro.

Ich beginne, meine E-Mails abzuarbeiten. Unzählige Anfragen von Gebäudebesitzern und Immobilienmaklern warten auf eine Antwort. Seit sie mitbekommen haben, dass ich im East End Gebäude kaufe, haben sie sich wie eine Klette an mich geheftet. Ich weiß, ich kann nicht auf einen Schlag alle Bezirke retten, aber ich kann sie nacheinander abarbeiten.

Während ich auf den Bildschirm starre, schweifen meine Gedanken ab, in eine Zeit, die ich am liebsten vergessen würde.

»Komm schon, sei kein Schisser. Du hast genau fünf Minuten.« Nikolais rote Haare stehen etwas wirr ab. Auf seiner Nasenspitze sind unzählige Sommersprossen, die manche Menschen niedlich wirken lassen. Doch er hat diesen düsteren Blick, dem ich nicht standhalten kann. Nichts davon wirkt nett.

Ich zögere, denn mein Verstand flüstert mir ständig zu, den Forderungen nicht nachzukommen. Ich weiß, wenn ich diesen Schritt mache, stecke ich erneut in Schwierigkeiten.

»North ist ein Schisser!« Unzählige solcher Rufe kommen von Nikolai und den anderen Jungs. Sie sind diejenigen in unserem Viertel, die Geld besitzen. Sie haben noch dazu Macht über mich und die anderen, weil sie stark und eine eingeschworene Gruppe sind.

»Wir sollten dir vielleicht einen Rock besorgen, denn du verhältst dich wie ein Mädchen.« Nikolais Augen funkeln böse. Ich habe nicht viele Möglichkeiten, in dieser Gegend zu überleben, das weiß ich. Entweder die Typen werden meine Freunde oder ich werde wie viele andere regelmäßig beklaut oder terrorisiert.

Ich muss mein Gewissen zur Seite schieben, doch meine Mutter hat immer gepredigt: »Wir sind zwar arm, aber keine Kriminellen.«

Meine Mutter ist vor vier Wochen gestorben, weil sie das Geld für die Krankenhausbehandlung nicht aufbringen konnte. Nun lebe ich bei meinem Vater, der andere Dinge für wichtig hält, als für mich da zu sein.

Ein weiterer Satz drängt sich in meine Gedanken und dabei zieht sich mein Herz krampfhaft zusammen.

»Du hast immer die Wahl, dich für das Richtige zu entscheiden.«

Aber was ist in dieser Situation das Richtige? Bestehle ich den kleinen Laden für ein paar Süßigkeiten und die Jungs feiern mich als Held, oder wende ich mich ab? Stelle ich mich den Schlägen und dem Terror, dem ich wohl jeden Tag ausgesetzt sein werde?

»Du hast die Wahl, das Richtige zu tun«, erklingt wie ein Echo in meinem Ohr. Ich habe nur eine Möglichkeit und das ist, so schnell wie möglich zu verschwinden. Mein Blick wandert von rechts nach links. Ich bin von den Jungs eingekesselt. Es sieht nach einer unmöglichen Hürde aus.

»Lasst mich durch, damit ich den Job erledigen kann.« Meine Stimme klingt tiefer als sonst. Sie gehen auseinander und der Weg in den Laden ist für mich frei. Ich setze ein Bein vor das andere. Mein Herz donnert gegen meinen Brustkorb. Dieser Weg wird mein Untergang. Habe ich wirklich eine Wahl?

Du hast immer eine Wahl.

Meine Beine werden schneller und dann renne ich geradewegs in das Geschäft. Dunkelheit umfängt mich, doch nach kurzer Zeit haben sich meine Augen daran gewöhnt. Ein alter Chinese steht hinter dem Verkaufspult und lächelt mich an.

»Na mein Junge, was kann ich für dich tun?« Seine Stimme klingt freundlich und sofort habe ich das Gefühl, mich hier wie zu Hause fühlen zu können.

Ich blicke über meine Schulter nach draußen. Dann wieder zu dem alten Mann. Unzählige Male wiederhole ich das, jedoch verliere ich kein Wort. Was soll ich dem Mann auch antworten? Dass ich vorhabe, ihn auszurauben? Dass die Angst jeden Zentimeter meines Körpers in Besitz nimmt? Meine Handflächen sind bereits klatschnass. Ich reibe sie an der Hose trocken, dabei blicke ich immer wieder über meine Schulter. Doch Nikolai ist nirgends zu sehen. Aber wenn ich nach draußen marschiere, wird er mich erwarten. Mich in seinen Klauen festhalten, bis ich ihm endlich Kohle liefere, die ich nicht besitze.

Plötzlich steht der alte Mann direkt vor mir. »Wie alt bist du, mein Junge?«

»Zwölf«, antworte ich knapp. Ich fasse mit meiner Hand an meinen Rücken. Das Messer ist noch immer an derselben Stelle, wo ich es vorhin hingesteckt habe.

»Du bist im selben Alter wie meine Enkelin.« Er redet, als würden wir uns kennen. Ich blicke zu ihm auf und seine braunen Augen wirken genauso warmherzig wie seine Stimme. Dieser Mann hat nichts Falsches getan und ich werde womöglich sein ganzes Leben ruinieren.

»North, du hast immer eine Wahl«, drängt sich Mums Stimme erneut in meine Gedanken. In meinen Augen beginnt es, unsagbar zu brennen. Ich will diesen Schmerz nicht hier in diesem Geschäft spüren, all die Erinnerungen verdrängen und hart bleiben. Ich muss jetzt diese Kälte aussenden, um mein Ziel zu erreichen.

»Was willst du, mein Junge?«, fragt er sanft und legt seine Hand auf meiner Schulter. Kurz huscht mein Blick von seinen

runzligen Fingern zu seinem Gesicht. »Glaubst du, ich weiß nicht, warum du hier bist?«

Nun klappt mir der Mund auf. Er ahnt, was ich vorhabe, und tut rein gar nichts, um sich zu verteidigen? Vielleicht pokert er nur hoch.

»Ich will mich nur im Laden umsehen, ob ich ein Geschenk für meine Grandma finde.« Die Lüge gleitet mir locker leicht über die Lippen. Obwohl es sich falsch anfühlt, rede ich weiter. »Sie hat bald Geburtstag.«

Er spitzt die Lippen und mustert zugleich mein Gesicht. »Wir wissen beide, dass das gelogen ist. Also willst du dich auf einen Kampf mit mir einlassen oder gibst du im Vorfeld auf?« Weiterhin ist seine Stimme ruhig. Erneut schließe ich für einen langen Moment meine Augen. Ich habe gegen ihn locker eine Chance, aber da ist diese innere Stimme.

»Haben Sie einen Hinterausgang?«

»Nikolai sitzt dir im Nacken, nicht wahr?«

»Woher ...«

»Du bist nicht der erste Junge, der bei mir auf der Matte steht, und wirst wahrscheinlich auch nicht der Letzte sein. Im Gegensatz zu den anderen hast du zuvor überlegt, was die richtige Entscheidung wäre, oder?«

Ich nicke.

»Du bist ein guter Junge, deshalb hast du hier von mir dreißig Pfund. Gib sie Nikolai und schau, dass du um diese Bengel einen großen Bogen machst.« Er hält mir das Geld entgegen.

»Nein, das kann ich nicht annehmen«, sage ich und meine Stimme bricht.

»Wenn du nicht wie die anderen in der Gosse landen willst, dann nimmst du jetzt das Geld.«

»Okay, aber ich werde es abarbeiten.« Ich strecke ihm meine Hand entgegen.

»Deal.« Wir besiegeln unser Abkommen mit einem kräftigen Handschlag.

»North, in fünf Minuten beim Empfang«, zieht mich Sue aus meinen Gedanken. Wie lange habe ich jetzt nur dagesessen und ins Leere geblickt? Dieses Projekt katapultiert mich eindeutig wieder in die Vergangenheit. Ich muss diese Emotionen von mir abschirmen. Für dieses Vorhaben brauche ich einen klaren Kopf, muss meine Gefühle ausblenden.

SOUTH

Von meinem neuen Glück trennt mich nur noch diese eine Tür. Unfassbar, ich habe es tatsächlich noch rechtzeitig geschafft. Zwar schwitze ich mittlerweile aus allen Poren, aber ich habe mir vor ein paar Tagen ein gutes Deo geleistet und hoffe, es hält, was es verspricht. Ich ziehe die Tür auf und mein erhitzter Körper wird im klimatisierten Eingangsbereich gekühlt. Ich blicke mich um und entdecke den Empfang. Leider ist keine Menschenseele zu sehen. Trotzdem bewege ich mich auf den opulenten Tresen aus edlem Eichenholz zu. Ich lege meine Arme auf die schwarze Steinplatte und blicke mich um. Es ist gespenstisch still und ich bin mir nicht sicher, ob ich vielleicht die falsche Uhrzeit im Kopf hatte. Nervös kaue ich an meinen Finger und mein Fuß wippt unruhig.

Scheiße, was mache ich jetzt bloß? Gehe ich einfach zum Fahrstuhl und fahre nach oben? Wen hatte ich noch als Kontaktperson? Ich scrolle in meinem Handy und entdecke die Telefonnummer der Personalabteilung.

Hinter mir vernehme ich leises Kichern und als ich über meine Schulter blicke, sind nur ein paar Banner zu sehen, auf denen in bunten Lettern »Herzlich willkommen« steht. Mein Blick huscht auf meine Armbanduhr und ich weiß, ich habe nur noch fünf Minuten, um meinen neuen Job anzutreten. Ich beiße mir auf die Lippe und meine Finger trommeln auf der kalten Steinplatte. Erste Arbeitstage sind wohl einer der anstrengendsten überhaupt. Ich kann nicht länger warten und wähle die Nummer des Personalchefs. Plötzlich ertönt hinter mir ein Klingelton. Ich drehe mich um, aber niemand ist zu sehen. Der Blick auf mein Handy verrät mir, das er mich weggedrückt hat.

»Scheiße«, fluche ich leise vor mich hin. Kurz starre ich auf die Banner. Waren die vorhin schon so nah? Ich muss eindeutig meine Konzentration schärfen. Bestimmt ist meine Nervosität für meine Wahnvorstellung verantwortlich. Erneut starre ich auf meine Uhr und mir steht noch eine Minute zur Verfügung, um mich bei meinem neuen Vorgesetzten vorzustellen. Abermals erklingt ein Kichern hinter mir und als ich mich vom Empfangstresen wegdrehe, ist wieder niemand zu entdecken. Bin ich jetzt total verrückt?

Ich wähle nochmals die Nummer des Personalleiters und als das Klingeln genau hinter mir erklingt, bin ich mir sicher, das ist kein Zufall. Ich starre das Banner in der Mitte an und plötzlich springen von allen Seiten

Menschen hervor und rufen: »Herzlich willkommen in unserer kleinen verrückten Familie, South!«

Mein Herz setzt für ein paar Takte aus und ich weiß gar nicht, wo ich überall hinschauen soll. Ich entdecke bunte Luftballons und ein großes Willkommensschild. Eine zierliche Frau kommt auf mich zu. Ihre Augen haben einen Hauch von Jackie Chan und ihre dunkelbraunen Haare sehen aus wie aus einer der japanischen Zeichentricksendungen. Spitze Fransen in der Stirn und an den Seiten sind sie extrem stufig geschnitten.

»Ich bin Sue, ich hoffe, du nimmst uns den Scherz nicht allzu übel.« Sie begrüßt mich mit einer Umarmung. »Aber das ist unsere Art, dich in unserer neuen Familie von *Immo & Found* herzlich willkommen zu heißen.«

»Nein, alles gut. Voll nett von euch, wobei mich das Warten schon etwas nervös gemacht hat.« Ich lächle und Sue spiegelt mich.

»Da müssen wohl alle durch. Nun stelle ich dir mal die wichtigsten Persönlichkeiten in unserem Unternehmen vor.« Sie schiebt mich durch die Menschentraube. Wo kommen plötzlich all diese vielen Leute her? So eine Begrüßung ist ein Wahnsinn. Ich habe nicht nur einen superbezahlten Job, sondern bin in einem Unternehmen mit einer grandiosen Philosophie gelandet. Sie sind nett, davon bin ich nach dieser Begrüßung überzeugt. All die Sorgen von vorhin sind wie weggeblasen.

Wir erreichen einen Mann, der von hinten schon Dominanz erahnen lässt, und ich vermute, dass er mein neuer Boss sein wird. Breite Schultern, aufrechte

Haltung. Der Duft, der mir entgegenweht, ist einfach unbeschreiblich gut.

»North.« Sue klopft ihm auf die Schulter. Langsam dreht er sich um und als ich sein Gesicht von vorn sehe, fühlt sich mein Mund staubtrocken an. Nein, das kann nicht sein. Das darf nicht sein! Verdammt noch mal, dieser Widerling von heute Morgen soll mein neuer Boss sein? »Ich möchte dir unser neues Familienmitglied South Westwood vorstellen.«

Sein dunkler Blick bohrt sich regelrecht in meine Augen. »Hallo, South, herzlich willkommen. Bist du dir ganz sicher, dass du in unserem Familienverband sein möchtest?« Seine Miene verrät kein bisschen seiner Gedanken oder Gefühle.

Ich will mich von ihm nicht einschüchtern lassen und halte seinem Blick stand, so wie heute Morgen schon vor meinem Zuhause. Aber will ich für einen Mann arbeiten, der plant, meine Heimat zu zerstören? Habe ich überhaupt eine Wahl? Ich brauche das Geld mehr als alles andere auf der Welt. Denn wenn ich nicht arbeite, können wir die Miete und den Kredit nicht bezahlen. Somit hat er die Macht, meine Mutter und mich aus der Wohnung zu werfen.

»Vielleicht überlegst du es dir noch mal?« Sein eindringlicher Blick geht mir durch Mark und Bein. Meine Knie werden weich und mein Herz hämmert hart und unnachgiebig in meiner Brust.

»North, lass deine Scherze. Sie ist jetzt schon genug verunsichert durch unseren Willkommensgruß.« Sue spricht für mich, weil es mir tatsächlich die Sprache verschlagen hat. Trotzdem halte ich seinem Blick stand. Ich werde ihm beweisen, dass ich trotz unserer Differenzen meinen Job ausgezeichnet erledigen werde.

»Ich habe mich für diesen Job beworben und ich werde auch dafür mein bestes Wissen und Können einsetzen, um diesem Unternehmen einen Mehrwert zu bringen.« Die Worte fließen aus mir heraus, als wäre ich erneut bei einem Vorstellungsgespräch.

»Kann ich mich ebenso darauf verlassen ...« Er hält eine bedeutungsschwere Pause. »Dass interne Gespräche, Verhandlungen und auch Verträge nicht nach außen gelangen?« Nun ist sein Blick so hart, dass mir eine eisige Kälte den Rücken hinunterjagt. Sein tiefes Timbre lässt mich kurzzeitig erschaudern.

»Ich habe einen Eid geschworen, den ich auch einhalten werde. Außerdem habe ich bei Vertragsunterzeichnung ebenso eine Verschwiegenheitsklausel unterzeichnet. Also ist wohl alles geklärt.« Mein Herz hämmert gegen meine Rippen und mein Mund fühlt sich staubtrocken an. Ich versuche, stark und selbstbewusst zu wirken, aber in meinem Inneren tobt ein wilder Orkan von Unsicherheit.

»Na dann, auf gute Zusammenarbeit.« Er hält mir seine Hand entgegen. Für eine Millisekunde zögere ich, ehe ich sie umschließe. Augenblicklich jagt ein wildes Kribbeln durch meinen Körper. Ich habe dieses Gefühl noch bei keinem anderen Menschen gespürt. Es ist, als wäre bei unserem Hautkontakt eine besondere Verbindung. Ich versinke in seinen braunen Iriden, als würde er gerade einen mächtigen Zauber anwenden. Mein

Herzschlag beschleunigt sich und in meinem Bauch spüre ich ein nervöses Kribbeln. Als er meine Hand loslässt, verschwindet diese Magie. Was war das gerade?

»In zehn Minuten sitzen aber wieder alle an ihrer Arbeit«, sagt er kühl an Sue gerichtet.

Sie lächelt ihn an. »Natürlich.« Sie wirkt von seiner Aura nicht eingeschüchtert.

Er wendet sich ab und verlässt den Empfangsbereich. Ich blicke ihm hinterher, bis er im Fahrstuhl verschwindet. Er ist mein Feind und gleichzeitig mein Arbeitgeber, wie soll das nur gut gehen? Kann ich das trennen?

»South, dann stelle ich dir mal die anderen Kollegen vor.«

Ich nicke und folge ihr. Unzählige Namen fallen und jeder trägt dieses freundliche Lächeln auf den Lippen. Nur mein neuer Boss nicht. Seltsamer Zufall, dass unsere Namen im völligen Kontrast stehen. Oft wird gesagt, dass man in seinem Namen die Bedeutung seines Wesens erkennt. In seinem Fall trifft das definitiv zu. Er wirkt eiskalt und trotzdem dürften ihn seine Mitarbeiter lieben. In den kurzen Begrüßungsgesprächen haben sie regelrecht von North geschwärmt. Jeder ist stolz, ein Teil dieses Unternehmens zu sein. Doch kennen sie sein wahres Ich? Wissen sie, welche Mittel er einsetzt, um diesen Erfolg zu haben? Oder ist es ihnen egal, weil er überdurchschnittlich bezahlt? Vielleicht ist es aber die pure Naivität, dass sie glauben, sie tun für die Menschheit etwas Gutes?

Nachdem ich alle Kollegen kennengelernt habe,

bringt Sue mich in mein neues Büro. Ehrlich gesagt bin ich nicht mit großen Erwartungen an diese Stelle gegangen, aber als ich meine eigenen vier Wände betrete, muss ich erst mal tief durchatmen.

»Ich bekomme ein Einzelbüro?«

»Natürlich. Immerhin hast du hier einen wichtigen Aufgabenbereich. Du brauchst Ruhe, um deine Arbeit gewissenhaft zu erledigen.« Sue spricht mit so einer Selbstverständlichkeit, dass es mir erneut die Sprache verschlägt. Gut, der Raum ist nicht riesig, aber er beinhaltet ein großes Fenster mit Blick auf die anderen Hochhäuser, einen Schreibtisch und ein breites Bücherregal. Meine Finger tasten sich über die Buchrücken.

»Alles Fachbücher zum Nachschlagen rechtlicher Belange. Solltest du etwas anderes benötigen, gib mir Bescheid. Dann hast du das innerhalb von vierundzwanzig Stunden auf deinem Schreibtisch.« Sue steht neben mir und redet schnell.

»Das kann ich doch selbst erledigen, immerhin bist du die Assistentin von North. Da hast du bestimmt einiges zu tun.«

»Glaub mir, ein bisschen Abwechslung zu seinem eng gestrickten Terminkalender wird mir ganz guttun. Außerdem haben wir eine Buchhändlerin gleich hier um die Ecke, dann habe ich wenigstens einen Grund, sie zu besuchen.« Sues Augen bekommen ein besonderes Glitzern. Da ich sie kaum kenne, frage ich natürlich nicht nach, aber ich denke, die Buchhändlerin gefällt ihr.

»Danke, ich gebe dir Bescheid, wenn ich etwas brauche.«

»In etwa fünf bis zehn Minuten wird dir unser IT-Fachmann dein Passwort einrichten. Bis dahin kannst du dir in der Kaffeeküche etwas holen. Es gibt Wasser, Kaffee und frisches Obst. Das alles wird von North zur Verfügung gestellt. Außerdem gibt es zur Mittagszeit im Pausenraum immer für alle ein Essen. Sei pünktlich um dreizehn Uhr dort.«

»Wir bekommen sogar ein Mittagessen?« Nun bin ich tatsächlich überrascht. Möglicherweise wurde es beim Einstellungsgespräch erwähnt, aber ich war dabei so nervös, dass ich einiges davon nicht einmal wiedergeben könnte.

»North war von Anfang an wichtig, dass wir Mitarbeiter mit gesunder Nahrung versorgt werden. Ich muss dann an meine Arbeit. Viel Spaß jedenfalls.« Sie verlässt mein Büro. Ich muss den Gedanken nochmals in mir hervorrufen: Ich habe ein eigenes Büro. Alles hier scheint perfekt, bis auf die eine üble Nebensache, dass mein Boss mein Zuhause zerstören will.

Kann ich darüber hinwegsehen? Möglicherweise kann ich ihn umstimmen. Bestimmt nicht am ersten Tag, aber vielleicht morgen.

Nachdem der Techniker mir mein Passwort eingestellt hat und ich Zugang zu meinen Aufgaben habe, beginnt die eigentliche Arbeit. Mein Kontakt für Fragen ist leider der unsympathische Mr Richard Castell. Ich habe schon erfahren, dass wir hier keine Förmlichkeiten pflegen und jeden mit Vornamen ansprechen, aber bei diesem Typen stellen sich mir sofort die Haare auf. Ihn würde ich lieber auf Distanz halten, doch das funktioniert eben in so einer Situation nicht ganz so leicht.

Zum Glück sind meine ersten Arbeitsaufträge einfach und fast aus dem Lehrbuch. Dafür muss ich nicht einmal irgendwo recherchieren. Mietverträge kontrollieren ist nicht das schwierigste Thema für eine Anwältin. Ich bin wie gewohnt vertieft in meine Arbeit, als es an meiner Tür klopft.

»Ja bitte?«

Die Tür geht langsam auf und als Erstes erkenne ich eine schwarze Schuhspitze. Mein Blick wandert langsam nach oben. Breite Schultern sind das Erste, woran ich für eine Millisekunde hängen bleibe. Dann lande ich auf seinen markanten Wangenknochen und bleibe schlussendlich an Norths dunklen Augen hängen. Abrupt erhebe ich mich von meinem Platz.

Wie begrüßt man seinen Boss? Mit »Hi« oder »Guten Tag«? Vielleicht einfach »Hallo«?

»Hallo«, begrüßt er mich und ich erwidere dasselbe. Noch nie war ich in einem Unternehmen, in dem es nicht einmal gegenüber der Geschäftsleitung eine gewisse Förmlichkeit gab. Obwohl, in wie vielen war ich? Zwei und das waren Bars und Klubs. Aber sogar dort musste ich meinen Boss mit Mr ansprechen.

»Kann ich etwas für dich tun?«, frage ich und umrunde den Schreibtisch. Wir begegnen uns in der Mitte des Raumes und ein wenig muss ich den Kopf in den Nacken fallen lassen, um weiterhin in seine Augen schauen zu können.

»Du warst nicht beim Mittagessen«, sagt er trocken und steckt seine Hände in die Hosentaschen.

»Oh, ich habe wohl die Zeit übersehen.« Ich zucke mit den Schultern.

»Das Mittagessen ist ein Termin, den ich für sehr wichtig halte. All unsere Mitarbeiter kommen dort zusammen. In Zukunft möchte ich dich im Pausenraum sehen.« Obwohl er ruhig spricht, klingt es mehr wie ein Befehl.

»Gut zu wissen, denn eigentlich esse ich mittags kaum etwas«, antworte ich locker und verziehe ein Stück den Mund zur Seite. Eigentlich sollte es wie ein Lächeln aussehen, aber irgendwie bin ich mir da nicht ganz so sicher, wenn ich die Spannung in meinen Wangen richtig einschätze.

»Mittagessen ist ein Termin und der muss eingehalten werden«, wiederholt er mit Nachdruck, ehe er schon wieder mein Büro verlässt.

»Da soll noch einmal jemand sagen, ich bin komisch«, murmle ich vor mich hin und gehe zurück an meinen Arbeitsplatz. Er hat schon ungewöhnliche Vorschriften. Was ist dabei, wenn ich das Mittagessen ausfallen lasse? Es müsste ihn doch freuen, wenn ich fleißig und gewissenhaft meine Arbeit erledige. Ich muss ihn nicht verstehen, aber seltsam ist es trotzdem.

. . .

»Hi, Mum!«, rufe ich, als ich unsere Wohnung betrete. Ein mulmiges Gefühl breitet sich in meiner Bauchgegend aus, denn ich habe meiner Mutter noch nicht von der Kündigung unseres Mietvertrages erzählt. Ich wollte ihr das nicht am Telefon mitteilen. Außerdem bin ich noch immer voller Hoffnung, dass North einlenken wird.

»Na? Wie war dein erster Arbeitstag?« Mum kommt aus der Wohnküche und beobachtet mich dabei, wie ich meine Schuhe abstreife und meine Tasche an die Garderobe hänge.

»Gut«, sage ich knapp und gehe in die Wohnküche.

»Nur gut?« Mum folgt mir und mustert mein Gesicht. »Also, wie sind deine Kolleginnen und Kollegen und dein neuer Boss? Sie sind bestimmt großartig, oder?« Ihre Begeisterung kann ich nur bedingt teilen.

Mum redet so schnell, dass ich kaum mitkomme. Sie ist eindeutig euphorischer, als ich mich fühle. Ich sollte mich glücklich und auf Wolke sieben schwebend sehen, aber kaum etwas ist davon da. Ja, ich bin dankbar, diesen gut bezahlten Job zu haben. Ich will auch nicht undankbar sein, denn meine Kollegen und Kolleginnen sind ein Traum. Sally aus dem Nebenbüro, sie ist für die Buchhaltung verantwortlich, hat mir am Nachmittag sogar frischen Kaffee vorbeigebracht. Alles sollte perfekt sein, aber eigentlich müsste ich kündigen.

»Ich habe gute und ich habe richtig schlechte Nachrichten«, sage ich leise, während ich mir ein Glas aus dem Schrank schnappe und mit Wasser befülle.

»Sag bloß, sie haben dich schon am ersten Tag

gefeuert.« Ihre Miene spiegelt eine gewisse Angst wider, die ich nur allzu gut kenne. Viel zu oft mussten wir ums nackte Überleben kämpfen. Letztlich haben wir es immer geschafft, unsere Rechnungen zu bezahlen. Aber wie oft dachten wir, es gäbe keinen Ausweg.

»Nein«, sage ich schnell.

Meine Mutter gibt ein erleichtertes Seufzen von sich. Das Leben hat sie gezeichnet. Tiefe Falten im Gesicht zeigen, dass sie es bisher nie leicht hatte. Vielleicht sage ich ihr nur die halbe Wahrheit? Immerhin werde ich für die Kündigung eine Lösung finden. Davon bin ich überzeugt, denn diese Wohnung ist alles, was wir haben. Alles, was uns an Dad erinnert. An diesem Ort erlangte ihre Liebe eine besondere Tiefe. In dieser Wohnküche hat ihr mein Vater einen Heiratsantrag gemacht, ist vor ihr auf die Knie gefallen. Unsere Erinnerungen sind in jeder einzelnen Wand in dieser kleinen Wohnung verankert.

»Dann können wir ja mit dem Essen beginnen, denn ich habe tatsächlich ein Steak im Angebot gekauft.« Mums Wangen färben sich zu einem Zartrosa, sie lügt eindeutig. Trotzdem will ich ihr die Freude über diese Mahlzeit nicht vermiesen.

»Gute Idee. Was soll ich nehmen?«

»Die Kartoffeln aus dem Backrohr, das Fleisch trage ich.« Gemeinsam decken wir den Tisch. Und dann genießen wir unser Abendessen.

»Also, wie viele sitzen mit dir im Büro? Sind sie nett zu dir?«

»Mum, du überhäufst mich schon wieder mit unzähligen Fragen.«

»Bitte entschuldige, aber ich bin so aufgeregt.« Sie lächelt und ihre liebevolle Wärme strahlt über den Tisch.

»Sie haben mir sogar ein Willkommenskomitee geschickt.«

»Ach wie süß.«

»Und ich habe mein eigenes Büro.«

Nun weiten sich Mums Augen. »Was? Echt? Das ist ja unfassbar! Darauf müssen wir anstoßen.« Sie erhebt sich vom Tisch und beginnt erneut zu husten. Ihr Gesicht wird knallrot, doch diesmal fängt sie sich schnell wieder und geht zum Kühlschrank.

»Wir haben doch nichts zu Hause.« Ich habe kaum fertig gesprochen, als sie mir eine Weißweinflasche entgegenhält.

»Es ist zwar kein Champagner, aber ein Sauvignon blanc ist auch nicht so schlecht.« Sie stellt die Gläser ab und öffnet die Weinflasche.

»Das ist doch ein wunderbarer Wein.« Wärme flutet mein Herz.

»Er war auch im Angebot, also keine Sorge.« Sie füllt die Gläser und reicht mir eines.

»Mum, du verdienst dein eigenes Geld, du bist mir keine Rechenschaft schuldig.«

Für einen langen Moment schließt sie ihre Augen und atmet hörbar tief durch. »Aber nun bist du es, die unser Leben finanziert.« Ihre Augen werden wässrig und ich spüre ihre Beschämung, die sie keinesfalls fühlen sollte.

»Mum, die letzten fünfundzwanzig Jahre hast du mich versorgt und nun gebe ich eben einen Teil dazu. Du bist ja noch berufstätig, also leistest du auch einen wesentlichen Teil zu unserem Leben.«

Nun wird Mums Gesicht kreidebleich. So habe ich sie das letzte Mal gesehen, als wir die letzten zwei Wochen vom Monat kein Geld übrighatten, um uns Essen zu kaufen, weil wir eine immense Strom-Nachzahlung hatten.

»Mir wurde heute mein Job gekündigt.« Sie gibt ein lautes Seufzen von sich und sackt auf ihren Stuhl. Tränen kullern über ihre Wange. »Eigentlich wollte ich es dir nicht genau an deinem wunderbaren Tag sagen, aber die Nachbarn haben bereits ein Kündigungsschreiben vom neuen Vermieter erhalten. Nur mit deinem Gehalt können wir nicht hierbleiben.« Ihre Augen sind glasig und auch mein Hals schnürt sich zusammen. »Es ist nur eine Frage der Zeit, bis auch wir hier rausgeworfen werden.« Beschämt legt sie ihre Hände vor ihr Gesicht.

Ich schaffe es nicht, sie länger anzulügen, und erhebe meine Stimme. »Wir haben auch so ein Kündigungsschreiben erhalten, aber das ist gesetzeswidrig. Der neue Inhaber kann uns nicht so einfach vor die Tür setzen. Wir bezahlen regelmäßig unsere Miete.«

Meine Mutter blickt auf und sieht mich aus verschleierten Augen an. Dann schluchzt sie laut und aus einem leisen Weinen wird ein lautes Wimmern. Ihr ganzer Körper zittert und ich habe keine Ahnung, was der wahre Grund für ihre Traurigkeit ist.

»Wir sind zwei Monatsmieten im Rückstand«, sagt sie zwischen dem Schluchzen und kann mir dabei kaum in die Augen blicken.

»Wie bitte?« Ich hoffe inständig, dass ich mich verhört habe.

»Letzten Monat war doch die Waschmaschine kaputt und im Monat davor der Kühlschrank.«

»Ich dachte, du hast etwas gespart.« Nun werde ich nervös, denn dadurch hat er tatsächlich eine Chance, uns rauszuwerfen.

Mum wischt sich ihr Gesicht trocken, jedoch verrät mir ihr Zögern, dass alles gelogen war, was sie mir in den letzten Monaten erzählt hat. Es gibt nicht einen Penny, den wir gespart haben. Und nun haben wir nicht nur die Schulden von meinem Studium, sondern auch Mietschulden. Bei einem Mann, der ab jetzt unser Vermieter ist und zugleich mein Boss. Kann es noch schlimmer kommen?

SOUTH

Ich habe die halbe Nacht kein Auge zugetan. Das Gespräch mit meiner Mutter war gestern alles andere als toll. Das Essen hat danach nur noch halb so gut geschmeckt. Ich weiß, meine Mum wollte das allein hinbekommen, aber in diesem Fall wäre es gut gewesen, wenn sie mir gleich davon erzählt hätte. Ich hätte viel früher über Lösungen nachdenken können.

Nun bin ich unter Zugzwang. Denn ich brauche dringend einen zweiten Job. Auch wenn ich bei *Immo & Found* sehr gut bezahlt werde, heißt das nicht, dass für unser Leben viel Spielraum bleibt. Denn nun bin ich Alleinverdienerin.

»Guten Morgen«, begrüßt meine Mutter mich und gibt mir einen Kuss auf die Wange. Ich kann das schlechte Gewissen förmlich riechen, trotzdem würde es jetzt nichts ändern, wütend auf sie zu sein oder sie mit Vorwürfen zu überhäufen. Wir müssen nach Lösungen Ausschau halten.

»Guten Morgen«, erwidere ich und stelle die Teller auf unseren kleinen Tisch. Wir setzen uns an den Esstisch und beginnen schweigend unser Frühstück. Wir sind wieder an einem Punkt angelangt, an dem wir beide unseren Gedanken nachhängen. Ich ahne, dass meine Mum ebenso überlegt, wie wir wieder aus diesem Schlamassel rauskommen. Sonst war sie es, die immer noch einen Strohhalm gefunden hat, der uns aus der Misere hinausmanövrierte. Doch sie ist angeschlagen, ist körperlich nicht voll auf der Höhe. Nun haben wir ein weiteres Problem, denn sie muss dringend zum Arzt. Ich verstehe nicht, weshalb sie nicht hingeht. In diesem Fall müssten wir nicht einmal für die Behandlung aufkommen.

»Gehst du heute bitte zum Arzt?«

Mum hebt den Blick und er wirkt leer. Ich kann das Gefühl nicht abschütteln, dass etwas nicht stimmt.

»Okay«, sagt sie und beißt in den Toast.

Es war eindeutig zu leicht, aber dafür habe ich momentan keinen Kopf. Ich brauche dringend einen Weg, um Geld herbeizuschaffen. Ich will North nicht noch mehr Angriffsfläche bieten.

»Ich muss dann los.« Diese Distanz zwischen meiner Mutter und mir ist unerträglich. Nebenbei weiß sie noch immer nicht, dass ich genau bei dem Menschen arbeite, der uns aus dieser Wohnung rauswerfen möchte. Vielleicht ist unser Apartment nicht gerade in der besten Lage Londons. Möglicherweise wären andere Leute mit dieser kleinen Wohnung, die nicht einmal einen Balkon hat, unzufrieden. Aber wir wohnen schon seit jeher auf diesen fünfzig Quadratmetern. Hier ist mein Zuhause. Ich kenne die Nachbarschaft, weiß, wo ich mich nachts aufhalten kann und wo nicht. Für jemanden, der sich nicht in Hackney auskennt, könnte es gefährlich sein, aber nicht für mich.

Ich verlasse die Wohnung und treffe einen Stock tiefer auf unseren Nachbarn. »Guten Morgen, Abdul«, begrüße ich ihn mit einem Lächeln. Mr Hasam wohnt mit seiner Familie fast genauso lange wie wir hier.

»Hallo, South.« Seine Freundlichkeit ist etwas, das mich schon als kleines Kind beeindruckt hat. Obwohl wir hier in armen Verhältnissen leben, war er es, der mir immer ein Lächeln ins Gesicht gezaubert hat. »Habt ihr auch die Kündigung für euren Mietvertrag erhalten?«

»Ja, aber ich finde eine Lösung, versprochen.«

Nun lächelt er breiter. »Du bist eine Kämpferin, das wusste ich schon, als ich dich als kleines Mädchen draußen auf der Straße spielen gesehen habe. Deine braunen Locken haben dich niedlich und verletzlich aussehen lassen, aber ich habe schnell gemerkt, dass du dich gegen all die Jungs ohne Probleme wehren kannst. Du bist wie eine Löwin und wirst uns retten.«

Seine Zuversicht lässt meine Augen wässrig werden. Denn ich habe überhaupt keinen Plan, wie ich das anstellen soll. Mir bleibt wohl nichts anderes übrig, als das Vertrauen von North zu gewinnen. Ich muss einen Weg finden, um ihn davon zu überzeugen, dass wir hier glücklich sind. Dass wir diesen Ort brauchen, um das

Gefühl von Heimat zu verspüren. Manche Menschen mögen vielleicht gern ständig umzuziehen. Doch wir haben zu diesem Platz eine wunderbare Verbindung. Die Feste, die wir im Innenhof gemeinsam feiern, sind Tradition. In diesem Haus wohnen die unterschiedlichsten Kulturen zusammen. Für Aussenstehende mag es Konfliktpotenzial geben, aber wir sind eine Gemeinschaft, die wie eine Familie zusammenhält.

Ich kann mich noch an den Abend erinnern, als meine Mum kein Geld mehr hatte, um uns überhaupt etwas zu essen zu kaufen. Mein Magen hatte geknurrt und mir war schon etwas übel, weil der Hunger einfach unerträglich war. Doch unsere Nachbarn haben uns geholfen. Jeder brachte uns etwas: ein bisschen Brot, warme Suppe und auch Fleisch war dabei. Diese Unterstützung bekommt man nicht überall. Schon gar nicht in Gegenden, wo man niemanden kennt.

»Das hoffe ich.« Ich schenke ihm ein halbherziges Lächeln.

Abdul fasst an meine Locken. »Mit deiner Willensstärke wirst du uns retten. Ich weiß es. Du hast Jura studiert, du bist ein schlaues Mädchen.« Er streichelt väterlich über meinen Oberarm.

»Danke für dein Kompliment. Dann hoffen wir, dass du recht behältst. Ich muss los, bis dann«, sage ich und laufe die Treppe nach unten. Kurz verharre ich vor unserem Wohnhaus und sofort lasse ich vor meinem inneren Auge den gestrigen Morgen Revue passieren. North, der an seinem Sportwagen lehnte, Richard mit seiner selbstgefälligen Art. Mein Hals verengt sich nur bei dem Gedanken an die beiden. Aber ich muss darüberstehen und darf mein Ziel nicht aus den Augen verlieren. Während ich auf die Busstation zulaufe, komme ich an einer kleinen Bar vorbei. Ein großes Schild steht auf dem Bordstein und in schwarzen Lettern ist zu lesen: Kellnerin gesucht.

Ich mache mir eine gedankliche Notiz, nach meiner Arbeit gleich vorbeizuschauen. Ich eile zum Bus, weil ich ihn unweit entdecke, schaffe es gerade noch rechtzeitig und lasse mich auf einen Fensterplatz sacken. Gestern Abend war ich zu müde, um in mein elektronisches Tagebuch zu schreiben, deshalb ziehe ich es jetzt aus meiner Handtasche und beginne zu tippen.

Eigentlich ist es schon fast Tradition, dass nach jedem Höhenflug ein Tief folgt. Kann ich nicht einmal auf einer gleichmäßigen Welle schwimmen? Muss ich immer diese Achterbahnfahrt erleben?

»Guten Morgen, Sue«, begrüße ich sie und sie hebt den Blick.

»Na? Gut geschlafen? Du siehst etwas fertig aus.«

»Danke, du siehst auch super aus.« Ich lächle und visiere mein Büro an.

»Übrigens hast du heute einen Termin mit North. Und zwar in genau zehn Minuten. Soll ich dir einen Kaffee mitnehmen?«

»Du bist einfach zu gut für diese Welt. Vielen Dank.« Ich seufze und fasse nach der Türklinke. »Um was geht es bei diesem Termin?«

»Das übliche erste Gespräch mit dem Boss. Er will seine Mitarbeiter immer genauer kennenlernen.« Sie zupft an ihrem Pony.

»Wieso?«

»North kennt jeden von seinen Angestellten. Außerdem macht er sich gern selbst ein Bild von seinem Team.«

Augenblicklich überkommt mich eine gewisse Unsicherheit. Was, wenn er sich plötzlich dafür entscheidet, mich zu feuern? Immerhin wurde eine Klausel von zwei Wochen Probezeit im Vertrag festgehalten. In dieser Zeit können beide Parteien den Vertrag ohne Angaben von Gründen fristlos kündigen.

»Keine Sorge, das läuft ganz entspannt ab«, fährt Sue fort, als hätte sie meine Angst bemerkt. Sie hat leicht reden, ihre Zukunft steht nicht auf dem Spiel. Außerdem, was sollte ich mit North schon zu besprechen haben? Ich habe nicht vor, ihm von meinem Leben zu erzählen. »Es wird kein Verhör«, fügt sie hinzu, als könnte sie meine Bedenken in meinem Gesicht ablesen.

»Okay«, erwidere ich und öffne meine Bürotür.

»Übrigens, deine Locken sind der Wahnsinn. Du solltest dein Haar immer so tragen, steht dir viele besser als glatt geföhnt.« Sie zwinkert mir zu.

»Danke.« Ich schließe hinter mir die Bürotür und atme tief ein. Ohne Vorbereitung in so ein Gespräch zu gehen, gefällt mir überhaupt nicht, schon gar nicht in meiner Situation. Ich kann North nicht richtig einschätzen.

Noch zwei Minuten, ehe ich zu ihm muss. Alles

würde ich lieber tun, als bei ihm auf der Matte zu stehen.

Nun sitzen wir uns schon gefühlt eine Ewigkeit gegenüber. Ich kann nur hoffen, dass Sue bald mit unserem Kaffee zurückkommt und endlich die Spannung, die zwischen uns herrscht, verschwindet. Sue betritt das Büro und stellt unsere Kaffeetassen auf dem kleinen Tisch vor uns ab. Wir sitzen auf seinem Sofa nebeneinander, haben aber unsere Körper zueinander gerichtet. Bevor Sue den Raum verlässt, begegnen sich unsere Blicke und sie nickt mir ermutigend zu. Sie hat keine Ahnung, dass das Problem zwischen North und mir nicht den Job betrifft. Ich würde ihn gern fragen, wieso er genau unseren Wohnkomplex wählen musste. Ich vernehme das Einschnappen der Tür und beobachte, wie er etwas Milch in seinen Kaffee gießt.

»Also, dann erzähl mal etwas von dir.« Er nimmt seine Tasse und blickt über den Tassenrand direkt in meine Augen. Irgendetwas hat er an sich, das meinen Herzschlag in seiner Nähe sofort beschleunigt.

»Ich wohne im Bezirk Hackney und bin …«

»Erzähl mir nicht von Dingen, die ich aus deiner Personalakte lesen kann. Warum heißt du zum Beispiel South? Dieser Name ist eher untypisch.«

»Warum wurdest du North genannt?«

Seine Augen verdunkeln sich. »Antworte mir nicht mit einer Gegenfrage.« Seine Stimme ist tief und bestimmt und ein elektrisierender Schauder überzieht meine Haut.

»Entschuldigung.« Kurz weiche ich seinem Blick aus. Warum kann ich ihm nicht die Wahrheit erzählen? Wieso will ich ihm am liebsten gar nichts von mir preisgeben? Genau, weil er vielleicht alles gegen mich verwenden kann. Da kommt definitiv die Anwältin in mir zum Vorschein.

»Also?«, hakt er nach und seine Stimme klingt nun weicher.

»Das Stadtviertel South Kensington ist wohl oder übel dafür verantwortlich. Chelsea liegt südlich und meine Eltern liebten diesen Stadtteil, denn dort sind sie sich das erste Mal begegnet.«

»Das ist ein Nobelviertel, was zu Hackney überhaupt nicht passt.«

»Denkst du, ärmere Leute bewegen sich auch nur in den Armenvierteln?« Meine Finger balle ich zur Faust. So ein oberflächlicher Mistkerl. Augenblicklich beginnt es in mir zu brodeln. Was denkt er, wer er ist?

»Entschuldige, natürlich nicht. Aber es ist eher unüblich, sich genau dort kennenzulernen, oder?«

»Keine Ahnung, sag du's mir«, kontere ich barsch, weil mich sein Schubladendenken gerade auf die Palme bringt. »Wo lernen sich die armen Menschen kennen?« Mein spitzer Ton verfehlt seine Wirkung nicht, denn Norths Miene wird weicher.

»Du verstehst mich gerade völlig falsch. Ich wollte mehr die Hintergründe dazu erfahren. Warum waren sie dort? Was musste passieren, dass sie sich genau an diesem Ort treffen und kennenlernen? Mich interessiert es einfach, wie das Schicksal einen zusammenführen kann, wie sich zwei Seelen an Orten finden und verlieben, wo sie sich sonst nicht aufhalten würden.«

Ich glaube, mein Mund steht gerade weit offen, so baff bin ich. Ein Mann, der erfolgreich und bestimmt steinreich ist, will die Hintergründe darüber erfahren? Warum? Doch aus welchem Grund auch immer beginne ich, ihm die Geschichte meiner Eltern zu erzählen.

»Beide waren wegen eines Jobs in diesem Stadtteil. Ein neues Restaurant wollte bald öffnen und suchte Personal für jeden Bereich.«

»Ja, bei der Arbeit lernen sich die meisten Paare kennen. Dazu habe ich irgendwo einmal eine Studie gelesen«, wirft er ein. Meine Muskeln entspannen sich langsam.

»Tja, den Job haben beide nicht bekommen, aber dafür ihre große Liebe gefunden. Sie haben damals beschlossen, mich deshalb South zu nennen, zum Glück haben sie Kensington weggelassen.« Ich verdrehe die Augen.

»Ja, da hast du wohl recht, würde etwas komisch klingen. Sind deine Eltern noch zusammen?«

Nun wird mein Herz schwer, denn ich habe nicht viele Jahre mit meinem Vater genießen dürfen. Obwohl er schon vor mehr als zehn Jahren gestorben ist, fehlt er immer noch. »Definitiv, wenn er nicht tot wäre.« Meine Stimme ist brüchig. Ich will vor North keine Schwäche zeigen, aber mein Vater ist ein wunder Punkt in meiner

Vergangenheit. Mein Dad war derjenige, der mir das Fahrradfahren beigebracht hat. Er ging mit mir zum Schwimmen und brachte es mir bei. Er war es, der mir oft vor dem Schlafengehen eine Gutenachtgeschichte erzählte, und das frei aus seiner Fantasie.

»Das tut mir leid.« Er legt seine Hand auf meine und es ist keine aufdringliche Berührung. Sein Mitgefühl wirkt ehrlich und erneut begegnen sich unsere Blicke. Obwohl ich ihn tief in meinem Innersten hassen sollte, verspüre ich auch eine gewisse Vertrautheit. Aber was ist, wenn genau das sein Plan ist? Mich einlullen, damit ich wegen der Wohnungskündigung klein beigebe.

Ich ziehe meine Hand abrupt zurück. »Auf meinem Schreibtisch wartet noch einiges an Arbeit. Wenn du also keine weiteren Fragen hast, würde ich dann gehen.« Mein sachlicher Ton verschafft mir eine Verschnaufpause.

»Natürlich. Fürs Erste passt es. Übrigens, das Mittagessen nicht vergessen«, erinnert er mich, bevor ich sein Büro verlasse.

Sue begegnet mir auf dem Flur und trägt einen Aktenstapel. »War halb so schlimm, oder?«

»Es war okay«, sage ich und eile zu meinem Büro. Schnell flüchten, ist momentan meine Devise.

NORTH

»Hey, wie lief das Gespräch mit unserer Neuen?« Sue setzt sich mit einer halben Pobacke auf meinen Schreibtisch. Sie darf viel hier. Mir auch Fragen stellen, die mir sonst kein Mitarbeiter stellen würde. Es liegt ausschließlich daran, dass wir uns schon so viele Jahre kennen. Vor der Firmengründung waren wir bereits befreundet.

»Mittelmäßig. Eigentlich dachte ich, ich finde heraus, welche Pläne sie schmiedet. Warum sie weiterhin bei uns arbeiten will, obwohl ich ihnen den Mietvertrag gekündigt habe.«

»Wie? Sie wohnt genau in dem Gebäude, wo du eine neue Welt erschaffen willst?« Sue rückt den Blätterstapel zurecht.

»Ja, und gestern war sie nicht gerade amüsiert darüber. Nimmst du eine Stelle bei dem Arbeitgeber an, der dich aus deiner Wohnung werfen möchte?« Ich reibe meine Stirn und starre aus dem Fenster.

»Was willst du tun? Ihr kündigen?« Sie nimmt einen Stift und deutet damit auf mich.

»Nein, noch nicht. Bitte finde mehr über sie und ihre Familie heraus. Vor allem brauche ich Informationen zu ihrer finanziellen Lage.«

»Du weißt, dass dies unter das Bankgeheimnis fällt?« Ihre schmalen Augen weiten sich.

»Ja, aber ich kenne dich, du findest für alles eine Lösung. Außerdem behalt sie im Auge.« Souths leuchtende Augen und ihre braune Lockenmähne lassen sie lieblich und unschuldig wirken, aber ich habe in den letzten Jahren gelernt, mich nicht von dem Erscheinungsbild blenden zu lassen.

»Ich soll sie ausspionieren?« Ihre Stimme klingt schrill. »Nein, North, dem stimme ich nicht zu.« Sie schüttelt energisch den Kopf. »Wenn du ihr nicht vertraust, dann feuere sie, aber ich will keine Heuchlerin für dich spielen. Wenn sie mir etwas erzählt, halte ich es wie bei allen anderen Personen hier im Unternehmen. Ich behandle es vertraulich. Du würdest auch nicht wollen, dass ich deine dunkelsten Geheimnisse überall herumerzählen würde.« Sue erhebt sich und verschränkt die Arme vor ihrer Brust.

»Das ist doch was ganz anderes«, kontere ich und trommle mit den Fingerspitzen auf dem Schreibtisch.

»Wie gesagt, ich mach das nicht. Und darüber wird auch nicht mehr diskutiert. Hier sind ein paar Verträge zu unterzeichnen. Ruf mich, wenn du noch etwas brauchst.« Sie macht auf dem Absatz kehrt und würdigt mich keines Blickes mehr.

»Sue, bitte«, flehe ich und folge ihr zur Tür.

»North, das produziert schlechtes Karma und das kann ich nicht gebrauchen. Es reicht schon, wenn ich ihren finanziellen Status überprüfe. Allein das erzeugt bei mir schon einen Würgereiz.« Sie deutet mit ihrer Hand zum Hals.

»Okay«, sage ich schließlich und gebe auf. Sue kann hartnäckig sein, aber ich muss mehr über South herausfinden. Die Geschichte ihrer Eltern ist zwar schön und gefühlvoll, vielleicht für den einen oder anderen sogar romantisch, aber für mich hat sie keine Bedeutung. Ich war und werde nie ein Romantiker sein. Ich glaube nicht an diese tiefe Liebe, die für immer hält. Kurz verspürte ich zu ihr eine Verbindung, als sie mir erzählte, dass ihr Vater Tod sei. Ich kenne den Schmerz, wenn man einen Menschen verliert, der einem wichtig ist und der einen ein Leben lang begleitet hat. Trotzdem muss man irgendwann nach vorn blicken, sich neue Ziele stecken und mit dem Verlust der Angehörigen Frieden schließen.

Aber wie stelle ich es an, mehr über sie herauszufinden, ohne schlafende Hunde zu wecken?

»Mahlzeit«, sage ich und blicke mich im Pausenraum um. South finde ich nirgends, dabei ist es schon halb zwei. Ich gehe zum Büfett und nehme mir einen Teller Suppe. In diesem Raum hat niemand einen speziellen

Sitzplatz, das habe ich recht schnell abgeschafft. Jeder soll immer an einem anderen Platz sitzen, damit jeder mit jedem ins Gespräch kommt. Ich finde es wichtig, dass keiner hier ausgeschlossen wird. Außerdem regt das die Kreativität an, wenn man immer mit anderen Persönlichkeiten spricht.

Ich setze mich diesmal neben Sue, da sonst schon alles besetzt ist.

»Mahlzeit«, sagt sie etwas mürrisch und scheint noch immer wegen vorhin ein bisschen eingeschnappt zu sein.

»Wie schmeckt der Hackbraten mit Ei?« Ich versuche, Small Talk mit ihr zu führen.

»Ganz gut«, erwidert sie knapp und starrt auf ihren Teller.

Plötzlich nehme ich einen Schatten neben mir wahr und blicke nach rechts. South betritt den Raum. Sie wirkt etwas verunsichert, was sie bestimmt nicht sein muss. Weil ich das bei anderen auch immer gemacht habe, erhebe ich mich und gehe auf sie zu.

»Hier ist das Büfett und du kannst dir einen Platz aussuchen, obwohl derzeit nur noch neben mir einer frei ist.«

»Okay, danke.« Sie schnappt sich einen Suppenteller und befüllt ihn. Während sie an meinen Tisch tritt, lasse ich sie nicht aus den Augen. Wenn sie nicht meine Angestellte wäre und auch nicht in einen Konflikt wegen ihrer Mietwohnung verwickelt wäre, würde ich sie tatsächlich als eine sehr attraktive Frau sehen. Sogar wunderschön. Als sie sich gegenüber von mir hinsetzt, blickt Sue auf.

»Guten Appetit.« Meine Assistentin erhebt sich mit ihrem halb vollen Teller.

»War der Hackbraten etwa nicht gut?«, fragt South unwissend. Sie kann nicht ahnen, dass es wegen mir ist. Ich hätte Sue nicht um diesen Gefallen bitten sollen, das habe ich nun kapiert.

»Doch, aber ich habe heute irgendwie auf falschen Hasen keine Lust.« Sie verdreht die Augen.

»Falschen Hasen? Das ist aus Hasenfleisch gemacht?« Nun werden Souths Augen groß und sie verzieht ihr Gesicht, als würde ihr gleich übel werden.

»Dieser Begriff kommt aus Deutschland, den hat Sue bei ihrem letzten Auslandsaufenthalt gelernt.« Dass sie zweideutige Hintergedanken dabei hat, lasse ich natürlich weg.

»Tja, North ist ein sehr guter Zuhörer und merkt sich so gut wie alles, was man ihm erzählt«, wirft Sue noch ein, ehe sie sich abwendet. Wenn Sues Augen Funken sprühen könnten, hätten sie es in diesem Moment getan.

»Schön, dass du gekommen bist.«

South nickt und isst weiter. Bei ihr kann man nicht einschätzen, woran man ist. Wie sie wohl über mich denkt? Wieso ist das überhaupt wichtig? Sie ist meine Angestellte, die meinen Plan, den Menschen in diesem Viertel ein besseres Leben zu ermöglichen, nicht akzeptieren will. Sie müssen ausziehen, damit wir diesen Wohnkomplex neu aufbauen können.

South nimmt ihren leeren Teller und holt sich etwas von dem Hackbraten. »Was hat das überhaupt auf sich, das mit dem falschen Hasen?« Sie setzt sich an ihren Platz.

»Das erzähle ich dir erst, wenn du den Braten fertig gegessen hast.« Kurz zucken meine Mundwinkel nach oben. Fast wäre mir ein Lächeln entwichen. Aber nur fast.

»Jetzt machst du mich aber neugierig.« Sie nimmt den ersten Happen in den Mund und eine kleine Beule bildet sich an ihrer Wange. Sie hat gleichmäßige Lippen und eine schmale gerade Nase. Ihre Gesichtszüge sind so makellos, dass ich sie die ganze Zeit anschauen könnte. Stopp! Was läuft da gerade in meinen Gedanken ab? Sie und ich könnten nicht unterschiedlicher sein und uns verbindet außer dem Geschäftlichen nichts.

»Iss zuerst mal fertig, dann erzähle ich dir davon. Ich wette, sonst lässt du alles übrig.«

»Komm schon, so schlimm kann es nicht sein.« Sie lächelt und wenn sie mich anschaut, habe ich das Gefühl, in ihren Augen zu versinken.

»Okay, aber vergiss nicht, dass ich dich vorher gewarnt habe.« Kurz zucken meine Mundwinkel nach oben.

»Versprochen.« Wieder strahlt sie, als wäre sie die Morgensonne.

»Der Begriff kommt aus Deutschland und ist nach dem Zweiten Weltkrieg entstanden. Die Deutschen aßen sonntags immer Hase, aber durch die unzähligen Bomben waren die Tiere vom Aussterben bedroht und wurden unter Artenschutz gestellt. Die Frauen standen vor der Herausforderung, ein neues Gericht auf den Tisch zu bringen, denn Fleisch war ziemlich teuer.« Kurz halte ich inne, denn South nimmt den nächsten Bissen. »Bist du wirklich sicher, dass du das hören möchtest?«

»Bisher war doch gar nichts schlimm.« Sie zuckt mit den Schultern und nimmt den nächsten Happen in den Mund.

»Na gut. Na ja, Fleisch war eben teuer und so kamen sie auf die Idee, Katzen dafür zu verwenden.«

Plötzlich spuckt South den Braten auf ihrem Teller aus. »Das besteht aus Katzenfleisch?« Sie verzieht das Gesicht.

»Heute natürlich nicht mehr. Bei uns sowieso nicht und in Deutschland auch nicht mehr.« Ich muss schmunzeln.

Sie schiebt den Teller zur Seite. »Nun ist mir doch der Appetit vergangen.«

»Ich habe dich gewarnt.« Unsere Blicke begegnen sich und ich verspüre ein hauchzartes Vibrieren in meinem Herzen. Finde ich diese Situation mit ihr gerade amüsant? Ja. Sollte ich mich davon beeindrucken lassen? Nein, denn sie ist meine Angestellte und nebenbei werde ich ihre Wohnsituation auf den Kopf stellen.

»Woher weißt du so viel darüber?«

»Sue hat mir damals von diesem Gericht erzählt und dann war ich neugierig, denn ich dachte eher an den Osterhasen, weil ein Ei darin ist.«

»Und nun stellst du deinen Mitarbeitern solche Gerichte vor die Nase, mit dieser grauenvollen Hintergrundgeschichte?« Sie nimmt die Serviette und wischt ihren Mund ab.

»Ich mag dieses Essen. Außerdem gibt es ein paar Straßen weiter ein Restaurant, in dem typisch Deutsch gekocht wird. Ich möchte, dass meine Mitarbeiter auch mal etwas anderes auf den Teller bekommen.«

»Warum dürfen wir hier eigentlich kostenlos essen? Das muss doch eine Menge Geld kosten.«

Nun wird mir das Gespräch eindeutig zu persönlich. »Einfach so. Ich muss nun auch wieder an meine Arbeit. Man sieht sich.« Mit schnellen Schritten verlasse ich den Pausenraum.

Niemand hier kennt meine Vergangenheit, außer Sue. Wir kannten uns bereits in einer Zeit, in der ich nicht auf der Sonnenseite des Lebens lebte. Doch meine Vergangenheit ist für meine Mitarbeiter tabu. Dieses Leben will ich nie wieder führen, dafür arbeite ich jeden Tag hart.

Nachdem alle Angestellten gegessen haben, gehe ich wieder in den Pausenraum. Sue packt die übrig geblieben Lebensmittel in große Aufbewahrungsbehälter.

»Du bestellst immer viel zu viel«, sagt sie und verschließt das letzte Glasgefäß, in dem sich die Suppe befindet.

»Niemand soll hier hungern.«

»Aber du bestellst immer für zwanzig Personen mehr, wieso? Niemand isst für zwei.«

»Ich kann es mir leisten.« Ich staple die Gefäße und packe sie in eine große Plastikbox.

»Manchmal frage ich mich, wo der North hin verschwunden ist, den ich von früher kenne. Damals warst du nicht so oberflächlich und prahlerisch.« Sie stemmt ihre Hände in die Taille und mustert mein Gesicht.

»Du solltest mich besser kennen und wissen, dass ich mit Nahrungsmitteln nicht verschwenderisch umgehe.«

»Tja, jetzt geht die überschüssige Ladung ins Restaurant zurück, das findest du nicht verschwenderisch?«

Ich schließe einen langen Moment meine Augen und bin versucht, ihr die Wahrheit zu erzählen, doch ich halte mich zurück. Alles muss sie von mir auch nicht wissen. Ein paar Geheimnisse aus meinem Leben gehören ausschließlich mir. Wie dieses zum Beispiel.

»Du heckst etwas aus, ich kann es von deinem Gesicht ablesen. Was hast du wirklich mit dem Essen vor?« Sie fuchtelt mit dem Zeigefinger vor mir herum.

»Ich bringe es zurück, mehr nicht. Klingt nicht nach einem spektakulären Ereignis, oder?« Ich hebe die Box hoch.

»Du lügst, das erkenne ich sofort. Aber wenn du vor mir Geheimnisse haben willst, bitte.« Sue marschiert aus dem Pausenraum. In letzter Zeit ist sie ziemlich überempfindlich geworden. Ich sollte mir wieder einen Abend für sie frei schaufeln und das Gespräch zu ihr suchen. Jetzt habe ich dafür keine Zeit, denn das Essen muss dringend zu den Personen, die es wirklich nötig haben.

»Hey, North, wir haben dich bereits erwartet.« Johnny kommt auf mich zu und lächelt. Ihm fehlen vorn schon einige Zähne.

»Hi! Wo sind denn die neuen Schuhe hin, die ich dir letzte Woche besorgt habe?« Ich blicke an seiner braunen, zerrissenen Cordhose hinab, er trägt wieder seine alten Pantoffeln.

Er zuckt mit den Schultern. »Ein Junge hat die viel dringender benötigt als ich. Seine Mutter und er sind vor Kurzem in unseren Stadtteil gezogen.«

Ich seufze. »Wieso ändert sich hier nie etwas?«

Johnny legt seine Hand auf meine Schulter. »Du kannst nicht die ganze Welt retten. Es wird immer arme und reiche Leute geben. Jeder hat sein Schicksal selbst in der Hand.«

»Ach und warum bist du dann hier? Weil du so viele Möglichkeiten in deinem Leben hattest, aus dir etwas zu machen?« Ich will das nicht so hinnehmen. Es kann nicht sein, dass wenige Straßen weiter die Leute im Überfluss leben, Lebensmittel wegwerfen, während andere hungern und ums nackte Überleben kämpfen.

»Ich hatte auch meine Chancen und habe sie nicht genutzt. Mittlerweile habe ich damit meinen Frieden gemacht. Für mich gibt es eben keine weiteren Möglichkeiten. Außerdem, wenn ich nicht hier auf der Straße leben würde, hätte ich dich niemals kennengelernt.

Nebenbei brauchen diese Menschen eine Anlaufstelle wie mich.« Er räuspert sich. »Komm, lass uns das Essen an die anderen verteilen.«

Ich will nicht glauben, dass jeder Mensch sein Leben selbst in der Hand hat. Ich denke, dass ebenso äußere Umstände dafür verantwortlich sind. Viele von ihnen sind durch unglückliche Fügungen in diese Situation geraten. Diese Menschen tragen schlechte Familienverhältnisse, Jobverlust und viele andere Schicksale mit sich herum. Ein paar sind bestimmt dabei, die dieses Leben sehr gern führen, aber das ist ein geringer Prozentsatz, davon bin ich überzeugt. Doch der Kreis schließt sich, sobald die Leute obdachlos werden. Sie haben keine Möglichkeit auf Sozialhilfe, weil sie keinen Wohnsitz haben. Des Weiteren können sie nirgendwo arbeiten, da Firmen ein Bankkonto und einen Wohnsitz haben wollen. Diesen Leuten wird es erschwert, wieder in ein normales Leben zurückzufinden. Nur wenige Menschen haben das Glück, Verwandte zu haben, bei denen sie Unterschlupf finden. Die Mietpreise explodieren in London, was die Wohnsituation für ärmere Personen noch verschlechtert.

SOUTH

Obwohl es früher Nachmittag ist, dröhnt der Bass aus allen Ecken. Die Bar ist am Rand mit Neonlicht ausgeleuchtet.

»Hallo, Kleine, was kann ich dir zu trinken bringen?«

»Eigentlich bin ich wegen der Stelle hier, die draußen ausgeschrieben ist. Ihr sucht doch noch eine Kellnerin?«

Der Typ mit rotem Vollbart lässt ungeniert seinen Blick über mich gleiten. Ich komme direkt aus dem Büro und habe eine weiße Bluse mit einer braunen Stoffhose an. Es ist natürlich kein Outfit für diese Bar, aber wirkt zumindest seriös.

»Ich denke, diese Bar ist nichts für dich. Such dir lieber einen Bürojob, bei dem du von den unzähligen Idioten, die hier unterwegs sind, nicht angemacht wirst.«

»Lass dich von meinem Äußeren nicht täuschen, ich kann damit umgehen. Wer ist hier eigentlich der Boss?«

»Ich und ich erkenne sofort, wenn jemand nicht in diese Bar reinpasst.« Er zupft an seinem Bart, der bis zu seiner Brust langt.

»Wie gesagt, ich brauche diesen Job und ich bitte dich, mir eine Chance zu geben.«

Er fixiert mich misstrauisch und in seiner Miene ist deutlich zu erkennen, dass er gerade abwägt, was die richtige Entscheidung für ihn ist.

»Du wirst es nicht bereuen.« Ich strecke ihm meine Hand entgegen. »Also? Wann soll ich anfangen?«

Er stützt beide Hände auf dem Tresen ab. Kurz blickt er zur Seite, weil die Tür aufspringt und eine Horde Männer die Bar betritt. Er begrüßt sie mit einem Nicken und richtet dann seine Aufmerksamkeit wieder mir zu. »Okay, wenn du diesen Job wirklich willst, kannst du dich gleich jetzt beweisen. Ich bin gespannt, ob du das Zeug dazu hast, hier zu arbeiten.« Er schüttelt meine Hand und lächelt. »Ich bin Greg, und du?«

»South und ich freue mich, gleich loslegen zu dürfen.« Er weist mich in die wichtigsten Dinge ein. Währenddessen zwirble ich meine Haare zu einem unordentlichen Dutt nach oben, kremple die Ärmel bis zum Ellbogen hoch. Meine Tasche kann ich hinter dem Tresen in einer Schublade verstauen.

Ich nehme die Bestellung der Herren auf. Gelegentlich kommt der eine oder andere Flirtversuch, doch ich bin in Hackney aufgewachsen, da lernte ich schnell, wie man mit solchen Männern umgeht. Hin und wieder spüre ich Gregs Blick auf mir, wenn ich neue Gäste bediene. Meine Glieder fühlen sich von Stunde zu Stunde schwerer an, doch ich halte es aus. Das muss ich auch, wenn ich die Mietrückstände und die Schulden bezahlen will.

Langsam leert sich die Bar, denn die Leute ziehen in andere Klubs weiter. Ich bin gerade damit beschäftigt, die letzten Gläser in den Spüler zu räumen, als neben mir ein Räuspern ertönt.

»Also wenn du willst, kannst du Donnerstag, Freitag und jeden zweiten Samstag bei mir arbeiten. Du hast heute einen sehr guten Job gemacht.« Greg grinst, dabei blitzt sein goldener Schneidezahn hervor. Als ich diese Bar betreten habe, hatte ich keine Angst vor ihm, denn seine unzähligen Tätowierungen und sein Bart haben mir sofort ein Gefühl von Sicherheit vermittelt. Meine Erfahrung hat gezeigt, dass man sich vor den reichen Anzugträgern fürchten muss. Sie zeigen dir ein nettes Lächeln, sprechen vielleicht noch höflich mit dir und dann halten sie dir Verträge unter die Nase, die dein ganzes Leben auf den Kopf stellen. Männer wie Greg sind aus einem ehrlichen Holz geschnitzt. Sie zeigen dir sofort, wenn du ihnen unsympathisch bist.

»Vielen Dank«, sage ich und schenke ihm ein aufrichtiges Lächeln.

»Übrigens, das Trinkgeld dort gehört dir.« Er deutet mit dem Kopf zur Glasschüssel.

»Du hast deinen Anteil noch gar nicht rausgenommen.« Ich stelle die Schüssel zwischen uns auf den Tresen.

»Ich nehme kein Trinkgeld, das gehört nur meinen Angestellten«, brummt er und wieder schenkt er mir ein Lächeln.

Nun wird mein Herz schwer, denn ich wusste nicht, was Greg für ein Boss ist, aber er hat eindeutig das Herz am rechten Fleck. Ich umrunde die Bar und umarme ihn. Er rettet mir nicht nur die Nacht, sondern auch das Essen für die nächsten beiden Tage.

Die Wohnung ist dunkel, als ich sie betrete. Vorsichtig streife ich meine Schuhe ab, als das Licht im Flur angeht. »South, wo warst du? Ich habe mir Sorgen gemacht.« Mum steht in ihrem dunkelblauen Morgenmantel vor ihrem Schlafzimmer.

»Entschuldige bitte, ich habe ganz vergessen, dir eine Nachricht zu schreiben. Aber ich habe heute einen zweiten Job bekommen.«

»Einen zweiten Job? Das ist doch viel zu viel. Ich kann auch arbeiten gehen.«

»Mum, ich bin müde. Lass uns morgen darüber sprechen, okay?« Ich schleppe mich förmlich in mein Zimmer. Meine Fußsohlen brennen. Die hohen Schuhe waren nicht das beste Schuhwerk. Samt Kleidung falle ich rücklings aufs Bett. Ich bin einfach zu müde. Kurz blicke ich auf die digitale Uhr. Zwei Uhr morgens. Vier Stunden Schlaf müssen reichen, bis mein Wecker wieder klingelt. Meine Augen fallen zu und ich versinke in die Traumwelt.

Das piepsende Geräusch meines Weckers weckt mich und lässt meine Lider langsam aufschlagen. Ich seufze laut, bevor ich mich erhebe. Meine Arme strecke ich nach oben, ehe ich aus dem Bett krieche und mich im Bad verschanze. Schnell habe ich mich meiner Klamotten von gestern entledigt und steige in die Wanne. Ich drehe das Wasser auf und will gerade meine morgendliche Dusche genießen, als das Wasser eiskalt über mich rinnt.

Ich kreische auf und springe aus der Wanne. »Mum! Wieso haben wir kein warmes Wasser?«

Meine Mutter öffnet die Tür einen Spalt und steckt den Kopf herein. »Oh, ich habe wohl vergessen, den Thermostat wieder einzuschalten. Soll ich dir schnell Wasser aufkochen?« Sie verzieht schuldbewusst das Gesicht.

»Nicht nötig, dann dusche ich eben kalt.« Wäre nicht das erste Mal. Wie oft haben wir den Warmwasserboiler ausgesteckt, um Stromkosten zu sparen. Auch jetzt sind wir wieder in dieser Situation. Wir blenden die Gefahr aus, dass sich Keime und Bakterien, die für Menschen sogar tödlich sein können, bilden könnten. Man muss eben sparen und das an jeder Stelle.

Meine Mutter verlässt das Bad und ich wage einen neuen Versuch, bewege den Wasserhahn nur vorsichtig. Ich drehe mich mehrmals im Kreis, um nicht zu lange an derselben Stelle die Kälte zu spüren. Als ich fertig bin, kuschle ich mich in das raue Badehandtuch. Sofort erwärmen sich meine Glieder. Mein Blick verharrt an meinem Spiegelbild.

»Neuer Tag, neues Glück«, sage ich und versuche, ein aufrichtiges Lächeln zustande zu bringen.

Auch wenn mein Leben derzeit eine völlige Katastrophe ist, will ich trotzdem nicht aus den Augen verlieren, dass nach jeder dunklen Zeit wieder ein helles Licht für mich scheinen wird. Ich muss nur durchhalten und die Hoffnung aufrechterhalten.

»Ich weiß, dass es dich gibt, deshalb schick mir Kraft und Energie, diese Zeit durchzustehen.« Ich blicke auf die Decke, wo sich ein großer Riss erstreckt. Für manche mag der Glaube an Gott oder an eine höhere Macht blödes Geschwätz sein. Doch mir hat es in den letzten Jahre geholfen, zu überleben, die Hoffnung auf etwas Positives nicht zu verlieren. Vielleicht wäre ich sonst schon irgendwo an einen Dealer geraten und würde mich nur noch von der Nadel ernähren. Ich weiß, dass ich eine strahlende Zukunft erleben werde, bei der mich keine Geldsorgen plagen, keine Ängste, ob ich mir am Ende des Monats überhaupt noch etwas zu essen leisten kann, oder ob ich hungern muss. Diese Sorgen sind zwar mein ständiger Begleiter, aber nun wiege ich mich ein bisschen in Sicherheit. Denn ab sofort habe ich den Job in der Bar und den als Anwältin. Ich muss dankbar für dieses Geschenk sein.

Dankbarkeit sollte ich mir ständig ins Gedächtnis rufen.

. . .

Die Buchstaben auf dem Bildschirm scheinen zu tanzen. Ich reibe meine Augen, um sie wach zu bekommen. Die vergangenen Wochen zollen nun ihren Tribut. Die Doppelbelastung ist anstrengender, als ich mir vorgestellt habe. Tagsüber im Büro und abends in der Bar zu arbeiten, ist für mich kein leichtes Unterfangen. Ich brauche unbedingt frische Luft und einen Kaffee. Ich lasse den Computer und alles andere so stehen, um im Eilschritt zur Kaffeeküche zu gelangen.

»Hey, da scheint jemand noch dringender einen Kaffee zu benötigen als ich.« Sue hält mir eine Tasse entgegen. »Warst du etwa mit deinen Freundinnen feiern? Bestimmt hast du ein paar heiße Typen kennengelernt oder interessieren dich eher Frauen?« Sie quasselt so schnell, dass mein müdes Gehirn es fast nicht aufnehmen kann.

»Nichts von dem.« Ich könnte noch hinzufügen, dass ich gar keine Freundinnen habe. Denn durch die unzähligen Nebenjobs neben dem Studium habe ich keine Freunde mehr. Partys kosten Geld, was ich selten hatte.

»Du kannst es mir ruhig erzählen, ich sag es auch niemanden. Außerdem bist du noch so jung, da muss man jeden Tag feiern.« Sue redet so schnell weiter, dass es in meinem Kopf einen dröhnenden Schmerz erzeugt. Nebenbei liegen wegen meiner Müdigkeit die Nerven blank.

»Ich habe keine Freunde, okay?«, entgegne ich schroffer als gewollt, dann eile ich aus der Kaffeeküche.

Ich habe keine Lust auf das mitleidige Gesülze, was definitiv gekommen wäre. »Ohne Freunde ist man nicht überlebensfähig« ist nur einer der Sprüche. Meine Freunde sind mein Tagebuch und meine Mutter. Und manchmal, wenn ich ganz verzweifelt bin, dann spreche ich zu Gott, so wie in den letzten Wochen.

Als wäre mein Tag nicht schon beschissen genug, begegnet mir auch noch North. Er kommt auf mich zu. Seine muskulösen Arme zeichnen sich durch das weiße Hemd ab. Das Sakko hat er wohl in seinem Büro liegen gelassen. Die dunkelblaue Anzughose sitzt wie angegossen. Gestern konnte ich einen kurzen Blick auf seinen Hintern erhaschen und ja, er ist genauso, wie man sich ihn als Frau wünscht. Fest und knackig.

»Guten Morgen, South«, begrüßt er mich mit einem tiefen Timbre, dabei sieht er mir fest in die Augen. Wieso muss er mich immer so eindringlich anschauen? Liegt es an seinem Beruf? Will er mich dadurch in meine Schranken als seine Angestellte weisen? Aber nicht mit mir, denn ich habe vor seinem intensiven Blick keine Angst. Ich bin genauso selbstbewusst wie er.

»Guten Morgen, North«, erwidere ich und halte seinem Blick stand. Keiner von uns beiden lächelt. Sind wir in einem geheimen Krieg, wer von uns stärker ist? Trotzdem kann ich das aufgebrachte Pochen meines Herzens kaum ignorieren. Denn auch wenn North mein Feind ist, muss ich mir eingestehen, dass er ein ziemlich heißer Typ ist.

»Und, wie geht es dir mit deiner Arbeit? Gefällt sie dir?« Versucht er, mit mir Small Talk zu führen?

»Genau wie aus dem Lehrbuch«, antworte ich ehrlich. »Bisher gibt es keine Komplikationen.«

»Gibt es hier im Flur ein Meeting, von dem ich nichts weiß?« Sue erlöst mich aus diesem erzwungenen Gespräch.

»Kein Meeting, nur ein interessiertes Nachfragen, wie es unserer neuen Mitarbeiterin geht«, sagt er und lässt mir eine kurze Verschnaufpause von seinem intensiven Blick.

»Ich muss dann wieder an meine Arbeit.« Ich mache einen großen Bogen um North. Vielleicht ist es übertrieben, jedoch ist es besser, wenn ich ihn auf Abstand halte. Eigentlich wollte ich sein Vertrauen gewinnen und ihm das andere Hackney zeigen, aber dafür muss ich ausgeschlafen sein und das bin ich heute definitiv nicht.

»Warst du etwa unfreundlich?«, höre ich Sue hinter mir zu ihm sagen. Sie könnten wenigstens leiser über mich sprechen.

»Du solltest mich besser kennen«, erwidert er hart, ehe ich in meinem Büro verschwinde. Die beiden dürften eine engere Bindung zueinander haben, als ich vorher gedacht habe. Sie redet mit ihm, als wären sie eher Freunde als Kollegen. Ich muss jedenfalls auf der Hut sein, denn auch Sue könnte eine Person sein, der ich nicht vertrauen kann. Vielleicht will er mich mit ihrer Hilfe ausspionieren?

»Hör auf, solche Paranoia zu haben«, murmle ich und setze mich auf meinen Platz. Ich muss mir dringend einen Plan zurechtlegen, damit ich North überzeuge, sein Vorhaben zu revidieren, uns Mieter aus dem Wohnhaus zu werfen.

Es klopft an meine Tür und ich rufe laut: »Ja bitte!«

Sofort erkenne ich Sues schwarze Haare. »Kann ich dich kurz stören?«

»Ja, klar, was gibt es?« Ich nippe an meiner Tasse Kaffee und deute ihr, dass sie gegenüber meines Schreibtisches Platz nehmen soll.

»Hast du wirklich keine Freunde?«

»Wer genau will das wissen? Du oder North?« Mein Körper ist in Alarmbereitschaft. Mein Herz schlägt schneller und meine Fingerspitzen kribbeln.

»Ich natürlich. Wie kommst du auf North?« Sie zieht eine Braue nach oben.

»Nur so ein Gedanke.« Ich lehne mich zurück, dabei lasse ich sie aber nicht aus den Augen. Ich erkenne sofort jede Unstimmigkeit, wenn ich die Haltung meines Gegenübers annehme. Deshalb spiegele ich sie genauso. Ich schlage das rechte Bein über das andere. Die Tasse stelle ich zurück auf den Schreibtisch und lege meine Hände auf meinen Schoß.

»Ich bin als Kollegin hier und nicht als Norths Spionagehund, wenn du das denkst. Ich kenne den Konflikt, den ihr habt, nur allzu gut und ich werde mich da bestimmt nicht einmischen. Das ist euer Problem, nicht meines.« Ihre Worte klingen ehrlich, trotzdem bleibe ich reserviert. »Wieso hast du keine Freunde? Das frage ich nicht für North, viel mehr mache ich mir um dich Sorgen. Jeder braucht doch Freunde.«

»Ich komme ganz gut klar«, erwidere ich kühl.

»Das sieht man. Aber mit wem feierst du, wenn es einen besonderen Anlass wie deinen Geburtstag oder eben einen neuen Job gibt?«

»Ich feiere nicht.« Ich würde gern hinzufügen »Weil mir einfach das Geld dazu fehlt«, aber das lasse ich lieber. Denn das wäre für North bestimmt ein gefundenes Fressen, mich noch mehr unter Druck zu setzen.

»Du warst noch nie auf einer richtigen Party?«

»Natürlich war ich das, aber es hat mich nicht glücklich gemacht«, lüge ich und verschränke meine Arme vor der Brust. Ich kann sie nicht länger spiegeln, weil ich damit beschäftigt bin, meine Fassade aufrecht zu halten. Denn wie gern wäre ich mit meinen Studienkolleginnen um die Häuser gezogen. Wie oft wollte ich auch mal ausgelassen feiern und alles um mich herum vergessen. Jegliche Verantwortung für ein paar Stunden ablegen. Aber ich musste sehr schnell erwachsen werden, meine eigenen Bedürfnisse hintanstellen, in der Hoffnung, einmal ein besseres Leben zu führen als meine Mutter.

»Hast du Samstag schon etwas vor?«

»Nein.« Dies ist mein freier Samstag, doch am Freitag habe ich Dienst.

»Gut, dann hole ich dich um acht ab und zeige dir London, wie du es noch nie erlebt hast.«

Ich schüttle den Kopf. »Ich sagte ja schon, ich mag Partys nicht so gern.« Allein bei dem Gedanken, wie viel Geld dabei draufgeht, dreht sich mein Magen um.

»Mach dir um die Kosten keine Sorgen, dafür findet sich immer eine Lösung.« Sie lächelt und erhebt sich. »Acht Uhr und ich werde definitiv pünktlich sein.«

Abrupt stehe ich auf. »Sue, ich bin nicht irgendein Hilfsprojekt.«

Sie dreht sich langsam zu mir um. »Das habe ich auch nicht gesagt. Ich komme aus derselben Gegend, wo du jetzt wohnst, ich würde dich niemals abwertend behandeln. Es tut mir leid, wenn ich dich mit meiner Aussage verletzt habe. Aber ich weiß auch, wie hart dort das Leben manchmal sein kann. Also lass meine reichen Freundinnen zahlen, sie machen das sowieso, ob du nun dabei bist oder nicht. Sie werfen gern mit dem Geld um sich und warum willst du das nicht genießen?«

»Du bist mit ihnen nur wegen des Geldes zusammen unterwegs?«

»Ach Süße, mach nicht aus allem eine Doktorarbeit. Wir sind Freunde und nicht wegen des Geldes, das sie für andere ausgeben. Ich kenne sie schon so lange, da war ich selbst arm. Sie haben aber nicht meinen Besitz bewertet, sondern meine Persönlichkeit. Und da ich dich als netten Menschen kennengerlernt habe, denke ich, sie werden dich genauso mögen wie mich. Samstag acht Uhr und zieh dir was Schickes an.«

NORTH

»Hallo, Johnny.« Auch wenn ich schon seit Wochen die Leute hier mit Essen versorge, schmerzt es in meiner Brust, nicht mehr für die Männer tun zu können. Sie bräuchten ein Zuhause, um wieder ein normales Leben führen zu können. Manche von ihnen arbeiten sogar in Minijobs, aber die Mietpreise in London sind so massiv gestiegen, sodass sie schließlich aus ihrer Wohnung geworfen wurden.

»Danke, heute sind ein paar Jungs dazugekommen. Darf ich sie dir vorstellen? Steven, Marc und Dominic.«

»Hallo«, begrüßen mich die drei Männer, die im Alter von zwanzig bis vierzig Jahren sind. Sie sind eindeutig keine Junkies und auch nicht alkoholabhängig, dafür habe ich ein Gespür. Trotzdem sind sie aufgrund eines falschen Systems in unserer Stadt auf der Straße gelandet.

Ich stelle die Box ab und die Männer beginnen

damit, die Speisen gerecht aufzuteilen. Einmal habe ich mit Johnny gesprochen und er erzählte mir, wie es zu seiner Situation kam. Zuerst verlor er den Job, danach seine Frau durch einen tragischen Unfall und dann konnte er plötzlich die Hypothek nicht mehr bezahlen. Die Mietpreise sind in den letzten Jahren massiv gestiegen und es ist für die normalen Bürger kaum noch möglich, bezahlbar zu wohnen. Ich arbeite daran, auch wenn ich dadurch von vielen gehasst werde. Ich habe die vergangenen Jahre mit Immobiliengeschäften genug Geld verdient, das es mir ermöglicht, etwas zu schaffen, das wenigstens ein bisschen die Welt verändert.

Ich setze mich auf die Parkbank und beobachte, wie die Männer ihr Essen verschlingen. Ich lasse sie in dieser Zeit in Ruhe. Ich bin nicht der Typ, der gern im Mittelpunkt steht.

»Verfolgst du mich jetzt schon in meinem Viertel?«

Ich reiße den Kopf herum und Souths Miene ist von Wut verzerrt.

»Ich hatte hier etwas zu erledigen.« Ich könnte ihr den wahren Grund nennen, aber das ist mein kleines Geheimnis, von dem niemand weiß, und das soll auch so bleiben.

»Du lügst doch. Du kannst noch so ernst dreinschauen, ich erkenne es. Willst du einen Grund finden, um uns schneller aus der Wohnung zu werfen? Damit du mehr Geld verdienen kannst?«

»Du hast deine Meinung über mich gefällt und ich bin nicht dafür da, das zu ändern.« Natürlich könnte ich erwähnen, dass ich für die bestehenden Mieter Ersatzwohnungen geschaffen habe. Sie sind etwas kleiner, aber bestimmt besser als ihre jetzige Wohnung. Es ist nicht meine Aufgabe, dass sie auch das Kleingedruckte lesen. Das liegt in der Verantwortung eines jeden selbst. Es wird keiner dazu verpflichtet, in die Ersatzwohnung zu ziehen, es ist lediglich ein Angebot. Aber wie mir scheint, ist das für sie nicht relevant. Sie ist stur und nervt mich langsam.

Sue hat mir ihren finanziellen Background geschickt. Es ist unmöglich, die Rechnungen noch lange zu begleichen. Ihre Mutter ist arbeitslos und sie haben Mietschulden sowie einen Kredit. Sie sollten froh sein, wenn ich ihnen eine kleinere Wohnung mit einer günstigeren Miete vermittle.

»Ach, was soll ich jetzt denken? Dass du der Gute bist und uns nur zu unserem persönlichen Glück verhilfst?« Sie setzt sich neben mich auf die Parkbank.

»Wäre doch mal eine neue Sichtweise.«

Sie schnaubt. »Du verstehst nichts, oder? In unserem Haus sind wir wie eine kleine Familie. Ich wohne dort mit den anderen schon über zwanzig Jahre. Wir sind glücklich so, wie es jetzt ist.«

»Du willst mir erzählen, dass du dich in diesem ...« Ich halte kurz inne, denn eigentlich wollte ich Rattenloch sagen, aber das wäre bestimmt das falsche Wort. »... heruntergekommenen Haus wohlfühlst?«

»Nicht jeder braucht Luxus, um glücklich zu sein. Es gibt auch andere Dinge im Leben, die einem ein gutes Gefühl vermitteln.«

»Jetzt komm mir nicht mit dem Spruch ›Geld macht

nicht glücklich‹. Denn das tut es. Es verschafft einem eine warme Wohnung, gutes Essen und ruhigere Nächte zum Schlafen.«

»Vielleicht, aber es schafft nicht diese Atmosphäre, die ich täglich hier erlebe. Hast du dir diesen Stadtteil schon mal genauer angeschaut? Das besondere Flair gespürt und auf dich wirken lassen?«

Ich versuche, in ihren Augen zu lesen, was in ihr vorgeht. Sie brennt für diesen Bezirk, als wäre sie hier tatsächlich glücklich. Ich kann mir das beim besten Willen nicht vorstellen. Nichts davon kann einen glücklich machen. Viele Wohnungen sind heruntergekommen und bräuchten eine Sanierung.

Mein Blick schweift zu Johnny, der gerade mit einem anderen Mann auf dem Weg ist, mir die Boxen zu bringen. Ich schüttle den Kopf, um Johnny mitzuteilen, dass jetzt ein ungünstiger Zeitpunkt ist, zu mir zu kommen, doch er versteht den Hinweis nicht. South hingegen springt auf, weil sie meine Geste sehr wohl wahrgenommen hat.

»Du bist ein beratungsresistenter Snob.« Sie macht auf dem Absatz kehrt und verschwindet. Eigentlich hätte ich mit ihr gern noch weiter über diese Gegend sinniert. Mich hätte tatsächlich interessiert, wie sie sie wahrnimmt. Gleichzeitig bin ich aber auch erleichtert, dass sie geht. Niemand soll erfahren, dass ich jeden Tag die Leute hier mit Essen versorge. Denn dann würden Fragen aufkommen und die Menschen würden eventuell über mich zu recherchieren beginnen und womöglich würden sie über mich Dinge rausbekommen, die außer Sue niemand weiß. Ein Grund, warum ich diesen Stadtteil auf Biegen und Brechen verändern will. Dieser Ort muss ein neues Gesicht erhalten, dafür werde ich alles mir Mögliche tun.

Wenn sich der weiße Milchschaum mit dem Kaffee vermischt, wird aus Schwarz Braun. Etwas völlig Unbedeutendes, aber trotzdem passiert es gerade. Ich rühre in meiner Kaffeetasse, während Sue mich nicht aus den Augen lässt.

»Du weißt schon, dass man abends keinen Kaffee trinken soll, weil man dann nicht schlafen kann?«

Ich hebe den Blick. »Schlaf wird völlig überbewertet. Also, was hast du noch über South herausgefunden?«

»Ihre finanzielle Lage ist wirklich mies, aber sie hat jetzt einen neuen Job in einer Bar in Hackney angenommen.«

»Sie arbeitet doch schon bei uns.«

»Tja, die Kleine solltest du nicht unterschätzen. Sie hat eindeutig Biss und wird sich bestimmt nicht so leicht aus ihrer Wohnung vertreiben lassen.« Sue legt ihr Handy auf den Tisch und scrollt in ihren Notizen.

»Du weißt genau, dass ich sie nur in einen anderen Stadtteil umsiedeln möchte. Sie verlieren definitiv ihr Dach über den Kopf nicht. Richard hat dafür alles in die Wege geleitet. Wie sieht es mit den anderen Mietern aus?«

»Alle zahlen pünktlich ihre Miete, es gibt an sich nichts zu beanstanden.«

»Das ist ein Problem, denn ich brauche einen triftigen Grund, um die Kündigung rechtfertigen zu können. Ich hatte wirklich gehofft, sie würden mein Angebot annehmen und das ohne Komplikationen.« Meine Fingerspitzen trommeln auf dem Holztisch.

»Richard meinte, du könntest die Wasserzufuhr unterbrechen und ankündigen, dass sie komplett saniert gehören. Des Weiteren könntest du jemanden beauftragen, der dieses Gebäude als gesundheitsgefährdend einstuft. Aber möchtest du das wirklich? Willst du mit diesen unsauberen Mitteln arbeiten, um dein Ziel zu erreichen?« Sues Bedenken sind berechtigt. Bisher hatte ich nie mit solchen Maßnahmen hantieren müssen, denn die Mieter waren über einen Wohnungswechsel immer sehr glücklich. Es gab keine Diskussionen oder andere Probleme. Nur in diesem Fall verstehen sie ihren Vorteil nicht. Und ich kann es einfach nicht nachvollziehen. Sie ziehen in einen besseren Stadtteil und das ohne Mehrkosten. Der einzige Nachteil liegt wohl darin, dass die Wohnungen etwas kleiner sind als jetzt.

»Nein, wir müssen einen anderen Weg finden. Richard soll sich darum kümmern. Informier ihn über die Details.«

»Du weißt, dass ich ihn nicht besonders gut leiden kann.«

»Du brauchst es ihm nur mitzuteilen, mehr nicht. Außerdem hat er bei den letzten Wohnungen ausgezeichnete Arbeit geleistet.«

»Er verdient dafür auch genug.« Sue hat recht, bei jeder neu vermittelten Wohnung kassiert er eine Provision, aber das ist für seine Arbeit nur gerechtfertigt. Durch seinen Einsatz haben wir in den vergangenen Jahre Unmengen an Gewinn generiert.

»Was hat er dir getan, dass du ihn nicht ausstehen kannst?« Ich lege den Löffel auf der Untertasse ab und setze die Tasse an meine Lippen.

»Nichts, aber es ist so ein Bauchgefühl, wenn er spricht. Er ist überheblich und denkt, er hätte für alles eine Lösung.«

»Na ja, ganz unrecht hat er damit nicht, oder? Immerhin war es sein Verdienst, dass die letzten Projekte so glatt über die Bühne gelaufen sind.«

»Na gut, ich schreibe ihm gleich eine E-Mail.«

»Hast du den Namen der Bar, in der South arbeitet?«

»Was willst du tun? Sie dort besuchen? Oder besser gesagt kontrollieren?« Sie lehnt sich zurück und dreht dabei ihr Wasserglas.

»Ich kontrolliere niemanden, es interessiert mich einfach.«

»North, du machst nie etwas ohne Grund, also raus mit der Sprache. Oder hast du dich in die Hübsche mit den grandiosen Locken verliebt?«

Ich bücke mich etwas über den Tisch und sehe Sue eindringlich an. »Ich verliebe mich nicht, das solltest du am besten wissen.«

Sie lacht laut auf und fasst sich sogar an den Bauch. »Du hast wirklich keine Ahnung von Liebe, oder? Sie passiert, ob du willst oder nicht. Und dir würden ein paar Schmetterlinge im Bauch richtig guttun. Vielleicht würdest du dann nicht immer so ernst dreinschauen.«

»Ich mag es nicht, wenn ich lächle, es macht mich angreifbar.« Meine Miene ist wie gewohnt hart.

»Es könnte dich aber auch sympathisch wirken lassen.«

»In der Geschäftswelt braucht man keine Sympathie, sondern Taten, die ich liefere.« Ich deute der Kellnerin, damit wir zahlen können. Es ist bereits acht Uhr und ich möchte unbedingt noch in der Bar vorbeischauen, in der South arbeitet. Ich muss mir ein besseres Bild über sie machen. »Sagst du mir jetzt die Adresse?«

Meine Freundin seufzt. »Okay, aber meinst du nicht, es wäre besser, wenn ich hingehe? Irgendwie werde ich das Gefühl nicht los, dass ihr beide nicht nur wie zwei verschiedene Himmelsrichtungen heißt, sondern auch in unterschiedlichen Galaxien lebt.«

»Uns verbindet mehr, als mir lieb ist. Deshalb muss ich erfahren, was genau die Beweggründe für ihre Abwehrhaltung sind. Ich war damals froh, endlich aus der Gosse wegzukommen. Hätte mir früher jemand so ein Angebot unterbreitet, wäre ich glücklich darüber gewesen und hätte, ohne zu überlegen, zugestimmt.«

»Vielleicht hat sie andere Erfahrungen in diesem Viertel gemacht als du?« Die Kellnerin tritt an unseren Tisch und ich reiche ihr meine Kreditkarte.

»Hast du etwa so schöne Erinnerungen an diesen Ort? Sag bloß, du würdest freiwillig in diese Gegend zurückkehren?« Sue und ich sind dort zusammen aufgewachsen. Sie ist ein paar Jahre älter als ich, dennoch hat sich durch ihren Großvater zwischen uns eine Freundschaft entwickelt.

»Nicht alles war scheiße«, entgegnet sie mir.

»Aber würdest du wieder dort wohnen wollen?«

»Nach deinem Projekt, ja.« Sie lächelt, aber gleichzeitig bestätigt sie mir, dass die Zeit, die wir damals in diesem Viertel erlebten, einfach nur grauenvoll war. Diebstahl, Gewalt und Armut standen auf der Tagesordnung. Wie soll man in so einer Gegend nur ein bisschen Schönheit sehen?

SOUTH

Während ich die Gäste bediene, kreisen meine Gedanken ständig um North. Er wird alles dafür tun, um uns loszuwerden. Davon bin ich überzeugt. Vorhin habe ich das Kündigungsschreiben nochmals durchgelesen. Nichts, was darauf steht, verschafft uns eine bessere Perspektive. Er ist der Überzeugung, dass er uns damit etwas Gutes tut. Die kleinere Wohnung ist nicht das, was wir wollen. Alles daran ist falsch. Er denkt nur an seinen Gewinn.

»Machst du mir drei Whisky und zwei Guinness?«

Greg steht hinter der Bar und beginnt, meine Bestellung vorzubereiten. »Du wirkst heute etwas gedankenverloren. Ist alles okay bei dir?«

Ich seufze. »Mein anderer Boss aus dem Büro ist derjenige, der meine Mutter und mich aus der Wohnung werfen möchte.« Eigentlich bin ich nicht so gesprächig, aber diesmal brauche ich dringend jemanden zum Reden. Meine Mutter war beim Arzt, der eine leichte Bronchitis diagnostiziert hat. Ich vertraue ihr diesbezüglich und hoffe, dass es ihr mit dem Spray und den Medikamenten bald besser geht. Seit ich diesen Job in der Bar angenommen habe, hat sich eine gewisse Distanz zwischen uns entwickelt. Sie hält nichts davon, dass ich hier arbeite. Ich habe derzeit keine Lust, mit ihr darüber zu diskutieren. Schlussendlich bin ich sogar dankbar, jetzt hier zu sein. Greg gibt mir nicht ständig Ratschläge, wie ich mein Leben zu führen habe. Außerdem habe ich noch immer nicht den Mut gefunden, meiner Mutter zu beichten, dass North nicht nur der Mann ist, der uns auf die Straße setzen will, sondern auch noch mein Boss. Irgendwie bin ich gehemmt, denn ich kann nicht abschätzen, wie meine Mutter darauf reagieren wird. Es gibt unzählige Möglichkeiten.

»Okay, das klingt nach einer Herausforderung. Aber du bist schlau und wirst bestimmt eine Lösung parat haben, oder?« Er nimmt das Bierglas und lässt die goldene Flüssigkeit langsam in das Glas rinnen.

»Ehrlich gesagt nicht. Ich kann ihm doch schlecht während der Arbeit mit meiner Wohnsituation auf die Nerven gehen.«

»Bist du glücklich, so wie du jetzt wohnst?«

Gregs Frage irritiert mich. »Natürlich. In der Wohnung müssten zwar ein paar Dinge saniert werden, aber das sind Kleinigkeiten.«

»Würdest du auch dort wohnen, wenn du viel Geld hättest?« Kurz blickt er zu mir und dann konzentriert er sich wieder auf das Bier.

»Keine Ahnung, darüber habe ich mir noch keine Gedanken gemacht. Aber darum geht es auch nicht. Wer findet in London innerhalb von drei Monaten eine schöne und bezahlbare Wohnung?« Ich strecke meinen Zeigefinger belehrend hoch. »Genau, niemand. Nebenbei kennen wir unsere Nachbarn, wir sind wie eine kleine Familie. Wir wollen nicht woanders hin.«

»Veränderung ist nicht immer was Schlechtes.« Er stellt das Glas mit der weißen Schaumhaube auf mein Tablett.

»Der Unterschied liegt darin, dass ich es mir nicht so ausgesucht habe.« Langsam gehen mir Gregs schlaue Ratschläge auf die Nerven. Ob er etwa so ein Mensch ist, der in allem nur das Gute sieht, auch wenn es sich noch so scheiße anfühlt?

»Also meine Erfahrung war stets, bei jedem gravierenden Scheiß, den ich in meinem Leben erlebt habe, kam danach immer etwas Positives. Nur versteht man den Sinn dahinter erst kurz darauf oder erst Jahre später. Jede Veränderung, egal ob gut oder schlecht, bringt dich auf einen neuen Weg.«

»Aber ich will dort nicht weg. Du sollst mir nicht den Wechsel schmackhaft machen, sondern mir lieber sagen, wie ich meinen Boss umstimme, damit er die Kündigung zurückzieht.«

Er zuckt mit den Schultern. »Da musst du wohl selbst dein hübsches Köpfchen anstrengen.« Er stellt das letzte Getränk auf mein Tablett und im Augenwinkel sehe ich, dass die Eingangstür aufgeht. Wie automatisch blicken Greg und ich hin.

Augenblicklich erstarre ich. Das ist jetzt nicht wirklich meine Realität, oder? Ich muss träumen, denn North kommt zur Tür herein. Mit seinem aufrechten Gang strahlt er eine Selbstsicherheit aus, als würde er jetzt schon diese Bar besitzen.

»Dieser Typ hat sich eindeutig in unsere Bar verirrt. So wie der aussieht, dürfte dieser Mann richtig Kohle haben. Also streng dich an, dass der Kerl heute mindestens ein paar Hundert Pfund bei uns lässt.«

Ich reiße den Kopf herum und blicke Greg entsetzt an. »An was dachtest du? Soll ich etwa meine Bluse weiter aufknöpfen? Dann kannst du ihn doch bewirten.« Meine Stimme ist hart.

»Das war ein Scherz«, sagt Greg und grinst verräterisch.

»Ha, ha, ich habe schon lange nicht mehr so gelacht«, sage ich mit einem gespielten Lächeln. »Der Typ ist mein Boss. Den kannst du bedienen.«

»Das ist dein Boss? Der sieht ja richtig gut aus. Ich dachte, dein Chef ist so ein alter Knacker wie ich.«

»Du bist nicht alt.« Obwohl ich erst ein paar Wochen hier arbeite, habe ich zu Greg eine gewisse Verbundenheit. So als wäre er mein Vater.

»Machst du mir etwa Komplimente, damit ich deinen Job erledige?« Er streichelt väterlich über meine Hand.

»Niemals«, erwidere ich mit einem breiten Grinsen und klimpere mit meinen Wimpern. »Trotzdem wäre ich dir dafür unendlich dankbar.«

»Ich denke, er hat dich bereits im Visier.« Greg schmunzelt.

»Du kannst mich nicht so kaltherzig an meinen Boss ausliefern. Bitte, übernimm diesen selbstgefälligen Snob.«

Plötzlich ertönt ein Räuspern neben mir. »Hallo, South, das ist mal eine Überraschung, dich hier zu treffen.« Er legt seine Hand auf den Tresen und ein braunes Lederband kommt an seinem Handgelenk zum Vorschein.

»Das ist wirklich ein komischer Zufall.« Misstrauisch schaue ich ihn an. Kurz herrscht zwischen uns ein bedrückendes Schweigen.

»South, die Getränke werden warm, wenn du sie nicht den Gästen servierst.« Greg deutet mit dem Kopf zu dem Tisch am Ende der Bar.

»Natürlich«, antworte ich und nehme das Tablett. Kurz heftet sich mein Blick erneut an North, der wieder mal keine Miene verzieht. Manchmal frage ich mich, ob sein Gesicht eingefroren ist. Weder entweicht ihm ein Lächeln noch kann man irgendeine andere Emotion ablesen. Gibt es Menschen, die nichts fühlen? Keine Wut, keine Trauer und schon gar nicht Glück? Ich könnte mir ein Leben gar nicht vorstellen, ohne diese Emotionen zu erleben. Natürlich könnte ich auf die negativen gern verzichten, aber wo es Dunkelheit gibt, muss es auch Licht geben.

Ich spüre Norths Blick auf meinem Rücken. Ist er hier, um mir nachzuspionieren? Oder nehme ich mich gerade viel zu wichtig und er ist wirklich aus Zufall in dieser Bar gelandet? Aber heute Nachmittag habe ich ihn schon in diesem Stadtteil angetroffen und Leute wie er halten sich hier normalerweise nicht auf. Vielleicht hat er einen neuen Wohnblock im Visier?

Nachdem ich den Gästen die Getränke serviert habe, muss ich wieder zu Greg zurück. North sitzt weiterhin an der Bar. Er trinkt ein Wasser? In einer Bar konsumiert man nie Wasser. Greg redet mit ihm, das kann ich aus der Entfernung wahrnehmen. Über was sie wohl sprechen? Kurz begegnen sich Gregs und mein Blick. Stellt North Nachforschungen über mich an? Das muss ich sofort unterbinden. Denn in meiner Freizeit kann ich tun und lassen, was ich möchte.

Als ich zu den beiden stoße, will ich gerade die Stimme erheben, als North mir zuvorkommt. »Wenn du später deine Pause machst, hast du dann kurz Zeit für mich?«

»Ich wüsste nicht, was wir zu bereden hätten.« Ich stelle das Tablett auf den Tresen.

»Was kann ich tun, damit du mir gegenüber nicht ständig in Abwehrhaltung bist?«

Ich verschränke unbewusst meine Arme vor der Brust. »Ich bin nicht in Abwehrhaltung.«

»Ach und deshalb verschränkst du deine Arme und verziehst dein Gesicht?« Kurz zucken seine Mundwinkel leicht nach oben. Jedoch bleibt seine Miene ernst. Wie er wohl aussehen würde, wenn er lächelt?

»Du lächelst ja auch nicht, also warum sollte ich das tun?«

»Das ist natürlich ein Argument. Hast du nun später Zeit für einen Drink?«

»Vor ein Uhr nachts gibt es keine Pause, nicht wahr, Greg?« Ich versuche, seinen Blick einzufangen. Jedoch reibt er sich über die Stirn, so als würde ihn das alles hier nichts angehen.

»Dann um eins.« North kommt Greg zuvor und mir klappt der Mund auf. Wieso sollte er hier auf mich warten? Das alles ergibt doch keinen Sinn. Warum kann er nicht im Büro mit mir reden? Aber vielleicht könnte ich es auch als Chance sehen, ihm beizubringen, dass er die falsche Entscheidung getroffen hat, uns aus der Wohnung zu werfen. Ich konzentriere mich auf die Gäste und bediene sie. Immer wieder muss ich mich neben North hinstellen, weil Greg die Bestellungen vorbereitet. North verliert jedoch kein Wort, aber sobald ich mich abwende, sprechen Greg und er weiter, als würden sie sich bereits ewig kennen.

Es gefällt mir nicht, dass North sich hier einnistet. Eigentlich ist dies einer der Orte, wo ich meine Sorgen und Nöte vergessen kann. Kurz blicke ich auf meine Uhr und obwohl es erst elf Uhr ist, leert sich die Bar. Es ist Freitag und völlig untypisch, trotzdem breitet sich in meiner Bauchgegend ein mulmiges Gefühl aus. Mit North allein an einem Tisch zu sitzen, ist nicht gerade meine Traumvorstellung, um den Abend ausklingen zu lassen.

Mittlerweile habe ich die Tische und Stühle geputzt und trotzdem zögere ich, an die Bar zu gehen.

»South, kommst du bitte!«, ruft mich Greg zu sich.

Ich ahne bereits, um was es sich handelt. Er will mich nach Hause schicken, weil kaum Leute hier sind.

Ich stelle mich etwas abseits von North hin, damit er das Gespräch mit Greg nicht hören kann. »Du willst mich heimschicken, nicht wahr? Aber ich könnte dein Lager aufräumen oder deine Bar von Grund auf putzen.« Ich setze mein bestes Lächeln auf, um ihm dadurch ein bisschen schlechtes Gewissen zu vermitteln.

»South, du siehst selbst, es blitzt alles vor Sauberkeit. Außerdem scheint dein Boss ein netter Kerl zu sein.« Er legt väterlich seine Hand auf meine.

»Ein netter Kerl?«, wiederhole ich mit einem zynischen Unterton. »Siehst du denn nicht, dass er nicht einmal Lächeln kann? Er schaut immer, als würde er jeden Moment jemanden töten wollen.« Ich fasse mir mit der Hand an den Hals, um die Bedeutung meines Gesagten zu verstärken.

»Ich glaube, das ist nur seine äußerlich harte Schale, so wie bei mir eben.« Er grinst.

»Komm mir nicht mit dem dummen Spruch ›harte Schale, weicher Kern‹. Du hast von Anfang an immer wieder gelächelt. Er nicht. Seine Gesichtszüge wirken wie in Stein gemeißelt.«

»Manchmal sind genau die Menschen diejenigen, die ein besonders warmes Herz in sich tragen. Oft sind das Leute, die eine harte Vergangenheit erlebten und sich einen Schutzpanzer zugelegt haben.« Greg spricht ruhig und gleichmäßig und trotzdem kann ich sein Gesagtes nicht nachvollziehen.

»Nein, der Typ ist einfach nur berechnend. Und man kann sich auch nicht immer mit seiner Vergangenheit rausreden. Ich hatte auch bisher ein hartes Leben und deshalb kann ich trotzdem die schönen Dinge sehen.«

»Dann zeig ihm, dass Spaß etwas ganz Natürliches und auch wichtig im Leben ist.«

»Ich?«, sage ich lang gezogen und mit einer besonders hohen Stimme. »Definitiv nein. Er soll sich einen Therapeuten nehmen und seine Probleme mit ihm besprechen.«

Greg schüttelt den Kopf und seine Miene lässt erahnen, dass er mit meiner Aussage überhaupt nicht zufrieden ist. »Glaub mir, wenn er das wunderbare Leben von Hackney kennenlernt, wird er möglicherweise sein Projekt völlig neu gestalten. Du hast es in der Hand.«

Ich schnaube. »Vielleicht ist er auch nur hier, um mich zu feuern.«

Ein Lacher dringt aus Gregs Kehle. »Nun geh schon zu ihm rüber. Und vergiss nicht, dass hinter jeder ernsten Miene ein verletztes Kind steckt.«

Für einen langen Moment starre ich Greg an. »Verletztes Kind?«, wiederhole ich in Gedanken. Greg hat wirklich eine blühende Fantasie. Trotzdem setze ich ein Lächeln auf und platziere mich auf den Barhocker neben North.

»Du hast wohl heute besonderes Glück, denn ich kann jetzt schon den Drink mit dir nehmen.«

»Dann komm, lass uns gehen. Ich denke, du kennst sicher einen Ort, an dem wir in etwas ruhigerer Umgebung reden können. Vielleicht ein Restaurant? Nach der Arbeit musst du doch bestimmt Hunger haben.«

»Ich kenne einen kleinen Dönerladen ein paar Straßen weiter, wenn das deinen Ansprüchen nicht zu minder ist, dann können wir dorthin.«

»Was hältst du bloß von mir?« North schüttelt den Kopf und erhebt sich. Er wirkt gekränkt und augenblicklich überkommt mich ein schlechtes Gewissen. Auch wenn er uns aus der Wohnung werfen will, sollte ich mich so benehmen, wie meine Mutter es mir beigebracht hat. Nett und zuvorkommend.

»Entschuldige«, sage ich, als wir die Bar verlassen. »Aber du machst es mir nicht gerade leicht, dich …« Kurz halte ich inne.

»Mich zu mögen?«, beendet er meinen Satz.

»Dich besser kennenzulernen«, korrigiere ich ihn. »Deine Miene ist immer hart und ich finde, ein bisschen lächeln würde dich etwas weicher wirken lassen. Außerdem, was weiß ich schon von dir?«

Er atmet tief durch. »Ich bin achtundzwanzig, besitze seit vier Jahren *Immo & Found* und …«

»Das meine ich nicht. Was bewegt dich, was bringt dich zum Lachen, was begeistert dich? Nicht die oberflächlichen Dinge, die man in der Personalakte lesen kann.«

Nun entweicht ihm kurzzeitig ein Lächeln. »Verwendest du etwa meine Wörter?«

»Man antwortet nicht mit einer Gegenfrage«, sage ich mit einem Grinsen und für eine Sekunde huscht über Norths Gesicht ein amüsiertes Lächeln. Augenblicklich wird mir warm ums Herz, denn er strahlt plötzlich etwas ganz anderes aus als vorhin. Ist es Freundlichkeit? Oder doch Sexyness? Das Zweite versuche ich schnell abzuschütteln, denn das sollte ich auf keinen Fall fühlen.

»Früher einmal, als ich noch nicht so viel gearbeitet habe, bin ich gern ...« Er hält mitten in der Bewegung inne. »Hast du großen Hunger? Ich habe da eine Idee.«

»Okay«, erwidere ich überrascht.

Er nimmt meine Hand und biegt plötzlich in eine Seitengasse ab.

»Du weißt, wohin wir müssen?«, frage ich misstrauisch, denn er kommt aus einem völlig anderen Stadtteil.

»Vertrau mir«, entgegnet er und sieht mir dabei tief in die Augen. In diesem Augenblick jagen Hunderte Stromschläge durch mich hindurch. Ich weiß, er sollte nicht diese Wirkung auf mich haben, denn ich muss ihn unbedingt weiterhin hassen. Aber irgendwie ist er gerade so verändert. Sind die schwach ausgeleuchteten Gassen dafür verantwortlich, die sein Gesichtszüge weicher wirken lassen oder wird er lockerer?

Wir laufen in eine Seitengasse, die mit unzähligen Sträuchern gesäumt ist. North marschiert zielstrebig. Obwohl ich aus der Gegend stamme, war ich hier noch nie. Je weiter wir uns von der Bar entfernen, desto düsterer wird es. Nun erreichen wir einen Ort, an dem ich allein als Frau in der Nacht kein so gutes Gefühl hätte. Uns begegnen fünf Männer und mein Herz beginnt, schneller zu pochen. Auch wenn ich das Schubladendenken nicht gern anwende, diese Gestalten sind mir nicht geheuer. Außerdem johlen sie und schunkeln von rechts nach links. Sie sind eindeutig betrunken, was wiederum einen gefährlichen Mix darstellt.

Auch Norths Muskeln scheinen sich anzuspannen, als sie nur noch wenige Schritte von uns entfernt sind. Er beschleunigt, sodass er vor mir geht. Ich bin aus dem Sichtfeld der Männer. Sein Griff um meine Hand wird fester, aber nicht so, dass es schmerzt. Trotzdem erzeugt er in mir ein Gefühl von Sicherheit. North begrüßt die Jungs mit einem Nicken und dann sind wir auch schon vorbei. Kurz blicke ich über meine Schulter zurück, doch die Männer sind bereits in eine andere Gasse abgebogen. Norths Gesichtszüge haben sich wieder entspannt, das erkenne ich an seinem Kiefer.

»Wohin bringst du mich?«

»An einen Ort, an dem man das bunte Leben spürt. Wo alles farbenfroh und zugleich lebendig für mich ist.« Nun werde ich tatsächlich neugierig, denn das erste Mal habe ich in seiner Gegenwart das Gefühl, den wahren North kennenzulernen.

NORTH

Wir erreichen den Stadtteil Neal's Yard und als Erstes stechen mir die bunten Hausfassaden ins Auge. Es ist gut fünf Jahre her, dass ich das letzte Mal hier war. Wenn ich das warme Gefühl, das gerade mein Herz flutet, richtig deute, ist es eindeutig zu lange her.

»Es ist wunderschön hier«, haucht South und blickt sich ehrfürchtig um. »Ich war schon seit Ewigkeiten nicht mehr an diesem Ort«, spricht sie meine Gedanken aus.

»Geht mir genauso.« Noch immer halte ich ihre Hand und sie scheint damit überhaupt kein Problem zu haben. »Ein Stück weiter rauf ist ein netter Imbiss.«

»Dann zeig mir mal die Welt, in der du dich gern bewegst.« Nun strahlt sie wieder diese Wärme der Sonne aus, die einen magisch anzieht, wenn man von dieser tiefen Kälte eingehüllt ist.

Wir spazieren die Gasse entlang und die Farben

der Häuser wechseln sich ab. Rot, grün, blau, aber auch gelbe Bauten erstrecken sich vor uns. Wir erreichen den Imbiss, den ich vor Jahren schon besucht habe.

»Wir sind da.« Ein Gefühl des Nachhausekommens breitet sich in mir aus. Ich blicke auf das Schild und der Name sowie die Außenfassade sind dieselben wie damals.

Wir betreten den Imbiss und ergattern einen freien Stehtisch und setzen uns auf die Barhocker. Nichts hat sich seither verändert, nicht einmal der Platz, auf dem wir uns niederlassen.

»Hallo, was darf ich euch zu trinken bringen?«, begrüßt uns der Kellner. Als ich ihn genauer betrachte, bin ich mir definitiv sicher, es ist Hank. Er hat schon damals hier gearbeitet. Wenn ich am Abend nach der Arbeit hierhin gekommen bin, war er es, der mich oft mit seiner ruhigen Art vom stressigen Tag runtergeholt hat.

»Hank?« Er blickt von seinem Notizblock auf und mustert mein Gesicht.

»Ja?« Er betrachtet mich ein paar Sekunden, ehe sich seine Lippen zu einem Lächeln verziehen. »North, dich hätte ich ja kaum wiedererkannt.« Er umarmt mich und auch ich schließe meine Arme um ihn. Er kennt mich aus einer Zeit, in der ich noch nicht alle Leute so auf Distanz gehalten habe. Bei ihm brauche ich mir keine Gedanken zu machen, denn er akzeptiert mich so, wie ich bin. Mit oder ohne Geld.

»Ja, ich weiß, ich bin gealtert. Du hingegen hast dich

überhaupt nicht verändert.« Ich nehme von ihm Abstand und mir entgleitet ein Lächeln.

»Ein bisschen vielleicht um die Augen.« Er grinst verschmitzt. »Übrigens habe ich vor ein paar Jahren von Sue erfahren, dass du jetzt ziemlich erfolgreich im Immobiliengeschäft tätig bist. So gut, wie du jetzt gekleidet bist, dürftest du keine Geldsorgen haben. Wenn ich denke, wie du damals …«

»Hast du vielleicht eine Speisekarte für uns?«, unterbreche ich ihn, weil ich nicht will, dass South Dinge erfährt, die ich lieber für mich behalten möchte. Möglicherweise war es eine dumme Idee, sie genau an den Ort mitzunehmen, der die schönsten, aber auch die dunkelsten Erinnerungen meines Lebens beinhaltet. Außerdem war ich damals jung und dumm. Ich habe Dinge getan, auf die ich heute nicht gerade stolz bin.

»Natürlich. Was darf ich euch zu trinken bringen?« Hank blickt zu South.

»Einen Schwarztee bitte.«

»Für mich dasselbe«, füge ich hinzu und dann lässt Hank uns wieder allein.

»Also gab es mal einen anderen North als heute?« South hat eine besondere Gabe, einem in die Augen zu sehen. Wenn sie das tut, habe ich sofort ein wildes Kribbeln im Bauch. Keine Ahnung, was das zu bedeuten hat. Als würde sie mich nervös machen, doch mich bringt normalerweise keiner aus der Fassung.

»War nicht jeder in seiner Jugendzeit anders? Niemand ist am nächsten Tag derselbe. Jede Sekunde, die vergeht, verändert dich. Keiner kann die Zeit zurückdrehen und Entscheidungen neu treffen.«

»Würdest du manches anders machen, wenn du es könntest?« Sie stützt ihren Kopf in eine Handfläche und gleichzeitig erscheint ein zartes Lächeln über ihre Lippen.

»Einiges. Vieles war einfach nur dumm. Es hat mir unnötig Schwierigkeiten eingebracht.« Kurz drängen sich Erinnerungen an die Oberfläche, die ich schnell zur Seite schiebe. Denn diese Dinge bleiben für immer im Verborgenen. Sobald meine Kunden dies erfahren würden, wäre meine Karriere in Gefahr. Bevor ich die Firmengründung durchgezogen habe, habe ich meinen Familiennamen geändert. Es darf keine Verbindung in irgendeiner Form zu meiner Vergangenheit geben. Manchmal macht man Fehler, die man ein Leben lang bereut. »Würdest du an deiner Vergangenheit etwas ändern?«

Hank serviert die Getränke und legt die Speisekarte auf den Tisch.

South zuckt mit den Schultern. »Ich denke nicht. Was würde es ändern? Nichts.«

»Warum arbeitest du zusätzlich in der Bar?« Ich kann diese Frage nicht länger zurückhalten.

Sie legt die Speisekarte zur Seite. »Kannst du dir das denn nicht denken? Wir sind zwei Mieten bei dir im Rückstand und ich werde alles dafür tun, um dir keine Möglichkeit zu bieten, dass deine Kündigung durchgeht.« Nun ist Souths Miene ernst und irgendwie erzeugt es in meiner Brust einen unangenehmen Druck.

»Du wirst in einem besseren Umfeld wohnen, ist das denn nicht super?«

»Vielleicht bin ich genau in dieser Gegend glücklich? Warst du in deinem Leben schon mal glücklich und zufrieden? Oder ist das in deiner Welt der Reichen und Schönen nicht nötig, weil Geld alles regelt?« Aus dem netten Mädchen von vorhin wird nun eine harte Verhandlerin. Sie kämpft mit allen Mitteln, aber darauf lasse ich mich bestimmt nicht ein.

»Emotionen sind vergänglich und können nicht auf Dauer anhalten.«

Ein gespielter Lacher dringt aus Souths wunderschönen Mund. »Ach und Geld schafft das? Du kennst den Zusammenhalt in unserem Wohnhaus nicht. Die Anrainer in dieser Straße sind wie eine große Familie. Dieses Flair kann man nicht mit einem modernen Wohnbau verbessern. Die Architektur hat Geschichte, sie stammt aus einer schweren Zeit dieses Stadtteils. Aber dadurch hat sich eine bunte Gesellschaft entwickelt, die es in den Nobelvierteln nicht gibt. Bei uns ist es egal, welcher ethnische Herkunft oder sexuelle Vorlieben man hat. Hier darf man so leben, wie man will. Und du möchtest das mit deinem Projekt zerstören. Zuerst unser Haus, dann das nächste und so wird das Viertel wie durch einen Dominoeffekt auseinanderbrechen und diese Menschen, die Offenheit, Freiheit und was auch immer sie leben wollen, auslöschen.« Sie atmet tief durch, ehe sie einen kräftigen Schluck ihres Wassers trinkt. Sie ist eindeutig etwas außer Puste nach der intensiven Ansprache.

»Habt ihr schon gewählt?« Hank kommt genau im richtigen Augenblick, denn ich brauche dringend Bedenkzeit. Ich verstehe ihren Ansatz nicht wirklich, denn Freiheit und alles andere was sie gesagt hat, kann man auch in modernen Bauten leben.

South blickt noch einmal in ihre Karte. »Ein Gurkensandwich bitte.«

»Für mich ein Schinkensandwich«, sage ich und reiche Hank das Menü. Er verlässt uns und ich überlege noch, was genau nun die richtige Antwort ist. Ich weiß es nicht. »Wärst du bereit für ein Experiment?«

»Es kommt darauf an.« Sie lehnt sich etwas zurück und versucht, Abstand zu gewinnen.

»Zeig mir deine Welt, so wie du sie kennst, und ich zeige dir meine. Vielleicht lernen wir beide daraus oder es endet in einer Katastrophe, wer weiß das schon. Aber wäre es nicht einen Versuch wert?« Wieso mache ich das? Warum will ich sie unbedingt von meinem Projekt überzeugen? Es könnte mir egal sein, wie sie über meine Entscheidungen denkt, aber aus welchem Grund auch immer ist es in diesem Fall nicht so. Noch nie waren mir andere Meinungen wichtig, doch diesmal schon. Ich will ihr beweisen, dass meine Beweggründe und mein Plan richtig sind. Auch wenn Londons Wirtschaft floriert, gibt es sie, diese Armut, versteckt in den dunklen Gassen. Dort wo keiner wirklich hinsehen will. Ich schon, ich habe auf diesen Straßen gelebt. Ich kenne die Sorgen und auch die Nöte. Diese Menschen brauchen Hilfe und ein Dach über dem Kopf. Dafür müssen mehr kleinere Wohnungen geschaffen werden, die auch für minderbezahlte Leute Wohnraum darstellen. Diese Leute brauchen keine Luxusbauten, das weiß ich, dennoch benötigen sie das Gefühl von Eigenständigkeit. Das finden sie nicht auf der Straße. In Hackney wäre das zu schaffen. Davon bin ich überzeugt.

Nach längerem Überlegen erhebt South ihre Stimme. »Okay, am Sonntag hätte ich Zeit. Dann zeige ich dir das East End so, wie du es vielleicht nie wahrgenommen hast.«

Ich strecke ihr meine Hand hin. »Deal?«

»Deal.«

SOUTH

Auf was habe ich mich da nur eingelassen? Dieses Wochenende muss ich nicht in der Bar arbeiten, dabei ist wieder alles verplant. In wenigen Minuten wird Sue auf der Matte stehen und ich werde das Nachtleben Londons kennenlernen. Morgen werde ich North meine Sicht über das East End zeigen und ob es schlau ist, werde ich wohl erst danach wissen. North ist ein Mann, den ich nicht einschätzen kann. Gestern hatte er sogar ein paarmal gelächelt, was ihn weicher wirken lässt. Als der Kellner ihn wegen früher ansprach, wirkte North auf eine sonderbare Weise verunsichert und zerbrechlich. Dieser Charakterzug passt nicht zu dem North, den ich in der Firma und auch vor unserem Wohnhaus kennengelernt habe. Wir haben noch gute zwei Stunden in dem Imbiss gesessen. Wir haben miteinander geredet, als würde nichts zwischen uns stehen, gelacht, uns über gutes Essen unterhalten und ich habe durch ihn tatsächlich neue Imbiss-Tipps bekommen. Dann haben wir sinniert, was das Thema Schicksal betrifft. Dabei kamen wir in eine kleine Diskussion, denn er ist der Überzeugung, dass wir für alles selbst verantwortlich sind. Ich hingegen glaube an Schicksalsfügung. Möglicherweise haben wir beide recht. Wir werden es wohl nie erfahren.

»Gehst du aus?« Meine Mutter steht im Türrahmen. Sie hat bereits ihre gemütliche pinkfarbene Jogginghose mit ihrem Mickey-Mouse-Shirt angezogen.

»Ja, mit einer Arbeitskollegin.« Ich blicke mich nochmals im Spiegel an. Da ich nie auf Partys gehe, bietet mein Kleiderschrank nicht unbedingt das passende Outfit. Das Einzige, was ich gefunden habe, ist ein schwarzer Mini, der fest an meinen Pobacken sitzt. Weil ich keine außergewöhnlichen Tops besitze, musste ein graues Trägershirt herhalten. Da meine Haare aber sowieso das meiste meines Oberkörpers verdecken, wird es wohl niemanden auffallen, dass es schon ausgeleiert ist. Im Nackenbereich habe ich sogar ein winziges Loch entdeckt.

»Das klingt super. Endlich gehst du mal aus, ich dachte schon, du wirst mir ewig erhalten bleiben.« Mum stellt sich hinter mich und mustert mich im Spiegel. »Du bist so wunderschön, South. Die Männer werden heute Abend bei dir Schlange stehen.«

»Mum, Sue steht auf Frauen, also nehme ich mal an, dass wir eher in solchen Klubs unterwegs sein werden.« Ich drehe mich zu ihr um.

»Findest du sie attraktiv?« In ihrer Stimme schwingt kein Vorurteil mit, was ich auch nicht erwartet habe.

Meine Mutter war immer weltoffen. Ich kann mich noch sehr gut daran erinnern, als ich etwa fünf Jahre alt war und im Park eine Frau gesehen habe, die eine andere geküsst hat. Meine Mum erklärte mir vorurteilsfrei, dass es gleichgeschlechtliche Beziehungen gibt.

»Sie ist eine hübsche Frau, aber ich denke, das ist nicht mein Revier.« Ich schlüpfe in meine schwarzen Pumps.

»Du weißt aber, wenn es so ist, komme ich damit klar.«

»Ja, doch darüber brauchst du dir bitte keinen Kopf zu machen. Wie geht es dir überhaupt mit deinem Husten?«

»Schon viel besser. Ich frage mich, warum ich nicht viel eher zum Arzt gegangen bin. Übrigens habe ich bereits ein paar Bewerbungen versandt, damit du endlich den Job in der Bar beenden kannst.«

»Ich schaff das.«

»Das weiß ich doch, aber noch bin ich nicht zu alt, um auch einen Teil zu unserem Haushaltseinkommen beizutragen.« Sie zuckt mit den Schultern und sieht mich besorgt an. »Außerdem bin ich von deiner Doppelbelastung überhaupt nicht begeistert.«

»Diese Diskussion hatten wir schon. Ich komm ganz gut zurecht.« Ich gebe ihr einen Kuss auf die Wange, als es an der Tür klingelt. Mum gibt ein Seufzen von sich, hält sich aber zum Glück mit weiteren Kommentaren zurück.

Ich schnappe mir meine kleine schwarze Handtasche von meinem Schreibtisch und gehe zur Eingangstür. Ohne vorher durch den Spion zu schauen, ziehe ich sie auf. Sofort fallen mir Sues außergewöhnliches Make-up und ihre Kleidung auf. Smokey-Eyes und eine eng anliegende schwarze Lederhose, dazu trägt sie ein gleichfarbiges Lackbustier.

»Wow, siehst du umwerfend aus«, sage ich und lasse die Begrüßung außen vor, denn damit habe ich überhaupt nicht gerechnet. Sie sieht wie Catwoman aus, so verdammt heiß. Wenn ich auf Frauen stehen würde, wäre sie definitiv eine Sünde Wert.

Sie nähert sich mir und begutachtet mich von meinem Kopf beginnend bis zu meinen Raulederpumps. »Deine Haare sind so schön, dafür würden dich wahrscheinlich einige Frauen töten.« Sie lächelt und fasst nach einer Haarsträhne von mir. »Und was hast du für wunderschöne Beine.« Ihre Augen weiten sich.

»Danke«, antworte ich etwas verlegen und blicke an mir runter.

»Doch dein Top und die Schuhe ...« Sie presst ihre Lippen aufeinander, als würde sie überlegen, welche Worte sie verwenden soll.

»Ich hatte nichts anderes«, komme ich ihr zuvor, denn ich weiß selbst, dass sie einen nicht gerade vom Hocker hauen.

»Es sieht gut aus, aber ich habe noch stylischere Klamotten mit, wenn du möchtest.« Sie macht einen Schritt zurück und zieht von der Seite einen schwarzen Trolley hervor. Schwarz ist wohl ihre Lieblingsfarbe. Sie schlängelt sich an mir vorbei und stellt den Koffer mitten im Flur ab. Sie geht auf die Knie und öffnet ihn.

»Hallo«, ertönt hinter mir die Stimme meiner Mutter.

Sue blickt hoch. »Hi, ich bin Sue.« Sie erhebt sich und reicht meiner Mutter selbstbewusst die Hand.

»Du trägst aber ein geniales Outfit«, stellt meine Mum anerkennend fest. Dabei steht sie selbstsicher in Jogginghose und Shirt vor ihr.

»Danke.« Sue schaut meine Mutter freundlich an. »Wo hast du dieses Mickey-Mouse-Shirt her? Das ist ein richtiger Klassiker.«

Mum zieht das Shirt ein wenig weg und blickt hinab. Es ist ausgewaschen und es sind ein paar gestopfte Löcher darauf zu erkennen. »Das ist aus Paris, das hat mir damals Souths Dad mitgebracht.« Mums Augen werden glasig, gleichzeitig lächelt sie breit.

»So genial, noch dazu mit einer so schönen Bedeutung.« Sues Interesse klingt aufrichtig. »Seid ihr noch immer glücklich zusammen?« Sue kann nicht wissen, dass dies ein schwieriges Thema für meine Mutter ist. Obwohl mein Vater schon so viele Jahre tot ist, kann sie seither keinen neuen Mann in ihr Leben lassen. Sie meinte erst vor Kurzem, er sei ihre Zwillingsflamme, was ihrer Meinung nach so viel bedeutet, dass sie vor ihrer Geburt eine Seele waren und als sie auf die Welt kamen durch zwei geteilt wurden. Er kannte ihre Gedanken, ihre Wünsche und verstand sie ohne Worte.

»Oh, das tut mir leid«, sagt Sue schnell und ihre Stimme wird leiser.

Mum atmet tief durch. »Lasst euch von meiner depressiven Phase nicht unterkriegen. Du hast es geschafft, dass meine Tochter endlich auf eine Party geht und ihre Jugend genießt. Sie hatte bisher nie die Möglichkeit, sich auszuleben. Wir mussten leider immer sparen.«

»Mum«, werfe ich peinlich berührt ein und sende ihr einen warnenden Blick.

»Ich lass euch schon in Ruhe. Viel Spaß!« Sie winkt und geht in ihr Schlafzimmer.

»Das mit deinem Dad tut mir leid.« Sue blickt kurz zu mir auf, dann fokussiert sie sich wieder auf ihren Koffer. »Welche Schuhgröße hast du? Achtunddreißig?«

»Ja«, erwidere ich lang gezogen und knie mich hin.

Sie hält mir ein Paar Schuhe entgegen, das unglaublich aussieht. Schwarz und mit so einem hohen Absatz, dass ich mir nicht sicher bin, ob ich damit überhaupt laufen kann. »Probier sie an«, fordert sie mich auf.

Ich erhebe mich und irgendwie fühlt sich diese Situation so falsch an. Vielleicht ist es besser, wenn ich Sue anlüge und ihr sage, ich hätte plötzlich Kopfschmerzen?

Sue bemerkt mein Zögern und erhebt ihre Stimme. »Sie sind nur geliehen, also kannst du sie gern nehmen.«

»Darum geht es nicht. Ich habe gerade ziemliche Kopfschmerzen und vielleicht solltest du mit deinen Freundinnen allein die Straßen von London unsicher machen.«

Sue erhebt sich und stellt sich dicht vor mich hin. »Was habe ich gerade Falsches getan, dass du nicht mitkommen möchtest?«

Ich weiche ihrem Blick aus. »Du schämst dich, wie

ich rumlaufe, nicht wahr?« Der Kloß in meinem Hals wird immer größer. In der Schule und auf dem College hat mich dies ständig begleitet. Die abfälligen Blicke, wenn ich mit Kleidung kam, die schon viele Jahre nicht mehr angesagt und hipp war.

Nun werden Sues Augen wässrig, so wie vorhin Mums. »Bist du verrückt? Ich würde mich nie für dich schämen. Wie kommst du nur auf so eine Idee?«

Ich senke den Blick und starre auf den Trolley, der langsam vor meinen Augen zu verschwimmen beginnt. Shirts und Schuhe liegen darin, als würden sie nur darauf warten, aus mir eine ansehnliche Frau zu machen. Tränen kämpfen sich an die Oberfläche und ich versuche durch mehrmaliges Blinzeln, sie nicht nach draußen dringen zu lassen.

»Ich wollte dir damit eine Freude bereiten.« Sue seufzt. »Vor ein paar Jahren stand ich auch nicht auf der Sonnenseite des Lebens und ich weiß, wie sich das anfühlt. Du bist so wunderschön, diese Dinge würden nur dein makelloses Aussehen unterstreichen. Ich möchte auf keinen Fall, dass du dich klein fühlst.« Sie nimmt meine zittrige Hand und ich hebe den Blick. Sue sieht mich an. »Wir lassen den Kram und genießen den heutigen Abend, okay?«

Mir entweicht ein halbherziges Lächeln. »Deine Freundinnen sind reich.«

»Ja, aber mach dir darum keine Sorgen, die sind so was von cool.«

Angst kriecht aus meinen Untiefen hervor. Ich kenne solche Frauen vom College und ihre abwertenden

Aussagen gegenüber armen Menschen, wie ich es bin. Will ich mir das heute Abend wirklich antun? Wieso habe ich nicht früher darüber nachgedacht?

»Ich kann ja dein hübsches Köpfchen förmlich rattern hören. Also such dir entweder etwas von den Klamotten und Schuhen aus, oder geh so. Egal, doch lass dir diesen genialen Abend nicht wegen irgendwelcher Vorurteile vermiesen.«

Kann Sue meine Gedanken lesen? Aber vielleicht hat sie recht. Ich sollte meine Vergangenheit nicht in meine Zukunft zerren. Wenn sie mit Sue befreundet sind, sind sie vielleicht sogar nett.

Ich atme hörbar tief durch. Ich werde mich von meinen Selbstzweifeln nicht leiten lassen und ich nehme die High Heels und ein glitzerndes schwarzes Top.

»Ich bin gleich wieder zurück.« Ich verschwinde in unserem kleinen Badezimmer. Schnell habe ich die neuen Schuhe und das Top gewechselt. Da wir nur im Flur und in meinem Schlafzimmer einen Ganzkörperspiegel haben, trete ich nach draußen.

»Bam, da sieht aber jemand scharf aus!« Sue legt für einen kurzen Moment ihre Hand auf ihren Mund. Meine Wangen beginnen zu glühen. »Keine Sorge, ich baggere dich heute schon nicht an. Obwohl ich nur schwer die Augen von dir werde lassen können.«

Ich muss kichern, denn ihr Kompliment ist wie Balsam für mein eingeschüchtertes Ich. Außer meiner Mutter hat mir nämlich bisher nie jemand solch schöne Worte gesagt, abgesehen von ein paar Typen, von denen sich schlussendlich herausgestellt hat, dass ihr einziger Plan war, mich in die Kiste zu bekommen.

Mein Herz hämmert, als uns nur noch wenige Schritte von einem Klub namens *Rose* trennen. Die hohen Schuhe passen perfekt, trotzdem fühle ich mich komisch damit.

»Sue! Hier bin ich!«, ertönt unweit von uns eine rauchige Stimme. Eine Frau mit weißer Kurzhaarfrisur winkt.

Sue begrüßt sie mit einem Küsschen auf jede Wange. »Chelsey, das ist South, meine Arbeitskollegin.«

»Na sieh doch einmal einer an, was ihr für Schönheiten habt.« Ihr Blick heftet sich auf mein Gesicht. »Du weißt, dass sie mir heute alle Männer wegschnappen wird?« Sie lächelt und schaut abwechselnd von Sue zu mir.

»Ich bin nicht auf Männerfang«, sage ich und blicke ihr fest in die Augen. Nur keine Unsicherheit nach außen preisgeben, ist meine Devise.

»Oh, also eher etwas für dich, Sue?« Chelsey stemmt die Hände in ihre schmale Taille.

»Leider nein, aber vielleicht überlegt sie sich es ja mal.« Sue leckt sich über die Lippe.

»Ich dachte, wir sind hier, um Party zu machen und nicht darüber zu sinnieren, wer unser nächstes Sex-Date ist?«, werfe ich ein und grinse.

»Die Frau gefällt mir. Also dann, lasst uns die Bude rocken.« Chelsey wirft jubelnd die Hände in die Luft.

»Sind wir nicht mehr?«, frage ich an Sue gerichtet, während uns der Türsteher die Eingangstür öffnet und wir eintreten.

»Die anderen haben mir vorhin eine Nachricht geschickt, dass sie ein wichtiges Meeting haben und später nachkommen.« Instrumentale Klänge begrüßen uns und der Bass vibriert auf meiner Haut bis ins Herz. Noch nie in meinem Leben habe ich so etwas gesehen. Neben Laserscheinwerfern, die sich im Takt bewegen, tanzen an fünf Säulen halb nackte Frauen, die nicht mehr als ein Bikinioberteil und knappe Hotpants tragen, die sogar ihre Pobacken hervorblitzen lassen. Die Leute johlen und ihre Arme sind zur Decke gerichtet, als würden sie jeden Moment etwas von oben empfangen. Sue und Chelsey beginnen bereits beim Eintritt ins Lokal, sich zu bewegen. Ich hingegen komme aus dem Staunen nicht heraus. Noch nie in meinem Leben habe ich so viele schöne Leute in einem Raum gesehen. Makellose Gesichter, perfekt gestylte Menschen. Hier verbringt wohl die andere Seite Londons ihre Zeit. Diesen Leuten sieht man an, dass Geld für sie keine Rolle spielt. Kurz spüre ich feinen Regen auf meiner Haut, als wir uns durch eine enge Traube an Gästen durchdrängen, ehe ich bemerke, dass zwei Männer Champagner versprühen, als wäre es Wasser. Ich starre zu dem Schauspiel, als mich jemand an der Hand nimmt.

»Komm, wir haben dort drüben unseren VIP-Platz.« Sues Augen haben ein besonderes Glitzern. Ein weiterer Türsteher öffnet eine Kette und wir treten ein. Wir stehen nun erhöht, wie auf einem Podest, als die anderen, von denen ich schon dachte, sie hätten Geld. Doch hier sieht es noch einmal ganz anders aus. Rote, große Sitzlounges mit kleinen Tischen davor, gefüllt mit Essenshäppchen und großen Magnumflaschen Champagner, Wodka und unzähligen weiteren Spirituosen. Wir stellen uns an einen Stehtisch und keine Minute später steht schon der Kellner neben uns.

»Hallo, Sue, was darf ich euch bringen? Der Boss will, dass ihr heute einen fantastischen Abend verbringt.« Er zwinkert ihr zu.

»Er ist wohl wieder beschäftigt.«

»Du kennst ihn ja.« Das eng anliegenden T-Shirt spannt sich über seine muskulösen Oberarme.

»Leider nur zu gut. Vielleicht kann er doch eine Pause einlegen und mit uns einen Drink heben?«

»Ich werde es ihm ausrichten, wenn er mal sein Büro verlässt.«

Sue bestellt Champagner und eine Flasche Wodka wie die anderen. »Wer soll das alles trinken?«, frage ich, als uns der Kellner verlässt.

Sue fasst an mein Kinn. »Süße, du hast wohl noch nie richtig Party gemacht, oder? Hier in diesem Bereich sind wir alle eine große Familie. Deshalb, hier dein Drink.« Sie hält mir ein Glas mit glasklarer Flüssigkeit hin. Wo hat sie das so schnell her? Immerhin ist der Kellner noch nicht zurück.

Chelsey hält ebenso ein Glas in die Mitte und ich tue es den beiden gleich. »Auf das Leben!«, ruft Chelsey und unsere Gläser klirren. Ich nippe vorsichtig, während Sue und Chelsey das Getränk in einem Zug leeren.

»Süße, aber jetzt ab damit, bald ist Nachschub da.« Sue nickt mir ermutigend zu. Für einen Wimpernschlag zögere ich, ehe ich das Glas ebenso leere. Mein Hals brennt dabei und ich verziehe kurz das Gesicht. Doch nach wenigen Minuten fühlt sich mein Körper warm und kribbelig an. In den nächsten dreißig Minuten kippen wir unzählige Getränke und meine Muskeln entspannen sich. Und dann ist es, als würde ich meinen Körper nicht länger kontrollieren können, denn er bewegt sich zur Musik. Sue und Chelsey tanzen ebenso. Wir lachen, trinken wieder und tanzen. Dieser Rhythmus wiederholt sich, als sich ein paar Typen zu uns gesellen. Sue hat für die Kerle keine Zeit, denn sie hat eine große Frau an ihrer Seite. Sie schmiegen ihre Körper aneinander, während ich mich der Musik hingebe. Ich will heute Nacht keinen Mann kennenlernen, sondern diese impulsive Stimmung aufsaugen, die gerade jede Stelle meines Körpers in Besitz nimmt. Noch nie habe ich mich so frei und lebendig gefühlt.

Die instrumentalen Klänge nehmen eine dunklere Atmosphäre an und ich bin wie in Trance. Ich schließe meine Augen, um die Musik noch tiefer in mir zu spüren. Ich tauche ab und vergesse Raum und Zeit. Ab und an wollen Typen mit mir das Gespräch suchen, doch ich winke jedes Mal ab und tanze weiter. Es ist wie ein Rausch, den ich nicht nur durch den Alkohol verspüre, sondern auch durch die Klänge, die aus den Boxen dringen. Es ist, als würde ich in eine andere Welt abtauchen. Doch dann trifft mich ein elektrisierender Schlag. Dabei ist es nur ein Arm, der mich streift. Ich reiße die Augen auf und mein Körper wankt. Zwei starke Arme fangen mich auf und da sind nur diese Dunkelheit und ich. Als wäre ich in einer Schockstarre, versinke ich in Norths Augen. In seiner Miene ist keine Überraschung zu erkennen.

»Du solltest weniger Alkohol trinken«, sagt er rau und ein erhitzender Schauer überzieht mich.

»Und du solltest dich um deinen eigenen Kram kümmern.« Ich entreiße mich seiner Hand und gehe zu unseren Stehtisch zurück. Dann schnappe ich mir ein Glas Wodka und kippe es vor ihm auf ex runter. Danach drehe ich mich weg und lasse mich wieder auf die Musik ein. Ich tanze, als würde es um mein Leben gehen. Mir ist egal, dass North anwesend ist. Soll er doch. Nur weil er mich mit seinen verführerischen dunklen Augen angesehen hat, werde ich definitiv nicht schwach. Er ist der Feind, rufe ich mir in Erinnerung. Außerdem wird er wahrscheinlich bereits in der Menschenmenge verschwunden sein. Ich drehe mich beim Tanz etwas, weil mich dann doch die Neugierde packt. Und sofort kreuzen sich unsere Blicke. Ich bewege mich weiter, jedoch lasse ich ihn nicht aus den Augen. Er lehnt an einem Stehtisch und hält eine Colaflasche in seiner Hand. Er ist eindeutig eine Spaßbremse, denke ich mir und schließe wieder meine Augen. Meine Hüften schwingen mit dem Takt, als ich Hände an meiner Taille spüre. Ich öffne die Augen und als ein Kerl sich an mich schmiegt, lasse ich es zu, auch wenn er gar nicht mein Typ ist. Und obwohl ich den Fokus auf den Mann hinter mir richten sollte, schiele ich erneut zu North, der gerade mit dem Türsteher spricht.

Was wollte ich mit der Aktion bezwecken? Dachte ich wirklich, er würde mich länger beobachten? Ich bin für ihn eine von vielen Frauen. Männer wie er können sich wahrscheinlich aus den unzähligen geldhungrigen Damen jede aussuchen.

Langsam wird mir der Typ zu aufdringlich, und ich schiebe seine Hand weg. Doch er versteht meine Abwehr nicht und schmiegt sich erneut an mich ran. Ich will gerade die Flucht ergreifen, als der Türsteher neben dem Typen anhält und mit ihm spricht. Sofort zieht er seine Finger zurück. Er hebt abwehrend die Hände und kurz blickt er zu North, dann zu mir.

»Du solltest besser achtgeben, mit welchen Männern du dich umgibst«, nuschelt der Typ noch in mein Ohr, ehe er abhaut.

»Wer hat dich geschickt?«, frage ich den Türsteher, bevor er sich von mir abwendet.

»Der Boss, weil es in diesem Klub ein paar Regeln gibt, die einzuhalten sind.« Seine Arme stehen wie bei den meisten Bodybuildern etwas ab.

Der Türsteher will gerade gehen, als ich ihn am Handgelenk packe. »Wer ist dein Boss?«

Er antwortet mir nicht, sondern stellt sich wieder an seine Position am Eingang des VIP-Bereichs.

North kann nicht in diesem Klub der Chef sein, aber bestimmt hat er durch sein Geld auch hier Macht. Was denkt er sich? Doch weil ich nicht unvorbereitet zu ihm gehen möchte, steuere ich zuerst Sue an.

Sie ist gerade damit beschäftigt, ihre Zunge in den Mund der Frau zu stecken, als ich ihr auf die Schulter klopfe.

Sie dreht sich zu mir und hat wie gewohnt ein Lächeln auf den Lippen. »Na, hast du Spaß?«

»Wie man es nimmt. Wusstest du, dass North hier ist?«

»Hin und wieder ist er auch in diesem Klub, warum? Stört es dich?« Sie wirkt gelassen.

»Wer ist in diesem Klub der Boss?«

Ich folge Sues Blick und lande direkt bei North.

»Du schleppst mich in den Klub unseres Bosses, weil hier für dich alles gratis ist?«

Sue zuckt mit den Schultern und verzieht schuldbewusst ihr Gesicht.

»Was bin ich für euch? Euer Experiment?«

»South, ich wusste nicht, dass er heute hier ist. Normalerweise kommt er selten nach unten. Komm, lass uns weiter feiern. Es spielt doch keine Rolle, wer unsere Rechnung begleicht, oder?«

Nichts ist davon egal, aber das versteht Sue natürlich nicht. Sie ist mit North befreundet, was ich überhaupt nicht nachvollziehen kann. Ihn stört es, dass ich Alkohol trinke, das habe ich vorhin an seinem Verhalten bemerkt. Und ich werde ihm beweisen, dass er mir nicht vorschreiben kann, was ich zu tun habe oder nicht. Er ist im Büro mein Boss, aber nicht in meinem Privatleben.

Ich lasse Sue zurück und schnappe mir die Champagnerflasche. North hat direkte Sicht zu mir, als ich die Flasche an meine Lippen setze und einen großen Schluck in mich rein schütte. Ich trinke, als wäre ich kurz vor dem Verdursten. Obwohl, wenn ich genauer darüber nachdenke, fühlt sich mein Mund staubtrocken an. Mich überrollen so viele Emotionen. Norths dunkler Blick, der zwischen meine Beine starke Stromschläge jagt und ein wildes Kribbeln erzeugt. Gleichzeitig die Wut auf ihn, dass er mich auch hier wie seine Angestellte kommandiert. Er mag vielleicht Unmengen Geld besitzen und dadurch halb London regieren, doch ich werde seine Befehle ignorieren. An diesem Ort ist er nicht mein Boss, sondern nur ein weiterer Gast. Während ich den Champagner in meinen Mund schütte, bewege ich mich im Takt. Meine Glieder fühlen sich mittlerweile wie Pudding an und alles beginnt sich zu drehen. Bin ich es selbst oder bewegt sich der Raum? Ich kann es nicht erfassen, als mir jemand die Flasche aus der Hand reißt.

»Willst du dich umbringen?« Seine tiefe Stimme jagt erneut Stromschläge zwischen meine Beine und nun dringt auch noch sein männlicher Duft in meine Nase. Er steht dicht vor mir, sodass ich seinen Atem auf meinem Gesicht spüre. Womöglich bilde ich mir das auch ein? Ich weiß es nicht. Vielleicht war der viele Alkohol doch nicht so eine gute Entscheidung?

Mir entweicht ein halbherziges Lachen. »Du denkst wirklich, du kannst jedem Menschen Befehle erteilen. Aber ich bin hier in meiner Freizeit und kann tun und lassen, was ich will. Gib mir sofort die Flasche zurück.«

Ich versuche, den Champagner zu bekommen, doch North ist schneller als ich. Immer wieder greife ich danach, aber dann taumle ich und stoße gegen seine steinharte Brust. Meine Handfläche ruht darauf und ich schaue zu ihm hoch. Unsere Blicke verfangen sich und ich werde in den dunklen Sog seiner Augen hineingezogen. Ich versinke darin und mein Verstand hat wohl gerade Sendepause.

»Wieso musst du dich ständig in mein Leben einmischen?« Weiterhin lehne ich an seiner harten Brust, weil sich der Boden so bewegt. Oder bin ich es, die so wankt? Mein Kopf kann es nicht erfassen.

»Ich rufe dir ein Taxi, für heute ist es genug.« Er antwortet nicht auf meine Frage, sondern lässt schon wieder den Boss heraushängen.

»Hast du nicht verstanden? Ich bin heute nicht deine Angestellte, die du herumkommandieren kannst. Genau genommen hast du nicht das Recht, dich in mein Leben einzumischen. Es gibt hier sicher Hunderte Frauen, die deinem herrischen Ton verfallen, aber ich bin dagegen immun.« Ich versuche, auf Abstand zu gehen und meine Arme vor der Brust zu verschränken, doch dann werde ich von irgendjemandem angerempelt und falle direkt in Norths Arme. Seine Hände sind auf meinem Po und meine landen erneut auf seiner harten Brust. Seine verführerischen Lippen sind meinen verboten nahe, sodass mein Herz gegen meine Rippen hämmert. Hat er immer schon so gut ausgesehen? Vielleicht weil ich ihn noch nie so genau betrachtet habe? Der Geruch von Pfefferminz weht mir entgegen.

»Wenn du nicht so ein selbstgefälliger Arsch wärst, würde ich dich sogar als heiß bezeichnen«, sage ich und plötzlich beginnt sich alles um mich herum zu drehen. Nicht nur der Raum, sondern auch mein Magen macht so komische Bewegungen, sodass sich in meinem Hals ein grauenvoller Druck bildet. »Ich glaube, ich brauche eine Toilette.« Ich fasse mir an den Mund und Übelkeit überrollt mich.

»John, hilf mir, wir bringen sie rauf in meine Wohnung«, höre ich North noch sagen, dann wird es um mich herum schwarz.

NORTH

South wird im Gesicht immer blasser und dann geben ihre Beine nach. Im letzten Moment fange ich sie auf. Mein Türsteher schiebt die Leute zur Seite, während ich South in meine Wohnung trage.

»Ruf Dario, er soll sofort kommen«, befehle ich John und eile die Treppen rauf.

»Was ist mit South?«, vernehme ich Sues Stimme hinter mir.

Ich blicke über meine Schulter zurück. »Wie konntest du sie nur so abfüllen? Was ist mit dir los? Nur weil du dir ständig die volle Dröhnung gibst, musst du sie nicht mit reinziehen.« Weil South sich immer schlaffer hängen lässt, renne ich in meine Wohnung.

»Warte, ich öffne die Tür.« Sue überholt mich und schiebt die Eingangstür auf. Mein Apartment besitzt keinen Flur, man steht gleich mittendrin. Alles befindet sich in einem Raum: Schlafzimmer, Wohnzimmer und eine kleine Küche.

»Bring einen Eimer!«, befehle ich mit hartem Ton, denn Panik erfasst mich.

Sue rennt ins Badezimmer, während ich South auf mein Bett lege. Ich drehe sie in die stabile Seitenlage, falls sie sich übergeben muss. »South, wach auf.« Mein Gesicht ist unmittelbar vor ihrem und ich streiche ihre Haare zurück. Ihre Haut ist blass und sie reagiert nicht. »South!« Meine Stimme vibriert und mein Puls beschleunigt sich. Angst und Panik breiten sich in mir aus.

Sue kommt mit einem blauen Eimer zurück. »Hier.« Sie weicht meinem Blick aus und ihr Schuldbewusstsein schwappt zu mir rüber.

»Wieso hast du nicht besser auf sie aufgepasst? Sie hat keine Erfahrung mit diesem ganzen Scheiß!«

»Ach und das weißt du woher?«

Ich knurre. »Das geht dich nichts an, jedenfalls hat sie viel zu viel getrunken. Wir müssen sie zudecken. Außerdem braucht sie dringend Flüssigkeit.«

»Ich hole schnell ein Glas Wasser.« Sue reicht mir noch eine Decke, ehe sie zur Küche eilt. Nun ist auch in ihrer Miene Besorgnis zu erkennen.

»Das hättest du ihr schon viel früher geben sollen. Wieso schleppst du sie überhaupt in meinen Klub?«

Sue steht vor der Küchenzeile und nimmt ein Glas aus dem Schrank. »Es ist der beste Klub der ganzen Stadt. Außerdem bekomme ich alles gratis.«

»Wenn du sie noch einmal hierhin mitnimmst, ist es

vorbei mit deinen Vorteilen.« Meine Stimme ist hart, weil ich mir um South ernsthafte Sorgen mache.

Sue kommt mit dem Glas Wasser zurück. »Was ist los mit dir, North? Sie ist eine junge Frau, die noch nie das wahre Leben kennengelernt hat. Sie war nie in einem Klub, sie weiß überhaupt nicht, was das Leben zu bieten hat.«

»Und deshalb hast du ihr gleich Unmengen Alkohol eingeflößt?« Ich verenge die Augen, denn dafür finde ich kein Verständnis.

»Na ja, getrunken hat sie schon selbst. Außerdem habe ich gesehen, dass ihr euch gestritten habt. Also schieb nicht nur mir den Miesepeter zu. Bevor du gekommen bist, war sie nämlich nicht so in Trinklaune. Übrigens, warum warst du überhaupt da? Du kommst sonst nie in den Klub. Etwa wegen South?« Sie zieht eine Braue nach oben und stemmt eine Hand in ihre Taille, als könnte sie mich damit durchschauen.

»Du bist ja völlig durchgeknallt. Ich hatte einfach mal Lust auf die Musik.« Ich nehme ihr das Glas Wasser ab. »South, du musst etwas trinken.« Ich hebe ihren Kopf ein Stück an und sie gibt ein Stöhnen von sich.

Es klopft an der Tür und Sue rennt hinüber. »Hallo, was gibt es?« Mein Kumpel betritt die Wohnung, während ich versuche, South etwas Wasser zu geben. Endlich ist sie wieder wach. Sie nicht munter zu bekommen würde vermuten lassen, dass sie nicht nur zu viel Alkohol im Blut hat, sondern eventuell eine Alkoholvergiftung.

»South hat zu viel Alkohol intus«, erklärt Sue ihm

die Sachlage, ehe Dario neben mir ankommt. Ich lege Souths Kopf wieder ab und mache für meinen Freund Platz.

Er misst zuerst ihren Puls. »Was hat sie alles getrunken?«

»Keine Ahnung, aber eindeutig zu viel. South trinkt sonst nie Alkohol.« Ich fahre mir mehrmals durch die Haare. Mein Detektiv hat über sie genauestens recherchiert, weil Sue einfach nicht mehr hinterfragen wollte. Doch ich durchleuchte jeden, der mir in irgendeiner Form nahekommt. Und die letzten Tage war sie mir viel zu nah. Ich habe mit ihr Zeit verbracht und außerdem war das auch für morgen geplant.

»Was du nicht alles über South weißt.« Sue beäugt mich misstrauisch. »Du musst deinen Kontrollwahnsinn endlich mal ablegen. Nicht jeder will deine dunklen Geheimnisse lüften. Schon gar nicht South.«

»Ach und da bist du dir so sicher wie damals bei Chris?«

»Sie ist eine Frau aus armen Verhältnissen, die dringend einen Job braucht, um Geld zu verdienen. Sie ist nicht hinter deiner Vergangenheit her. Bis vor wenigen Stunden hat sie nicht einmal gewusst, dass du noch einen Klub besitzt.«

»Dafür hast du ja jetzt gesorgt«, erwidere ich hart und funkle sie böse an. Dario untersucht South, während Sue und ich uns über Dinge streiten, die uns ständig an unsere freundschaftlichen Grenzen bringen. Sue versteht mein Verhalten nur bis zu einem gewissen Grad. Sie kann nicht nachvollziehen, dass ich nicht will, dass irgendjemand von meinen weiteren Geschäften weiß. Ja, man könnte es über die Behörden rausfinden, aber ich möchte es nicht an die große Glocke hängen. Je weniger Leute von meinem Leben wissen, desto besser ist es.

»Kann sie hierbleiben? Ich denke, sie braucht nur ein wenig Schlaf und eine warme Decke«, sagt Dario, als er sich nach ein paar Untersuchungen zu uns gesellt.

»Nein, das geht nicht«, erwidere ich schnell. Es schläft nie jemand bei mir. Meine Frauengeschichten erledige ich in Hotels oder bei ihnen zu Hause. Nicht einmal Freunde dürfen bei mir übernachten. Hier ist mein Reich, das nur mir allein gehört. South war in einer Notlage, nur deshalb liegt sie nun in meinem Bett. Doch das war nur als Überbrückung gedacht.

»Kriegst du das denn nicht wieder hin?«

Dario schüttelt den Kopf. »Sie braucht jetzt nur Schlaf und morgen eine Aspirin mit Wasser zum Frühstück.«

Ich schnaube. »Okay.« Ich sende Sue einen vernichtenden Blick zu, denn nur ihr habe ich es zu verdanken, dass South in meinem Bett schläft. In meinem Reich, das normalerweise nur mir allein gehört.

»Na dann, man sieht sich«, verabschiedet sich Dario.

»Danke, dass du so schnell gekommen bist.« Ich folge ihm zur Tür.

»Für dich doch immer.« Er lächelt. Dario und mich verbindet eine lange Vergangenheit. Wir haben viel miteinander erlebt.

»Ich komme gleich mit dir mit.« Sue will gerade

meine Wohnung verlassen, als ich sie am Handgelenk festhalte.

»Du kannst mich mit ihr nicht allein lassen.«

»North, sie schläft und wird vor morgen früh bestimmt nicht aufwachen. Also entspann dich.« Sue marschiert mit meinem Kumpel die Treppe nach unten. Ich schließe hinter ihnen die Tür und wende mich South zu.

Weil sie in meinem Bett schläft, hole ich mir eine Decke aus dem Schrank und lege mich auf das Sofa daneben. Ihr Haar liegt wie ein Fächer auf dem Kissen. Sie atmet ruhig und gleichmäßig. Dario dürfte recht damit behalten, sie wird bis morgen durchschlafen. Eine Weile liege ich nur so da und beobachte sie. Wenn Unschuld einen Namen hätte, würde sie den Namen South tragen. Als ich sie auf der Videoüberwachung gesehen habe, hat das in meiner Brust einen Stich verursacht. Sie sollte sich nicht in solchen Klubs von Idioten wie Thomas anmachen lassen. Dieser Typ will Frauen nur abschleppen. Jede Nacht steckt er seinen Schwanz in eine andere Vagina. South sollte einen Mann an ihrer Seite haben, der sie wie eine ehrenwerte Frau behandelt.

Ich schließe meine Lider und die letzten Bilder huschen vor meinem inneren Auge vorbei.

Ihre schlanke Taille bewegt sich gleichmäßig im Takt. Sie zieht die Blicke der Männer in diesem Bereich auf sich. Am liebsten würde ich sie alle rauswerfen. Wie sie ihre Lippen spitzt, wenn sie den Sound in sich aufsaugt. Wenn ihre Lider geschlossen sind, habe ich keine Möglichkeit, in ihre geheim-

nisvollen Augen einzutauchen. Sie leckt sich über die Lippe, um sie zu befeuchten. In meiner Hose baut sich Druck auf. Ich sollte sie nicht heiß finden, aber mein Körper ist da wohl anderer Meinung. Ihre Fingerspitzen fahren durch ihr langes Haar und meine Fantasie nimmt ihren Lauf.

Ich vergrabe meine Hände darin, ziehe sie fest an meine Brust. Ich will jeden Zentimeter von ihr auskosten. Sie schmecken, riechen und auf meiner nackten Haut spüren. Mein Blick verharrt auf ihr und ich beobachte jede ihrer Bewegungen. Es ist lange her, dass mich eine Frau so in den Bann gezogen hat und im selben Atemzug weiß ich, wie falsch meine Träumerei gerade ist. Trotzdem sperre ich meinen Verstand weg und koste jede Sekunde aus, sie zu beobachten, solange sie mich nicht bemerkt. Wenn sie nicht meine Angestellte wäre, würde ich zu ihr hingehen, sie auf einen Drink einladen und sie wahrscheinlich nicht mehr loslassen. Doch alle Fakten sprechen dagegen. Dann entdecke ich den Vollpfosten Thomas. Sein lüsterner Blick macht mich rasend. Eine unangenehme Spannung breitet sich in mir aus. Als er seine schmierigen Hände an Souths Taille legt, wird mir übel. Dieser Typ hat nicht das Recht, sie so zu berühren. Ich sollte dort stehen, mein Gesicht in ihrem Haar vergraben und meinen erregten Körper an sie schmiegen. Obwohl ich bestimmt die letzte Wahl für sie wäre. Sie ist der Überzeugung, dass ich ihr Leben zerstöre, weil ich den Wohnkomplex verändern möchte. Doch manchmal sind genau diese Veränderungen notwendig, die die Welt zu einem besseren Ort machen.

Thomas presst sich an South und meine Hand bildet eine Faust. Ich winke John, meinen Türsteher, zu mir und befehle ihm, Thomas in seine Schranken zu weisen. Ich werde bestimmt nicht dabei zusehen, wie South von diesem Ekelpaket angefasst wird. Schon gar nicht in meiner Gegenwart. Warum verspüre ich den immensen Drang, sie für mich allein zu haben? Ich weiß, man kann keinen Menschen für sich allein in Anspruch nehmen und ich weiß auch, dass ich South niemals an meiner Seite spüren werde. Trotzdem will ich nicht bei diesem ekelhaften Theater zusehen.

John ist gerade bei Thomas und als sein Blick auf mich trifft, zeige ich ihm klar und deutlich durch meine finstere Miene, dass es für ihn Zeit ist, zu gehen. Niemand legt sich mit North Lost an.

Thomas verschwindet, wie es sich gehört, doch dann fixiert South mich. Ein elektrisierendes Gefühl flutet meinen Körper. Ich bin versucht, zu ihr zu gehen. Sie einfach an Ort und Stelle zu küssen. Aber schlussendlich ist mein Verstand stärker als mein Herz. Ich gebe mich nicht meinen Gelüsten ihr gegenüber hin. Niemals. Egal, wie intensiv mein Schwanz nach ihr schreit, weil sie einfach die schönste Frau ist, die ich jemals gesehen habe. Ich hätte sie damals schon bei unserem ersten Aufeinandertreffen gerne geküsst. Sie hat diese natürliche Schönheit. Mit wenig Make-up und ihren grandiosen Haaren. Dabei hat sie einen eindringlichen Blick, der mir gefährlich werden kann. Provokant schnappt sie sich die Flasche und kippt sich Unmengen Alkohol rein. Ich sollte zu ihr rübergehen und ihre Dummheit stoppen, doch das kann ich nicht. Es ist ihr Leben und nicht meins.

Als sie auf mich zukommt, beginnt mein Herz, wie wild in meiner Brust zu hämmern. In meiner Leistengegend zieht es unerträglich, als sie direkt vor mir innehält. Ich höre ihren

Worten nicht zu, denn ich bin damit beschäftigt, ihren wunderschönen Lippen zu widerstehen. Da sie ihr Gleichgewicht nicht halten kann, landet ihre Hand auf meiner Brust. Immer wieder berührt ihr schlanker Oberkörper meinen und jedes Mal werden unzählige vibrierende Stromschläge in mir hervorgerufen.

Wenn sie nicht gleich eine Distanz zwischen uns schafft, werde ich sie packen und an mich ziehen. Mein Atem geht mittlerweile stoßweise, denn ich kann die Spannung zwischen uns beiden deutlich spüren. Doch sie ist betrunken und wenn sie morgen aufwacht, würde sie jede einzelne Sekunde mit mir bereuen. Ihre Sinne sind vernebelt und deshalb werde ich den Teufel tun und sie küssen. Sie schwankt und landet erneut in meinen Armen und ihr verführerischer Duft weht mir in die Nase. Sie trägt nur ein hauchzartes Parfüm, das man nur wahrnimmt, wenn man ihr ganz nah ist. Es hat eine dezente, süße Note und einen Hauch von Erotik. Ich kann es nicht genau einordnen oder es ist mein Schwanz, der dafür verantwortlich ist? Zwischen meine Beine wird immer mehr Blut gepumpt, während sie sich an meine Brust schmiegt, obwohl es wohl eher ein Anlehnen sein soll, damit sie nicht umkippt. Unsere Lippen trennen nur ein paar Zentimeter voneinander.

North! Reiß dich zusammen!

»Mir ist so übel«, vernehme ich Souths Stimme und bin sofort hellwach. Wie lange habe ich geträumt? Mein Blick auf die Uhr verrät mir, dass es nicht mehr als zwei

Stunden sein können. Ich eile zu ihr und reiche ihr den Eimer.

»Hier kannst du rein kotzen.« Ich setze mich an die Bettkante.

Sie richtet sich auf und beugt sich über den Eimer. Sie gibt unzählige Würgelaute von sich, während ich damit zu tun habe, ihre Haare aus dem Gesicht zu halten. Ihr Körper wölbt sich und mir wird im selben Moment auch schlecht. Nachdem sie sich beruhigt hat, bringe ich den Eimer ins Bad und wasche ihn aus. Wer weiß, vielleicht muss sie sich erneut übergeben.

Als ich zurückkomme, liegt sie zusammengerollt im Bett und zittert. Ich bücke mich etwas über sie, um die Decke zu fassen und sie über ihren schlanken Körper zu legen.

»Ist es jetzt besser?«

»Nein«, murmelt sie und ihr Körper bebt. Bestimmt hat ihr Kreislauf Probleme, den vielen Alkohol zu verarbeiten. Ich husche um das Bett herum und will gerade eine weitere Decke auf sie legen, als sie nach meiner Hand fasst und mich zu sich zieht.

»Lass mich jetzt nicht allein«, flüstert sie.

»Ich bin auf der Couch, wenn du was brauchst«, sage ich und will mich ihr entreißen, doch sie verfestigt ihren Griff.

»Bitte bleib«, murmelt sie. Nach kurzem Zögern lege ich mich hinter sie und meine Hand ruht an ihrer Taille. Die Decke verschafft uns eine minimale Distanz. Ich inhaliere den Duft ihres Haares, das nach frischem Shampoo riecht.

Wenn sie eingeschlafen ist, werde ich mich zurück auf die Couch legen. Immerhin ist und bleibt sie meine Angestellte und die Situation ist mehr als merkwürdig. Morgen früh wird sie das alles vergessen haben und ich kann wieder der Mensch sein, der ich ihr gegenüber sonst bin. Distanziert, kalt und ihrer Meinung nach ein Arschloch. Was ich aber definitiv nicht bin: ein Typ, der ihre Situation ausnutzen würde. Niemals! Doch wenn ich daran denke, dass sie bei Thomas in die falschen Hände hätte geraten können, breitet sich in meinem Bauch ein ungutes Gefühl aus. Allein die Vorstellung, dass ein Mann sie in diesem Zustand verführt, macht mich rasend. Am Montag muss ich mit Sue ein ernstes Wörtchen reden, denn das darf nie wieder passieren.

Ich schließe meine Augen und lausche ihrem gleichmäßigen Atem.

SOUTH

Ein dröhnender Schmerz in meinem Kopf lässt mich meine Augen langsam aufschlagen. Mein erster Blick fällt auf einen Stuhl und einen kleinen Esstisch. Sofort wird mir klar, dass ich nicht zu Hause bin. Ich spüre eine Hand an meiner Taille. Vorsichtig schiele ich nach unten und ziehe zaghaft die Decke hoch. Meine Kleidung habe ich noch an und ich atme erleichtert aus. Was ist genau gestern Abend passiert? Ich habe getanzt und einiges getrunken. War es so viel, dass ich keine Ahnung habe, was vergangene Nacht vorgefallen ist? Ich drehe den Kopf ein Stück und versuche, über meine Schulter zu blicken, wer dahinter liegt. Doch mein Nacken fühlt sich steif an und ich erhasche nur den Arm. Ich müsste mich drehen oder aus dem Bett kriechen. Noch nie war ich in so einer Situation wie heute. Was tut man, wenn man eigentlich von dem Geschehenen nichts mehr weiß? Vielleicht sollte ich mich aus der Wohnung stehlen, denn wie mir scheint, schläft der Typ hinter mir noch tief und fest. Ein blauer Eimer sticht mir ins Auge. Habe ich mich etwa letzte Nacht übergeben? Dem ekligen Geschmack in meinem Mund nach zu urteilen definitiv.

Besser schnell verschwinden, bevor die Situation noch peinlich wird, denke ich mir und versuche, die männliche Hand vorsichtig von mir zu schieben. Ich hebe seinen Arm etwas hoch und rolle mich aus dem Bett. Anstatt mit den Beinen den Boden zu berühren, falle ich und lande auf allen vieren. Dadurch erzeuge ich einen dumpfen Laut und hebe schnell den Kopf, um sicherzustellen, dass der Typ noch schläft. Ich blicke nur leicht über die Bettkante und starre in ein Augenpaar, das mir leider nur allzu bekannt ist. Mein Herz setzt für ein paar Takte aus. Verdammte Scheiße, wie konnte das passieren? Wieso bin ich mit meinem Boss nach Hause gegangen?

»Guten Morgen«, sagt er und setzt sich auf. Er trägt noch sein schwarzes T-Shirt, das seine harten Muskeln darunter verbirgt. Kurz huscht ein Erinnerungsfetzen in meine Gedanken, als meine Hand darauf ruhte. Sofort zucke ich zusammen. Doch dann wandert mein Blick zu seiner Jeans, die er zum Glück noch trägt, was mich erneut etwas durchschnaufen lässt. Aber wieso haben wir nebeneinander geschlafen?

»Morgen«, krächze ich und springe fast hoch. Doch das hätte ich besser lassen sollen, denn Schwindel erfasst mich. Ich gerate ins Taumeln und falle direkt auf North.

Mit weit aufgerissenen Augen starre ich ihn an. Diese Nähe lässt alles um mich herum noch schwummriger werden. Ich verharre keine fünf Sekunden, jedoch kommt mir dieser Augenblick wie eine Ewigkeit vor. Ich blicke direkt in seine Augen und ein dunkles Aufblitzen ist darin zu erkennen. Seine Mundwinkel zucken leicht, als würde er ein Grinsen unterdrücken müssen. Zu schnell erhebe ich mich und kippe rückwärts, sodass ich abermals auf dem Boden lande. Nur diesmal donnere ich auf meinen Hintern.

Erneut umspielt seine Lippen ein hauchzartes Grinsen und ich würde am liebsten ein Loch graben, um irgendwo in den Untiefen zu versinken.

»Du hast wohl ein paar Gleichgewichtsstörungen«, stellt er fest und erhebt sich vom Bett. Er wirkt groß und dominant, weil ich wie in Schockstarre am Boden sitze. Kann es noch peinlicher für mich werden?

»Was genau ist ...« Ich presse meine Lippen fest aufeinander.

»Zwischen uns war rein gar nichts, also keine Sorge.« Er marschiert an mir vorbei und geht zur Küchenzeile. Langsam raffe ich mich hoch. Ich beobachte, wie er mit einem Glas Wasser auf mich zukommt.

»Hier hast du Wasser und eine Kopfschmerztablette.« Er reicht mir beides und ich nehme es dankend an.

»Warum bin ich hier?«, frage ich, nachdem ich mir die Tablette eingeworfen und mit Wasser runtergespült habe.

»Du weißt also gar nichts mehr von letzter Nacht?« Er fixiert mich und sofort jagen wilde Stromschläge in meine erhitzte Vagina. Verdammt, was ist gestern zwischen uns vorgefallen, dass mein Körper mir total irrationale Signale sendet.

Ich schüttle den Kopf und schlucke den Kloß in meinem Hals hinunter. Zwischen meinen Beinen ist ein unbändiges Gefühl, sodass ich meine Schenkel zusammenpresse. Bin ich etwa scharf auf ihn? Oder hat er mir irgendetwas untergejubelt, was mich willig macht? Doch er zeigt keine Anstalten, in irgendeiner Form ein gewisses Interesse an mir zu hegen. Er steht sogar so weit weg, dass ich ihn nicht einmal mit ausgestrecktem Arm berühren könnte.

»Du bist im Klub vor mir zusammengesackt und dann habe ich dich in meine Wohnung gebracht, damit dich ein Arzt anschauen kann.«

»Ich wurde sogar von einem Arzt untersucht?« Meine Stimme ist laut und ich kann das Gefühl von Scham nicht abschütteln.

»Na ja, dir ging es ziemlich schlecht und ich wollte sichergehen, dass du keine Alkoholvergiftung hast. Aber wie man sieht, war alles halb so schlimm.« Er wendet sich ab und geht zu einer Tür neben der Küche. »Ich gehe duschen, wenn du willst, kannst du sie danach auch benutzen. Hier drüben ist die Kaffeemaschine, bedien dich einfach.« Bevor er den Raum verlässt, verharrt sein Blick eine Weile auf mir, ehe er sich abwendet.

Es kommt mir vor, als hätte es in dieser Wohnung hundert Grad, denn ich schwitze. Leider ist nicht die Wärme dafür verantwortlich, sondern dass ich mich an einem Ort befinde, den ich niemals zu Gesicht bekommen wollte. Aber dann packt mich die Neugierde. Vielleicht kann ich hier mehr über North herausfinden. Ich blicke mich um. Auf dem Bücherregal ist kein einziges Foto zu finden. Ich schlendere zur Küchenzeile und öffne nacheinander ein paar Schränke, ehe ich die Kaffeetassen finde. Alles ist sehr aufgeräumt, stelle ich fest, während der Kaffee in die Tasse fließt.

Vorsichtig nippe ich an der dampfenden Flüssigkeit und dann entdecke ich doch etwas. Ein kleines Wandregal in der Ecke mit Fotos. Ich fasse nach dem ersten Rahmen und erkenne Sue neben North, nur dass sie da mindestens fünf Jahre jünger sind als jetzt. Vielleicht sind es auch mehr. Dann wandert mein Blick weiter hoch. Zögerlich fasse ich nach dem Holzrahmen, der an den Ecken schon ziemlich abgenutzt ist. Eine Frau mit einem Baby in der Hand lächelt mich an. Sie strahlt und sieht so unglaublich glücklich aus. Mit den Fingerspitzen fahre ich über das Glas. Ob das North als Baby mit seiner Mutter ist? Ich entdecke ein weiteres Bild, doch da wirkt die Frau ein paar Jahre älter. Sie strahlt eine besondere Herzlichkeit aus, während sie neben einem Jungen kniet und ihre Hand um seine Taille gelegt hat. Der Bub grinst breit, sodass man seine große Zahnlücke in der Mitte sehen kann.

»Was tust du da?«, knurrt North und ich zucke zusammen. Die beiden Bilder entgleiten mir und knallen auf den Boden. Das Glas zerspringt und ich gehe sofort auf die Knie.

»Bitte entschuldige, das wollte ich nicht.« Mit zittrigen Händen sammle ich die Scherben auf.

»Was genau wolltest du nicht?« North ist dicht vor mir und seine Augen sprühen Funken. »In meinen Sachen kramen? Mich ausspionieren? Meine privaten Dinge zerstören?« Sein Blick ist hart und mir läuft ein eiskalter Schauer den Rücken hinunter.

»Es tut mir wirklich leid, du hast mich gerade so erschreckt und dann sind mir die Bilder aus der Hand gefallen. Ich werde dir einen neuen Rahmen besorgen.«

»Um diese beschissenen Rahmen geht es doch gar nicht«, kontert er und läuft zur Küche. Mit dem Besen und einer Schaufel in der Hand kommt er wieder zu mir zurück.

»Um was geht es dann?« Ohne darüber nachzudenken, lege ich meine Hand auf Norths und er hält plötzlich inne. Nun sieht er mir direkt in die Augen und auch wenn in seiner Miene Groll zu erkennen ist, sehe ich auch eine Verletzlichkeit aufflackern. Er verbindet etwas mit diesen Bildern. So wie meine Mutter mit ihrem Mickey-Mouse-Shirt. »Es tut mir wirklich leid«, sage ich mit sanfter Stimme, dabei lasse ich ihn nicht aus den Augen. »Sie ist deine Mutter, nicht wahr?«

Er weicht meinem Blick aus und sieht zum Fenster. Sein Kiefer wirkt angespannt, trotzdem halte ich weiter seine Hand.

»Du musst darüber nicht reden, das ist deine Privatsphäre, die ich gerade gestört habe. Dabei hast du mich letzte Nacht hierhin gebracht und sozusagen gerettet. Ich hätte es nicht tun sollen, das weiß ich. Aber diese

Frau sieht so unsagbar glücklich aus und ich musste diese Bilder einfach genauer anschauen. Was das Ganze zwar nicht entschuldigt, aber vielleicht für dich verständlicher macht.«

Er dreht den Kopf zu mir. Für einen langen Moment schließt er seine Augen. Was in seinen Gedanken gerade vor sich geht?

»Lassen wir das«, sagt er schließlich und erhebt sich. Mit ein paar Handgriffen haben wir die Scherben aufgeräumt.

»Darf ich noch bei dir duschen? Ich verspreche dir, ich werde dein Bad nicht inspizieren.« Ich lächle und ziehe meine Schultern etwas hoch.

»Natürlich.« Er geht zu einem Schrank. »Ich habe von Sue ein Shirt und eine Hose. Ihr seid ja fast gleich groß, also wenn du willst.« Er hält mir die Klamotten entgegen.

»Danke«, hauche ich und verschwinde im Badezimmer.

Nach einer frischen Dusche fühle ich mich wie neugeboren und mit dieser Energie trete ich ins Wohnzimmer. North sitzt vor seinem Laptop. Eigentlich wollten wir heute den Tag gemeinsam verbringen, doch nach dem Vorfall wird er wohl kein Interesse mehr daran haben, das East End von seiner anderen Seite kennenzulernen.

»Vielen Dank noch mal«, sage ich und ziehe dadurch Norths Aufmerksamkeit auf mich. »Ich werde dann verschwinden, damit du in Ruhe arbeiten kannst. Ich nehme mal an, dass du nach meiner dummen Aktion keine Lust auf den Ausflug hast, oder?«

Er erhebt sich und schreitet auf mich zu. Wieder umgibt ihn diese Dunkelheit, die mich in ihren Bann zieht. Irgendetwas muss gestern in meinem Kopf vorgefallen sein, dass ich in seiner Gegenwart plötzlich Herzrasen bekomme und in meinem Bauch ein wilder Sturm wütet. Haben wir uns vielleicht geküsst und er erzählt mir einfach nichts davon? Warum muss ich auf seine verführerischen Lippen starren und verspüre den Drang, sie zu küssen?

»Wenn du dich wieder fit fühlst, können wir gern die Tour machen, immerhin habe ich heute den Tag dafür freigehalten.« Er hat sich den Tag extra freigenommen? Warum macht mein Herz einen freudvollen Sprung in meiner Brust? Ich darf mich nicht in ihn verlieben. Nein, denn er ist das Böse, mein Feind und mein Vorgesetzter. Und trotzdem sehnt sich mein verräterischer Körper nach seiner Nähe.

Mein Brustkorb hebt sich schnell, als wäre ich gerade fünf Stockwerke nach oben gelaufen. Ich lecke über meine trockenen Lippen, um sie zu befeuchten. Nun ist er es, der mir auf den Mund starrt.

»Wann willst du los?«, frage ich und ich kann diese Energie zwischen uns spüren. Dieses Feuer, die elektrisierende Spannung und ich kann nicht erklären, wo das so plötzlich herkommt.

»Sofort«, erwidert er mit tiefer Stimme, die pulsierende Schläge in meiner feuchten Mitte erzeugt. Kann man jemanden sexuell anziehend finden, obwohl man genau weiß, dass er ein Arschloch ist? Dass er mich und meine Mutter ins Verderben bringen wird? Doch seine Lippen würden sich auf meiner Haut so unwahrscheinlich gut anfühlen, davon bin ich überzeugt. Sein frischer Duft weht mir ins Gesicht und am liebsten würde ich ihn jetzt an mich ziehen. Küssen, seinen knackigen Hintern berühren und meine erhitzte Mitte gegen seinen Schwanz pressen. Wenn er wollte, könnte er mich hier in seiner Wohnung nehmen, obwohl ich weiß, dass das ein fataler Fehler wäre.

»Also gehen wir?«, fragt er, weil ich weiterhin wie versteinert dastehe.

Ich blinzle mehrmals, um aus meiner Fantasiereise auszubrechen. »Natürlich.«

»Von mir aus kannst du deine Sachen vorübergehend hierlassen oder wir bringen sie zu dir nach Hause?«

»Hierlassen«, antworte ich schnell und abgehackt. Ich kann ihn nicht mit zu mir nehmen. Wenn die Nachbarn oder meine Mutter ihn sehen, denken sie womöglich, ich habe mich mit dem Feind verbündet. Doch das wird niemals passieren, da kann meine Vagina noch so laut nach ihm schreien.

»Wo starten wir?« North geht neben mir und scheint die Probleme von vorhin weggeschoben zu haben.

»Warst du schon mal auf dem Brick Lane Market?«

»Der Ort, wo Jack the Ripper sein Unwesen trieb?

Muss ich jetzt Angst haben?« Für eine Millisekunde entweicht ihm ein Grinsen. »Ehrlich gesagt treibe ich mich nie auf solchen Märkten herum.«

»Dann hast du etwas verpasst. Denn dort gibt es so viele Schätze zu entdecken.«

»Das ist wohl eher ein Viertel, das heruntergekommen aussieht und einen neuen Stil ganz gut vertragen würde, meinst du nicht?«

»Nicht alles Alte ist schlecht. Vieles davon trägt eine besondere Geschichte in sich. Aber warte mal ab, wenn wir dort sind, dann sag mir, ob du es nach diesem Besuch noch genauso siehst.« Ich lächle und setze alle Hoffnung in diesen Ausflug.

NORTH

Viele Touristen und auch Londoner treiben sich hier herum, dementsprechend voll ist die Straße. Man kommt sich vor, als wäre man in einem Industriegebiet und nicht in einer Einkaufsstraße. Ein buntes Graffiti auf einer roten Ziegelwand sticht mir ins Auge.

Glück ist da, wo du dich zu Hause fühlst.

»Was für ein dummer Spruch«, murmle ich leise.

South ist so aufmerksam, dass sie genau in diesem Moment das Graffiti anschaut und dann zu mir. »Du hast so viel Geld, aber bist du glücklich?«

»Natürlich«, erwidere ich schnell, als wäre es die Wahrheit.

»Das kaufe ich dir nicht ab, denn du lächelst fast nie. Du verziehst vielleicht halbherzig deinen Mund, aber das ist doch kein Lachen.«

»Nur weil man nicht ständig mit einem Dauergrinsen rumläuft, bedeutet das nicht, dass man nicht glücklich sein kann.«

South schüttelt den Kopf. »Komm, ich zeige dir einen Laden, von dem ich denke, dass wir für die Fotos mit deiner Mutter Rahmen finden.« Sie biegt in ein Geschäft ein und kurz umfängt uns Dunkelheit. Als sich meine Augen gewöhnt haben, werde ich förmlich überflutet von Eindrücken. Eine Wand, die mindestens vier Meter lang ist, hat über die ganze Front Regale, auf denen unzählige Bilderrahmen in verschiedenen Farben und Formen geschichtet wurden. Irgendwie ist mir der Laden zu voll, trotzdem folge ich ihr.

»Ich sagte doch schon, ich kann selbst einen besorgen.«

South dreht sich zu mir und sieht mich aus ihren hellblauen Augen an. »Ich habe die Rahmen kaputtgemacht, deshalb werde ich sie ersetzen.« Sie strahlt und augenblicklich wird mein Herz schwer. Denn auch wenn ich diese Fotos auf meinem Regal stehen hatte, habe ich ihnen seit Längerem keine Aufmerksamkeit geschenkt. Ohne es South gesagt zu haben wusste sie, es ist meine Mutter. Es wird immer von der besonderen Verbindung zur Mutter gesprochen, doch letztlich habe ich diese nie geschätzt. Erst als sie aus meinem Leben verschwunden war.

South kramt in den Regalen. »Du könntest mir beim Suchen helfen.« Sie stößt mich leicht gegen den Arm.

Verschiedenste Rahmen sind ohne System aneinandergereiht. Von Goldrahmen bis zu verschnörkelten weißen Bilderrahmen sind sie durchgemischt. Das

Einzige, was geordnet wirkt, ist die Rahmengröße. Die wurden einheitlich sortiert. Eigentlich habe ich keine Hoffnung, hier etwas Passendes zu finden. Doch dann quiekt South auf. »Schau, der ist perfekt, oder?« Stolz hält sie einen Holzrahmen in die Höhe.

Ich gehe auf sie zu und nehme den Rahmen in meine Hand. Er sieht fast identisch aus, nur mit weniger Schrammen.

»Davon gibt es sogar noch einen zweiten«, jubelt sie und springt freudig ein paarmal hoch. »Das ist definitiv Schicksal.« Sie klatscht in die Hände.

»Ich würde es Zufall oder Glück nennen.«

»Jetzt geht es ums Eingemachte, denn wir müssen einen guten Preis verhandeln.« Sie strahlt, als hätte sie gerade bei einem Gewinnspiel gewonnen.

»Dann sollte ich das wohl machen.«

»Nein, denn ich kaufe die Rahmen.« Sie geht mit aufrechtem Gang zur Kasse. Ich folge ihr, weil ich damit rechne, dass ich eingreifen muss.

»Was kostet ein Bilderrahmen?« Sie reicht ihm einen.

»Zehn Pfund«, erwidert der Mann mit einem kleinen Kinnbart.

»Ich zahle Ihnen zehn für beide.« Sie legt den zweiten Rahmen auf den Tisch.

»Zehn für einen.« Der Typ bleibt hartnäckig und vielleicht sollte ich eingreifen. Aber irgendwie amüsiert mich dieses Schauspiel auch, deshalb schweige ich.

Mit dem Zeigefinger winkt sie ihn zu sich und flüstert ihm etwas in sein Ohr. Leider verstehe ich kein

Wort, jedoch fällt sein Blick für einen langen Moment auf mich.

»Okay, zehn für beide«, antwortet er und steckt die Rahmen in eine Papiertüte.

»Vielen Dank, Sie sind mein Retter.« Sie reicht ihm das Geld und marschiert dann mit einem Siegerlächeln an mir vorbei.

»Seien Sie nicht so streng zu diesem netten Mädchen«, ruft mir der Kerl hinterher, ehe die Tür hinter mir ins Schloss fällt.

»Was hast du zu ihm gesagt?«

Sie grinst breit. »Das würdest du gern wissen, nicht wahr?«

»Klar, immerhin bin ich nicht streng zu dir.«

Sie zwinkert mir zu. »Zuerst musst du dich heute auf alles einlassen, was ich mit dir vorhabe. Danach erzähle ich dir, was ich zu ihm gesagt habe.«

»Wir machen nur Sightseeing, also Deal.« Ich strecke ihr die Hand hin. Sie schüttelt sie und da ist sie wieder diese sonderbare Nähe, die in mir ein seltsames Herzflattern erzeugt.

»Was machen wir als Nächstes?«

»Also ich hätte Hunger, du auch?« Sie fasst sich an den Bauch.

»Ich kann definitiv einen Happen vertragen.« Wir spazieren nebeneinanderher und erreichen einen Street-Food-Markt. Unzählige Gerüche dringen in meine Nase. Von Fisch bis gebratenem Fleisch ist alles dabei.

»Hast du auf etwas Spezielles Lust?«

»Überrasch mich«, antworte ich und stecke meine Hände in die Hosentaschen.

»Wir probieren einfach Verschiedenes«, sagt sie und visiert den ersten Stand an. Sie bestellt gebratenes Hühnchen auf thailändische Art.

Der Typ, der eindeutig aus diesem Land kommen könnte, reicht uns einen Pappteller mit zwei Gabeln. Ich gebe ihm das Geld, denn wenn South sich schon die Mühe macht und mir diesen Ort auf eine besondere Weise näherbringt, möchte ich wenigstens auch einen gewissen Teil dazu beitragen.

Jeder von uns nimmt einen Bissen und augenblicklich wird es feurig und warm in meinem Mund.

»Ist das scharf.« South öffnet ihre Lippen und bläst die Luft aus.

»Stimmt, es ist wirklich nicht ohne.«

»Ich brauche schnell ein Wasser.« Sie drückt mir den Teller in die Hand und eilt zu einem Getränkestand. Ich folge ihr und nun kann ich mir ein Grinsen nicht verkneifen. Kurz darauf hält sie eine Wasserflasche in der Hand und leert sie fast auf ex.

»Ich dachte, du weißt, was du bestellst.« Es ist ein ungewöhnliches Gefühl, ein Dauergrinsen in meinem Gesicht zu haben.

»Also wenn ich dadurch deine versteinerte Miene zum Lachen bringe, werde ich wohl heute öfters solche Dinge essen.« Sie grinst.

»Nur dafür würdest du tatsächlich ständig scharfe Gerichte essen?« Überraschung schwingt in meiner Stimme mit. Noch nie in meinem Leben war ein anderer

Mensch darum bemüht, mich glücklich zu sehen. Außerdem klingen ihre Worte ehrlich und lösen in meinem Innersten ein sonderbares Kribbeln aus. Zudem das Herzklopfen und das Bedürfnis, ihr in irgendeiner Form etwas zurückgeben zu müssen.

Nachdem wir unzählige Speisen von scharf bis süß gekostet haben, spannt mein Bauch. Nicht alles davon war lecker, aber das passiert, wenn man Gerichte probiert, die man noch nie gegessen hat. Hoffentlich waren alle Speisen frisch, denn sonst haben wir wohl schlimmere Probleme als unsere vollen Bäuche.

Wir verlassen den Markt und marschieren in eine Seitengasse, die alles andere als attraktiv und einladend wirkt. Sofort erkennt man die Armut an den Häusern. Teilweise sind Glasscheiben zerstört und auch mehrere Obdachlose sitzen auf dem Bordstein und betteln um ein paar Pfund. Genau aus diesem Grund will ich dieses Viertel verändern. Niemand soll so wohnen oder leben müssen. Sie sollten ein Dach über dem Kopf haben und zumindest eine leistbare schöne Wohnung.

»Was ist dein erster Gedanke, wenn du hier entlang gehst?«

»Renovierungsbedürftig. Es ist dringend Zeit, hier zu handeln.«

»Das dachte ich mir schon.«

»Es klingt so, als wärst du nicht derselben Meinung.« Ich werfe fünf Pfund in den Hut eines Obdachlosen. Er bedankt sich freundlich, dann gehen wir weiter.

»Es wird immer Arme und Reiche geben. Auch

wenn die Leute nicht alle die gleichen Möglichkeiten haben, können sie in ihrer Lage glücklich sein.«

»Dein Optimismus in allen Ehren, aber wer ist in einer heruntergekommenen Wohnung glücklich?«

Sie bleibt stehen und sieht mich an. »Nicht jeder Mensch sehnt sich nach Luxus.«

»Da geht es doch gar nicht um Luxus, sondern um eine wohnliche Atmosphäre, die Wärme und Behaglichkeit ausstrahlt.«

Nun zieht sie beide Brauen nach oben. »Das glaubst du doch nicht wirklich? Dass es nur in einem Neubau gemütlich sein kann, oder? Auch arme Leute können mit wenig Aufwand so etwas schaffen. Man muss es nur wollen.«

»Doch, das tue ich«, erwidere ich selbstsicher. Augenblicklich huschen Erinnerungen meiner Kindheit in meine Gedanken. Der muffige Geruch im Treppenhaus. Die schwarzen Schimmelflecken an den Wänden. Der kaputte Holzboden, den man hätte austauschen müssen. Das kleine Zimmer, in dem meine Mutter und ich gewohnt haben. All das habe ich erlebt. Wie ich diese Wohnung gehasst habe. Kein Mensch kann sich darin wohlfühlen.

»Ich zeige dir etwas, aber dafür muss ich dir vorher die Augen verbinden.«

Ich schüttle den Kopf. »Ich lasse mir sicher nicht die Augen verbinden. Was die Leute von mir denken, wenn ich wie beim Blindekuhspielen durch die Gassen laufe.«

»Komm schon, es ist auch nicht weit.«

Ich verdrehe die Augen. »Na gut, aber du versprichst

mir, dich verantwortungsvoll zu benehmen.«

»Natürlich, versprochen.« Sie kramt in ihrer Tasche und zieht ein Halstuch heraus. Auf was habe ich mich da nur eingelassen, denke ich mir, als es vor meinen Augen schwarz wird.

»Hier hast du meine Hand und wenn du willst, kannst du dich auch noch an meiner Schulter festhalten.« Ich umschließe ihre warmen Finger, die sich weich anfühlen. Nun liegt der Fokus auf meinen Ohren und meiner Nase. Sofort nehme ich unterschiedlichste Motorgeräusche wahr. Wir gehen eine Weile, als mir der Duft von Dönerfleisch in die Nase weht.

»Wie weit ist es noch?«, frage ich, weil es mir gefühlt wie eine Ewigkeit vorkommt, aber wahrscheinlich sind es gerade mal ein paar Minuten.

»Du musst dich noch etwas gedulden, aber wir sind gleich da.«

Ich vernehme das Knarzen einer Tür. »Heb jetzt deine Beine abwechselnd an, denn vor uns sind einige Stufen.« Ich folge ihrer Anweisung, jedoch habe ich Mühe, das noch lange durchzuhalten. Ich habe tatsächlich keine Ahnung, wo sie mich hinführt. Zwar ahne ich etwas, aber niemals würde sie mich in ihre Wohnung mitnehmen.

Das Entriegeln eines Türschlosses ist zu hören und nun bin ich mir ganz sicher, dass ich in Souths Wohnung gehe. Sie schließt hinter uns die Tür und zieht mir die Binde runter.

Ein frischer Duft von Baumwolle weht mir entgegen und als ich mich umblicke, sieht es tatsächlich anders aus, als ich erwartet habe. Zwar könnten einige Dinge, wie die Fenster in der Wohnküche, renoviert werden, jedoch sieht es nicht so abgefuckt aus, wie ich es mir vorgestellt habe.

»Wir sind bei dir zu Hause, nicht wahr?« Ich wende mich South zu.

Kurz senkt sie den Blick, ehe sie mir wieder fest in die Augen schaut.

»Ja.« Zwei Buchstaben, die in mir etwas auslösen. Denn ich weiß, dass es sie eine Menge Überwindung gekostet haben muss, um mich in ihr privates Reich zu bringen. Laut meinen Infos wohnt auch ihre Mutter hier. Sie hat recht, es sieht gemütlich und sauber aus, obwohl alles durcheinander zusammengewürfelt ist. Die unterschiedlichen Stühle am kleinen Esstisch und das kleine Sofa daneben sind definitiv Secondhandware, dennoch passt alles auf skurrile Weise zusammen.

Ich nähere mich South. »Warum willst du mich unbedingt überzeugen, dass es für euch besser ist, nicht woanders ein neues Leben zu beginnen?« Ihr Brustkorb hebt und senkt sich schnell und ihr Mund ist leicht geöffnet, als würde sie mich genau in diesem Augenblick heiß finden. Vielleicht hege ich auch eine gewisse Hoffnung, dass sie in diesem Augenblick das Gleiche empfindet wie ich. Denn ihr so nah zu sein und dann noch dazu nur zu zweit, lässt elektrisierende Vibrationen über meine Haut gleiten.

»Weil wir hier glücklich sind, auch ohne teure Möbel. Wir haben alles, was wir brauchen.«

Einerseits will ich South Glauben schenken, jedes

Wort was sie sagt für richtig empfinden, dennoch kann ich meine Vergangenheit nicht so locker abschütteln. Alles davon kann dich in Windeseile hinabziehen in diese tiefe Dunkelheit, die jegliches Recht auf Gutmütigkeit und Ehrlichkeit verschlingt. Irgendwann erreicht man einen Punkt und kann nicht mehr zurück. Tut Dinge nur, um zu überleben. Die Menschen brauchen Hilfe, so wie ich sie damals benötigte.

»Nicht jeder hier lebt in dieser rosaroten Blase wie du«, raune ich und nun bin ich ihr so nah, dass ich mich nur noch ein Stück vorbeugen müsste, um sie zu küssen. Wie sehr sehne ich mich nach ihren Lippen. Aber zwischen uns prangt eine hohe Mauer, die scheinbar unüberbrückbar ist, denn South macht einen Schritt zurück, um Abstand zu gewinnen. Es gefällt mir nicht, dennoch akzeptiere ich ihre Entscheidung. Die Nähe zueinander verspüre wohl nur ich.

»Du bist echt ein harter Brocken, aber etwas habe ich noch, um dich vom Gegenteil zu überzeugen.«

»Danach erfahre ich, was du zu dem Verkäufer heute Morgen gesagt hast?« Ich stecke das Tuch in meine Hosentasche.

Sie lächelt, was mein Herz im selben Moment erwärmt. Wir werden nie ein wir werden, trotzdem genieße ich ihre Gesellschaft. Zu viel steht zwischen uns, nicht nur, dass ich ihr Boss bin. Jedoch kann man träumen, denn davon wird nie jemand erfahren.

»Müssen meine Augen wieder verbunden werden?« Wir verlassen ihre Wohnung und gehen die Treppe nach unten.

»Nein, denn du weißt ja, wo wir sind.«

Plötzlich springt eine Tür auf und ein Mann mit asiatischen Gesichtszügen tritt heraus. »Hallo, South, sehen wir uns später?«

»Achtzehn Uhr, oder?«, antwortet sie dem kleinen Mann. Er dürfte etwa einen Meter sechzig groß sein, vielleicht sind es auch ein paar Zentimeter mehr, jedoch ist er mindestens einen Kopf kleiner als ich.

»Genau und wenn dein Freund mitkommen mag, ist er herzlich willkommen.« Er lächelt breit und seine Gastfreundlichkeit überrascht mich. Er kennt mich nicht einmal und will mich gleich dabeihaben?

»Schauen wir mal. Bis später!«, ruft sie und zieht mich weiter die Treppe nach unten. Als wir im Erdgeschoss ankommen, gehen wir nicht zum Hauptausgang, sondern zu einer Hintertür. Laut Plan ist hier ein kleiner Innenhof, den ich aber vorher noch nie gesehen habe.

Lampions hängen rundherum und in der Mitte auf dem kleinen Rasenfleck haben sie ein Trampolin und eine Schaukel aufgestellt. Ein Stück weit entfernt steht eine Gartengarnitur und auf dem Holztisch ist eine Laterne.

»Das ist dein Joker für alle Fälle?«

»Warte doch mal ab.« Sie zieht mich mit und klettert auf das Trampolin. »Komm«, fordert sie mich auf.

»Wir sind doch beide zusammen viel zu schwer.«

»Hast du etwa Angst?« Sie kichert.

»Natürlich nicht«, kontere ich und mit einem Satz stehe ich mit ihr gemeinsam auf dem Trampolin.

Sie beginnt zu hüpfen, als wäre sie noch ein kleines

Kind. »Sei keine Spaßbremse und mach mit.« Da ich dem Ganzen nicht wirklich traue, hüpfe ich nur vorsichtig. South hingegen wird bei jedem Sprung immer höher. »Du musst mehr Kraft hineingeben, um das Gefühl von Freiheit zu spüren.« Ihre Hände und Beine wirbeln herum und sie lacht laut. Ich gebe schlussendlich nach und springe jetzt auch etwas höher. Mein Herz hüpft mit, denn nun wandern meine Mundwinkel wie von selbst nach oben.

Plötzlich hält South an und kommt auf mich zu. Sofort versuche ich, zum Stehen zu kommen. Dann fasst sie hinter mich und zieht das Tuch aus meiner Hosentasche.

»Jetzt spielen wir Blinde Kuh.«

»Das ist albern«, erwidere ich.

»Du hast mir versprochen, bei allem heute mitzumachen.« Sie zieht einen Schmollmund.

Ich zögere, denn dieses Spiel ist gefährlich, wenn ich meine Gefühle ihr gegenüber nicht kontrollieren kann. »Okay.«

Sie verbindet mir die Augen und dann dreht sie mich mehrmals. Ich habe keine Orientierung mehr, dennoch beginne ich, sie zu suchen. Durch ihre Schritte kann ich ihre Position erahnen. Ich strecke meine Arme weit auseinander. Doch South schlüpft unter ihnen hindurch und ich lande direkt im Netz. Ich drehe mich schnell um. Langsam setze ich ein Bein vor das andere und ich habe weiterhin meine Arme ausgestreckt, nur diesmal gehe ich auf die Knie, damit sie mir nicht ein weiteres Mal entwischen kann. Und dann umfasse ich ihre Taille und ziehe sie mit mir hinab. South lacht laut auf und auch ich muss grinsen. Ich schiebe mir die Augenbinde runter und blicke direkt in ihre Augen. Wir liegen beide nebeneinander und ich würde jetzt gern meine Hand auf ihr Gesicht legen. Zwischen uns knistert es gewaltig. Sie fühlt es in diesem Moment genauso, ich kann es in ihrem Blick erkennen.

Doch dann springt sie auf. »Jetzt bin ich dran.« Ich verbinde ihr die Augen und als ich an ihre Taille fasse, um sie zu drehen, fegt ein wildes Vibrieren über mich. Ich will mich nicht länger zurückhalten, doch meine Sorge, was das mit uns macht, ist ungebrochen.

Ich stelle mich etwas abseits von ihr hin und es ist amüsant zuzusehen, wie sie mit weit aufgerissenen Armen auf mich zukommt. In letzter Sekunde laufe ich vorbei und ihre Hände machen ein klatschendes Geräusch, weil sie ins Leere greift. Erneut muss ich lachen. Dieses Glück habe ich so noch nie gespürt, außer als kleines Kind. Ihre Schritte werden schneller und dann greift sie nach meinem Shirt und umklammert meine Taille. Ich fasse nach der Augenbinde und ziehe sie ihr vorsichtig hoch. Sie blickt zu mir auf und da ist wieder diese besondere Verbundenheit, von der ich nicht einmal weiß, woher sie kommt.

Sie reicht mir das Tuch und es wird erneut dunkel, dabei würde ich sie so gern noch länger anschauen. Ich drehe mich, strecke meine Arme aus und versuche, sie zu fangen. Ein leises Kichern dringt aus ihrem Mund. Ich folge den Lauten und dann umfasse ich sie und ziehe sie mit runter. Wir beide lachen und es echot im

Innenhof. »Jetzt habe ich dich!« Wir landen auf dem Trampolin. Ihr Gewicht ist auf mir kaum spürbar, doch ihr bezaubernder Duft dringt in meine Nase.

Sie schiebt mir die Augenbinde runter. »Sag jetzt nicht, dass das nicht Spaß gemacht hat.« Sie strahlt.

Und dann blende ich all meine Bedenken völlig aus. Auch wenn ich weiß, dass es falsch ist, sie zu küssen, lege ich meine Hand an ihren schlanken Hals und ziehe sie zu mir runter. Sie wehrt sich nicht und dann treffen ihre Lippen auf meine. Meine Zunge erobert ihre und ein bisschen kann ich noch die Schokolade des Desserts schmecken. Meine Finger vergrabe ich in ihrem weichen Haar und ich kann nicht unterscheiden, ob mich die Glückshormone des Spiels fluten oder doch die erotischen Gefühle, die mich gerade wie eine Welle mitreißen. Vielleicht ist es ein Mix aus beidem. Ich will nicht darüber nachdenken, ebenso möchte ich nicht den Konsequenzen Einlass gewähren, sondern South schmecken, ertasten und auf mir spüren. Ich drehe sie zur Seite, sodass ich mit der Hälfte meines Körpers auf ihr liege. Ich will nicht von ihr ablassen, dennoch schleichen sich aus den dunklen Untiefen Zweifel in meine Gedanken. Als ich mich von ihren gleichmäßig geschwungenen Lippen löse, lege ich mich auf den Rücken.

Anscheinend müssen wir beide unsere Gefühle sortieren, denn wir liegen schweigend nebeneinander und starren gen Himmel. Ein paar vereinzelte weiße Wolken ziehen auf. Noch schweben sie getrennt voneinander, aber irgendwann werden sie zu einer Einheit.

Doch diese Einheit kann zu einem dunklen und gefährlichen Gewitter werden. So wie bei South und mir. Ich habe keine Ahnung, ob wir beide eine Chance auf eine gemeinsame Zukunft haben werden. Ich weiß doch nicht einmal, was das für Gefühle in meinen Herzen sind, die ich in ihrer Gegenwart verspüre. Worüber ich mir aber definitiv sicher bin, ist, dass ich so etwas noch nie für eine Frau empfunden habe. Langsam senkt sich die Sonne und die weißen Wattebäusche verfärben sich zu einem Mix aus Grau und Orange. Immer mehr Wolken brauen sich zusammen, bis South ihre Stimme erhebt.

»Siehst du das Herz und den kleinen Jungen darin?« Sie streckt ihren Arm hoch und ich folge ihrem Zeigefinger. Und dann sehe ich es auch.

»Ja«, antworte ich leise und drehe den Kopf zu ihr. Unsere Blicke begegnen sich.

»Das ist ein Zeichen.« Sie legt ihre Hand an meine Wange. Die Berührung ist unschuldig, dennoch macht mir diese Situation Angst. Wie werden wir die Probleme, die zwischen uns stehen, lösen können? Sie möchte, dass ich das Wohnhaus so lasse, wie es ist, vielleicht mit ein paar kleinen Renovierungen. Doch kann und will ich das so umsetzen? Möglicherweise kann ich sie überzeugen, dass es aber auch in diesem Viertel eine dunkle Seite gibt. Dass nicht alles so wie in einem schönen Märchen friedvoll und harmonisch abläuft. In ihrer Welt und Wahrnehmung passiert das, aber in meiner gab es das Gegenteil.

SOUTH

Was ist bloß seit gestern mit mir passiert, dass ich mich in Norths Gegenwart so unsagbar wohlfühle? Warum habe ich den Kuss mit ihm so sehr genossen, dass ich ihn sofort wieder küssen möchte? North lächelt und das schon seit einiger Zeit. Ich will mir nicht allzu große Hoffnungen machen, dennoch glaube ich, dass ich dafür verantwortlich bin. Seine warmen Finger umschließen meine Hand und wir beobachten die Wolken. Ich könnte für immer mit ihm hier liegen bleiben. All die Sorgen vergessen und mit ihm den Sonnenuntergang genießen. Obwohl wir von hier aus keinen sehen können, können wir den Himmel dabei beobachten, wie er sich langsam in ein dunkles Schwarz verfärbt.

»Was hast du eigentlich zu dem Verkäufer gesagt?«

»Nichts Besonderes, eigentlich nur, dass du mich für

den Einkauf ausbildest und ich mein Verhandlungsgeschick zeigen soll.« Ich lächle.

»Hallo, ihr zwei Turteltäubchen! Essen ist fertig«, ertönt die Stimme unserer Nachbarin Ling Wang und ich richte mich schnell auf.

»Das habe ich völlig vergessen«, flüstere ich mehr zu mir selbst als zu North. Einmal im Monat treffen sich die Bewohner unseres Hauses im Innenhof zu einem gemeinsamen Abendessen. Jeder bringt eine Kleinigkeit mit.

»Ich sollte wohl besser gehen«, sagt North und klettert aus dem Trampolin. Wie gern würde ich ihn bitten, dass er hierbleibt, aber wenn die anderen erfahren, wen ich in unsere familiäre Runde mitgenommen habe, wären sie sicherlich nicht begeistert.

»Vielleicht.« Ich springe vom Trampolin und meine Füße landen auf der weichen Wiese. Ich begleite North zum Ausgang, als die Tür aufspringt und meine Mum vor mir steht. Ihre Augen weiten sich, während sie abwechselnd von mir zu North blickt.

»Hallo, South, möchtest du mir deinen Freund nicht vorstellen?«

Ich räuspere mich, um Zeit zu gewinnen.

»Bitte entschuldigen Sie, ich bin North und ...«

»Ich habe ihn gestern Nacht kennengelernt«, unterbreche ich ihn, bevor er etwas Falsches antwortet. »Ich denke, es ist jetzt Zeit für ihn, zu gehen.« Ich rede so schnell und gleichzeitig schiebe ich ihn zur Tür.

»North, möchtest du nicht mit uns gemeinsam essen? Wir haben genug und es ist schön, wenn meine

Tochter neue Freunde mit zu uns bringt.« Meine Mum lächelt und hält ihm die Schokoladentorte entgegen.

»South, du wirst doch jetzt deinen Freund nicht rauswerfen, nur weil du dich gerade Hals über Kopf in ihn verliebst«, ertönt die Stimme von Ling hinter mir.

Meine Wangen scheinen nicht nur zu glühen, sondern förmlich in Flammen aufzugehen. Kann es noch peinlicher werden?

»Also North, neben South ist ein Platz frei und wir würden uns freuen, wenn du zum Essen bleibst.« Meine Mutter ist voll in ihrem Gastfreundlichkeitsmodus, ebenso meine Nachbarin. Was sollte man von ihnen auch anderes erwarten. Keiner von uns schwimmt im Geld, aber wenn Leute hungrig dazu kommen, werden sie immer eingeladen.

»Dann bleibe ich natürlich sehr gern.« Kurz begegnen sich unsere Blicke und am liebsten würde ich ihn bitten, zu gehen. Es reicht doch schon, dass ich meine Familie und Freunde anlüge. Denn sobald sie erfahren, wer genau mit ihnen am Esstisch sitzt, würden sie ihn nicht dahaben wollen, sondern lieber wie Hyänen zerfleischen.

Nacheinander stellen die Nachbarn ihre unterschiedlichsten Gerichte auf den Tisch. Von Nudeln mit Tomatensoße bis zu Salat und eben dem Schokokuchen meiner Mutter. Es sieht wie ein Festmahl aus. Die paar Lampions leuchten den Garten aus und sie versprühen ein Gefühl von Urlaub. Es ist eine laue Nacht. Das Vogelgezwitscher verstummt und wird durch das Gelächter der anderen ersetzt. Wir nehmen Platz und natürlich setzt sich North neben mich. Die Situation könnte tatsächlich nicht skurriler sein. Der Mann, der das Schicksal aller Anwesenden in seiner Hand hat, sitzt mittendrin und unterhält sich locker und leicht mit den anderen. Ich hingegen konzentriere mich auf mein Essen, weil ich am liebsten flüchten würde. Mich plagt das schlechte Gewissen, denn wer ist so dumm und bringt den Feind in seine vertraute Umgebung? Lässt ihn an privaten Gesprächen teilhaben? Genau, ich.

»Ihr gebt wirklich ein schönes Paar ab«, sagt Ling und schaufelt sich zeitgleich eine weitere Portion Nudeln auf den Teller.

»Wir sind kein Paar«, werfe ich ein und fixiere wieder meine Nudeln. Die rote Soße könnte auch das böse Blut verkörpern, welches ich jetzt in mir trage. Ich bin von Norths Äußerem und liebevoller Art infiziert worden. Mein Herz flattert, wenn er mich fast unabsichtlich an der Hand streift. Jede Berührung erzeugt in mir elektrisierende Emotionen, die mitten in meinem Herz landen.

»Siehst du das auch so, North?« Meine Nachbarin hat für andere Menschen ein besonderes Gefühl. Manche mögen es als eine Gabe ansehen, denn sie spürt schon im Vorfeld, ob zwei Menschen zusammengehören oder nicht. Sie ist wie eine Hexe, aber im positiven Sinne. Sie erzählte mir einmal, dass sie die Aura von anderen Menschen sehen und spüren kann. Ehrlich gesagt glaube ich selbst nicht an solchen Hokuspokus, aber unzählige Leute kommen zu ihr und wollen ihren Rat. Sie hat zwar noch immer schulterlange schwarze

Haare, aber nur weil sie sie färbt. Sonst würde sie wohl wie eine typische weise Frau mit langem weißem Haar aussehen.

North räuspert sich.

»Du musst darauf nicht antworten«, komme ich ihm zuvor und lege meine Hand auf seine.

»Eigentlich ist es sowieso egal, was er sagt, ich kenne seine Antwort bereits.« Ling steckt sich ein paar Nudeln in den Mund und kaut gemächlich.

»Jetzt machst du mich aber neugierig.« North legt seine Gabel auf den Teller.

»Eurem gemeinsamen Glück stehen noch ein paar Dinge im Weg, aber wenn ihr zusammen über eure Schatten springt, könnt ihr beide eine wundervolle gemeinsame Zukunft haben.«

»Das könnte wohl für jeden hier am Tisch gelten, oder?« North lässt nicht locker und in seiner Stimme schwingt eine gewisse Skepsis mit.

»Na ja, ich könnte dir auch sagen, dass du zuerst deine Vergangenheit aufarbeiten musst, um endlich der Mann zu werden, der du wirklich bist.«

Augenblicklich wird Norths Gesicht blass. Der Mann, der nie Emotionen zeigt, lässt für ein paar Sekunden einen kleinen Einblick in sein wahres Ich zu. Doch er fängt sich schnell wieder und verschränkt die Arme abwehrend vor seiner Brust.

»Miserable Vergangenheit ist wohl das übliche Klischee und könnte auch auf jeden hier am Tisch zutreffen. Immerhin hat jeder irgendwann einmal etwas

Schlechtes erlebt, nicht wahr?« North fixiert Ling, während mir Schweißperlen auf der Stirn stehen.

»Ich denke, wir haben jetzt genug philosophiert«, werfe ich ein und beginne, die leeren Teller zu stapeln.

Ling erhebt erneut ihre Stimme, diesmal noch einen ticken ruhiger als vorher. »Ich glaube nicht, dass du möchtest, dass ich hier vor all den Anwesenden deine traurige Geschichte präsentiere. Aber ich gebe dir den Rat, dich dieser zu stellen, nur so kannst du dein Glück finden.«

»Dann erzähl doch mal, was du über mich weißt.«

»North«, flüstere ich in sein Ohr. »Lass es gut sein, sie hat wirklich eine Gabe. Fordere sie nicht noch heraus.«

»Das ist doch alles Humbug. Ich will jetzt endlich wissen, was sie zu sagen hat.«

Ling schließt für einen kurzen Moment ihre Augen. »Chris, der Name sagt dir bestimmt etwas. Willst du, dass ich weitererzähle?« Sie fixiert North mit einem einfühlsamen Blick.

Erneut wird er kreidebleich, ehe er auf die Uhr schaut. »Es ist spät geworden. Ich muss los. Vielen Dank für das leckere Essen.« Er erhebt sich. »South, wir sehen uns dann morgen.« Kurz streichelt er noch über meinen Arm, ehe er aus dem Innenhof eilt.

»Was weißt du über ihn?« Kann Ling wirklich alles von einem Menschen sehen? Auch dass er mein Boss ist und dass unser Schicksal von ihm abhängt?

Sie legt ihre Hand auf meine. »Alles wird sich dir zum richtigen Zeitpunkt offenbaren. Noch siehst du nicht das große Ganze, weil du in deiner Angst feststeckst.«

Nun bin ich es, die schwer schlucken muss. Weiß sie bereits alles über North? Wer er ist und was er vorhat? War ich zu naiv zu glauben, dass meine Nachbarn den neuen Besitzer dieses Wohnhauses nicht kennen?

»Das klingt aber interessant«, wirft meine Mum ein. Sie bricht ein Stück Brot und steckt es sich in den Mund. Ihre Miene wirkt, als würde sie einen spannenden Krimi schauen und gleich den Mörder erfahren.

»Was weißt du über North?« Mir lässt das alles keine Ruhe.

»Es ist nicht alles in Schwarz und Weiß, es gibt da diese große Grauzone. In eurem Fall müsst ihr noch einiges lernen, um das zu verstehen.«

»Das ist keine Antwort auf meine Frage.«

Sie schließt erneut für einen Moment ihre Augen, ehe sie mich eindringlich ansieht. »Ja, ich weiß, wer North ist und was er erlebt hat.«

Augenblicklich habe ich das Gefühl, als würde sich der ganze Boden bewegen, wie bei einem wilden Erdbeben sich vor mir ein großes Loch auftun. »Was ist ihm passiert?«

Nun schüttelt sie den Kopf. »Ich werde seine Geheimnisse hier am Tisch bestimmt nicht lüften. Das verstehst du doch, South. Immerhin tragt ihr beide ein gemeinsames Geheimnis, nicht wahr?«

Nun tut sich nicht nur ein Loch unter mir auf, sondern die ganze Welt bricht förmlich in tausend

Einzelteile auseinander. Plötzlich spüre ich sämtliche Augenpaare auf mir.

»Was für ein Geheimnis?«, hakt meine Mum nach und steckt sich wieder ein Stück Brot in den Mund, als wäre sie in einer Kinovorstellung.

»Mir ist das alles hier zu dumm. Ich gehe dann schlafen. Immerhin muss ich morgen arbeiten.« Ich erhebe mich und nehme meinen leeren Teller mit.

»Heute hast du mit deiner Wahrsagerei wieder alle verscheucht«, brummt ihr Mann.

Frisch geduscht kuschle ich mich unter meine Bettdecke. Ich nehme mein Handy zur Hand und notiere meine Gedanken von gestern und heute. Denn die Emotionen, die mich geflutet haben, als North mich geküsst hat, waren unbeschreiblich schön. Wenn ich eine Freundin hätte, würde ich sie jetzt anrufen und ihr in allen bunten Farben davon erzählen. Ich bin auf der rosaroten Wolke geflogen, die Schmetterlinge hatten meinen ganzen Körper in ihrem Besitz und ich dachte, es würde nichts den Tag trüben.

Aber die kryptischen Aussagen von Ling haben sich in meinen Gedanken verankert. Was hat er so Schlimmes erlebt? Ist er deshalb immer so kühl und seine Miene ausdruckslos? Doch ich habe heute eine andere Seite von ihm kennengelernt. Einen Mann, der auch herzhaft lachen kann, der Freude am Spiel hat. Irgendwo in seinem Innersten muss er sich nach dieser Nähe und Freude sehnen. Jeder Mensch braucht das doch. Die ewige Dunkelheit um einen herum kann man doch nicht auf Dauer ertragen. Niemand will ständig in seinen düsteren Gedanken aus der Vergangenheit festhängen, oder etwa doch? Gibt es Menschen, die lieber in alten Erinnerungen schwelgen, dadurch ein miserables Leben führen, sich dabei aber trotz der schlechten Emotionen wohlfühlen? Ist North so ein Mensch, der das Erlebte nicht in Frieden abschließen kann?

Der frische Kaffeeduft zieht mich magisch in die Kaffeeküche. Sue steht mit dem Rücken zu mir. »Guten Morgen«, begrüße ich sie.

»Hast du dich wieder erholt? Es tut mir leid, dass ich nicht besser auf dich aufgepasst habe.« Sue hält mir eine Tasse Kaffee entgegen, die ich dankend annehme.

Mir entweicht ein kehliger Lacher. »Du musst doch nicht auf mich aufpassen. Immerhin bin ich alt genug, um selbst dafür zu sorgen, dass ich nicht in ein Koma falle.«

»Na ja, das sieht North etwas anders.« Sie verdreht die Augen.

»Sue, komm bitte in mein Büro!«, knurrt North, der unerwartet im Türrahmen steht.

»Er ist aber jetzt nicht wegen mir auf dich wütend?«

Sie verdreht erneut die Augen. »Das weiß wohl keiner so genau, warum er heute eine Laune hat, als würden seine ganzen Aktien in den Keller stürzen.«

»Soll ich mit ihm reden?«

»Sue!«, donnert North. Er steht vor seiner Bürotür

und hat direkte Sicht zu uns in die Kaffeeküche. Wenn Kälte einen anderen Namen bekommen sollte, dann wäre er in diesem Moment definitiv North. Noch nie habe ich ihn so gesehen. Aus seinen Augen ist jegliche Wärme verschwunden. Ein eisiger Wind weht durch den Flur geradewegs auf mich zu. Ich erstarre, da er seit gestern ein anderer Mensch geworden ist. Ich muss herausfinden, was ihn belastet, denn in dieser Emotion werde ich ihn nicht umstimmen können, unser Wohnhaus nicht abzureißen.

»Man sieht sich.« Sue zeigt mir ein halbherziges Lächeln.

Die letzten Tage sind so schnell an mir vorbeigerauscht, dennoch grüble ich immer wieder über North. Weil bald die Mittagspause ansteht, entschließe ich mich, zuvor noch in Norths Büro vorbeizuschauen. Ich muss das mit ihm klären. Wir hatten doch vor ein paar Tagen eine gewisse Verbindung zueinander. Davon bin ich überzeugt. Außerdem werde ich unser Wohnhaus nicht so leichtfertig abreißen lassen.

»Kann ich zu ihm?«, frage ich an Sue gerichtet, die angestrengt auf ihren Bildschirm starrt.

»Bist du dir sicher, dass du heute in die Höhle des Löwen willst? Wenn du meine Meinung wissen möchtest, würde ich es an einem anderen Tag probieren.« Die letzten Tage ist mir North gekonnt aus dem Weg gegangen und ich habe seine schlechte Laune nur am Rande mitbekommen.

Als hätte North geahnt, dass ich vor seinem Büro stehe, reißt er die Tür auf. Diese unsagbare Kälte, die mir entgegenweht, lässt mich kurzzeitig erschaudern.

»Warum bist du hier?«, fragt er.

»Ich wollte ...« Ich gerate ins Stocken, denn er wirft mir einen eindringlichen Blick zu, der mich kaum einen klaren Gedanken fassen lässt.

»Wenn du deine Sachen suchst ...« Er macht ein paar Schritte zur Seite, bückt sich und hält mir eine Papiertüte entgegen. »Hier sind sie.«

»Danke.« Ich nehme die Tüte und kurz berühren sich dabei unsere Fingerspitzen.

»Dann ist ja alles gesagt.« Er schließt die Bürotür hinter sich.

»Ich sagte doch, heute ist kein guter Zeitpunkt.«

»Scheint so.«

Weil North nicht beim Mittagessen war, verharre ich in der Kaffeeküche. Ich muss wissen, was mit ihm los ist. Dafür muss ich ihn aber allein antreffen. Was ich jedoch letztens von Sue erfahren habe, ist, dass er jeden Tag die Boxen mit dem übrig geblieben Essen zurück zu dem Restaurant zwei Straßen weiter bringt. Dies ist die beste Möglichkeit, mit ihm allein zu sprechen. Vor allem sind wir in der Öffentlichkeit, da wird er mich nicht anschreien oder ignorieren. Zumindest hoffe ich das.

Plötzlich bemerke ich eine Bewegung im Flur. Wie gewohnt kommt North aus seinem Büro und geht zusammen mit Sue in den Pausenraum. Es dauert ein paar Minuten, bis beide wieder heraustreten und er mit einer großen weißen Box in der Hand zum Fahrstuhl geht. Sue setzt sich an ihren Platz. Ich habe nur eine Möglichkeit, nämlich statt dem Lift die Treppe zu nehmen. Weder kann ich mit ihm in den Fahrstuhl steigen noch kann ich warten, bis der Lift wieder zurück sein wird, denn dann weiß ich nicht, zu welchem Restaurant er geht. Die Fahrstuhltüren schließen sich und ich sprinte zur Treppe. Ich reiße die Tür auf und laufe die fünf Stockwerke hinunter.

Ich bin zwar nicht unsportlich, jedoch bringt mich der Treppenlauf ganz schön an meine Grenzen. Als ich endlich im Erdgeschoss ankomme, muss ich erst meinen Atem beruhigen. Mein Herz hämmert wie wild in meiner Brust. Ich schiebe vorsichtig die Tür auf und luge durch den Spalt. Keine Ahnung, wie ich es geschafft habe, aber ich komme vor North unten an. Als sich die Lifttür öffnet und er heraustritt, atme ich erleichtert aus. Erst als er das Bürogebäude verlassen hat, folge ich ihm nach draußen.

Wir laufen eine Weile, doch anstatt in die Straße zu den Restaurants einzubiegen, geht er in eine völlig andere Richtung. Ich war mir sicher, dass Sue gemeint hat, dass alle Restaurants, in denen er das Essen bestellt, auf derselben Straße liegen. Vielleicht hat er diesmal ein anderes Restaurant gewählt. Wir nähern uns immer mehr dem Ort in Hackney, wo ich ihn das letzte Mal getroffen habe. Er überquert die Straße und kurz huscht sein Blick in meine Richtung. Ich hechte hinter ein parkendes Auto. Vorsichtig schiele ich von der Seite hervor und puste die angestaute Luft hinaus.

»Er hat mich nicht gesehen«, flüstere ich vor mich hin. Als er aus meinem Sichtfeld verschwunden ist, folge ich ihm und überquere ebenso die Straße. Was will er in dieser Gegend? Ich beobachte ihn, als er mit einem Obdachlosen spricht. Sie wirken vertraut, so als würden sie sich schon lange kennen. North reicht dem Typ die Box mit dem Essen und ich verstehe gerade nicht, was hier passiert. Hilft er den Armen? Aber wieso will er dann genau unser Wohnhaus verändern? Der Typ mit der zerrissenen Hose lächelt und auch Norths Gesichtszüge wirken weich. Ich stehe etwas abseits, als sich North abwendet und sich unsere Blicke begegnen. Ich hätte mich besser hinter einem Auto verstecken sollen, stattdessen stehe ich auf derselben Seite und starre ihn an. Er kommt auf mich zu und seine Miene ist ausdruckslos. Jedenfalls ist die Gelassenheit aus seinem Gesicht verschwunden.

»Verfolgst du mich etwa?« Er begrüßt mich nicht einmal, sondern kommt sofort auf den Punkt.

»Nein, ich wollte ungestört mit dir sprechen.«

»Es gibt nichts zu bereden«, antwortet er hart und die Distanz zwischen uns macht mich unruhig. Ich trete von einem Bein auf das andere.

»Das sehe ich anders. Wir hatten vor ein paar Tagen einen wunderschönen Nachmittag und nun hältst du mich ohne ersichtlichen Grund auf Abstand.« Ich mache einen Schritt auf ihn zu und blicke ihm direkt in die Augen. Auch wenn sie Dunkelheit versprühen, weiß ich, dass sich dahinter ein liebevoller und warmherziger Mensch versteckt. Immerhin bringt er den armen Leuten hier etwas zu essen, was nicht selbstverständlich ist. In ihm muss eine gute Seele versteckt sein, davon bin ich überzeugt.

»Der Grund liegt doch klar auf der Hand. Ich bin kein Beziehungsmensch.« Kurz schaut er zur anderen Straßenseite, ehe er mich wieder mit seinem einnehmenden Blick fixiert.

»Okay, das wars also?« Ich kann mich nicht so sehr geirrt haben. Ich habe diese besondere Magie zwischen uns gespürt.

Er macht einen Schritt auf mich zu und sein Gesicht ist nur einen Wimpernschlag von meinem entfernt. »Was willst du von mir? Du spionierst mich aus und deine netten Nachbarn ebenso. Ich brauche das alles nicht. Meine Pläne werde ich nicht ändern, nur weil ich dir für ein paar Stunden mein Herz geöffnet habe. Wir beide werden keine Zukunft haben, weil wir völlig unterschiedliche Ansichten vom Leben haben.«

»Ist das so? Weißt du meine Ansichten, was ich erwarte? Das Einzige, woran ich gedacht habe, war, wie ich dir meine Welt präsentiere, damit du begreifst, dass wir so, wie wir leben, glücklich sind.«

»Dann zeige ich dir jetzt meine Welt. Die, die keinen Platz für Optimismus lässt. Du glaubst, in der armen Welt gibt es nur Gewinner? Du täuschst dich. Denn es sind auch große Verlierer dabei.«

Ich lege meine Hand an Norths Wange. »Dann zeig sie mir, die grauenvolle, dunkle Seite des East Ends.«

NORTH

Ihre Berührung wärmt meine Wange und auch wenn mein Verstand mir laut zuruft, ich solle sie auf Abstand halten, tut mein Herz etwas völlig anderes. Sie will die Dunkelheit sehen, doch diese wird sie zerstören. So wie sie mich mit hinabgezogen hat. Diese Orte sind nichts für so unschuldige Frauen wie South. Diese Plätze sind tagsüber schon gefährlich und wenn die Dunkelheit hereinbricht, können sie sogar tödlich sein. Sie hat keine Ahnung, auf was sie sich da einlässt, jedoch wird sie wohl nicht aufgeben, bevor sie diese Welt kennengelernt hat.

Ich schließe für eine lange Zeit meine Augen. Die Nähe zu ihr lässt meine Muskeln entspannen und ich genieße ihre Berührung. Ich öffne meine Augen. »Aber du wirst Dinge sehen, die dich vielleicht verstören.«

»Glaub mir, ich habe schon sehr viel gesehen.«

Nun bin ich es, der die Hand an ihre Wange legt.

»Du hast ja gar keine Ahnung, welche Dämonen sich dort verbergen. Aber sag danach nicht, ich hätte dich nicht gewarnt.« Meine Lippen sind ihren so nahe, doch ich zögere, sie zu küssen. Das wäre jetzt eindeutig der falsche Weg.

Ich erhöhe die Distanz zwischen uns und mache einen Schritt zurück. »Dann komm.« Ich nehme ihre Hand und wir spazieren los. Zuerst ist nichts Besonderes anzutreffen, weil wir uns noch auf den Straßen aufhalten, auf denen sich die Touristen und die meisten Bürger Londons bewegen. Doch dann biege ich mit ihr in eine Seitenstraße ab. Auf den Balkonen sind Seile gespannt. Kleidung hängt vereinzelt herab und die Sonne wird von den Wohnblöcken verschluckt. In dieser Gegend herrscht die meiste Zeit Dunkelheit. Ich halte vor einer Tür, die meine Muskeln sofort anspannen lässt. Ich weiß, was mich dahinter erwartet und es ist nicht das beschauliche Leben, das South kennt. Und wenn ich in ihrem Viertel nicht handle, wird es über kurz oder lang genauso enden wie hier. Wir sind nur ein paar Straßen von ihrem Zuhause weg und man könnte denken, es herrschten die gleichen Verhältnisse. Doch es gibt diese Parallelwelt und das ist kein Science-Fiction-Film, sondern das reale Leben. Hinter diesen Türen stecken schwere Schicksale, weil diese Menschen durch das soziale Raster gefallen sind. Irgendwann hat man sich gedacht, solange sie sich in diesen Häusern zusammentun, geht es die Gesellschaft nichts an.

Ich schiebe die Eingangstür auf und es wird noch dunkler. Nur eine kleine Lampe leuchtet den Flur aus.

Die Wände sind voller Graffitis. Die Treppe hat kein Geländer mehr, deshalb lasse ich South nicht los, damit sie nicht hinabstürzt. Eigentlich sollte dieses Gebäude abgerissen werden, um es neu aufzubauen. Doch der Eigentümer verkauft nicht. Wie oft habe ich es versucht, aber ich bin immer wie an einer harten Mauer abgeprallt. Ich habe über den Besitzer recherchiert und er gehört zu den Menschen Londons, die man besser nicht als Feinde haben möchte.

Im ersten Stockwerk angekommen, lehnen Frauen im Flur vor ihrer Wohnungstür. Ihr Make-up ist übertrieben.

»Hallo, ihr zwei, ich wäre auch für einen Dreier offen«, säuselt eine und grinst.

»Nein, danke«, sage ich und ziehe South hinter mir her. Zielgenau visiere ich eine Tür an. Die Nummer neun prangt in roten Lettern darauf. Bevor ich anklopfe, atme ich tief durch.

Ich weiß, dass ich hier meine eigenen Dämonen wecke, aber vielleicht gibt sie dann auf, mir dauernd einreden zu wollen, dass ihr Wohnhaus so bleiben soll. Die Tür wird langsam aufgezogen und zwei braune Augen schielen durch den Türspalt.

»Hallo, Hailey. Kannst du bitte deinen Dad holen?«

Die Tür wird vor unserer Nase zugeknallt und ich blicke zu South. Sie wirkt trotz schrecklicher Umgebung nicht verunsichert.

»Vielleicht hättest du dich zuerst vorstellen sollen?« South lächelt, ehe die Tür wieder aufspringt.

»Hallo, North! Was verschlägt dich zu uns?« Henry,

ein alter Freund aus meinem früheren Leben, steht vor uns. Sein graues Hemd hat er in seine Anzughose gesteckt.

»Ich dachte, ich schau mal bei dir vorbei, wie es dir denn so geht.« Seine kleine Tochter lugt vorsichtig hinter ihm hervor.

»Kommt doch erst mal rein. Ihr mögt bestimmt etwas zu trinken?« Er deutet mit der Hand, dass wir eintreten sollen.

»Du musst dir wegen uns keine Umstände machen. Ich wollte dir eigentlich nur ein paar wunderbare Neuigkeiten mitteilen.« South und ich betreten sein Apartment. Die vierzig Quadratmeter sind überschaubar. Ich kenne seine Wohnung schon viele Jahre. Leider war bisher nie eine größere für die kleine Familie drin.

Wir setzen uns an den Esstisch mit vier Holzstühlen. Eine weiße Plastiktischdecke ist darübergelegt, weil sich darunter ein alter Tisch verbirgt, der unzählige Schrammen aufweist. Ich kann mich noch daran erinnern, als ich ihm nach dem Kauf geholfen habe, ihn in seine Wohnung zu bringen.

»Ich habe gerade einen Schwarztee zubereitet, passt das für euch oder hättet ihr gern etwas anderes?« Henry öffnet seinen Kühlschrank, der nur ein paar Lebensmittel wie Butter und eine Packung Milch beinhaltet. Mir zieht es augenblicklich den Magen zusammen. »Ich habe leider weder Bier noch Wein zu Hause.« Er schließt den Kühlschrank wieder.

»Tee klingt hervorragend«, sagt South und strahlt mit ihrem Lächeln den ganzen Raum aus.

»Tee geht doch immer«, füge ich hinzu und Henry nimmt drei Tassen aus dem Schrank und stellt sie zu uns auf den Tisch. Dann bringt er die letzte Packung Milch sowie Zucker und die Teekanne.

»Bitte entschuldigt, aber ich habe heute nicht mit Besuch gerechnet, deshalb habe ich nicht einmal Kekse zu Hause.« Er setzt sich zu uns an den Tisch und nimmt seine kleine Prinzessin auf den Schoß.

South kramt in ihrer Tasche herum, holt eine Packung Schokokekse heraus und legt sie vor das kleine Mädchen mit den blonden Locken. »Ich war auch nicht vorbereitet, heute bei euch zu Gast zu sein, deshalb nur eine Kleinigkeit für das schönste Mädchen von ganz London. Sie darf doch Süßigkeiten essen?«

Die kleine Prinzessin lächelt und blickt fragend zu ihrem Dad hoch. »Ja, Hailey, du darfst das annehmen, aber wie sagt man, wenn man ein Geschenk bekommt?«

»Danke.« Sie lächelt und senkt verlegen den Blick.

»Also welche Neuigkeiten gibt es? Sag bloß, ihr beide werdet heiraten.« Er blickt abwechselnd von South zu mir. Mir fällt im selben Moment die Kinnlade runter.

»Nein, sie ist meine Angestellte.«

»Oh, entschuldige, aber ihr würdet wirklich ein hübsches Paar abgeben.« Henry befüllt unsere Tassen mit Tee. »Milch, Zucker?«

Eigentlich würde ich Milch nehmen, aber da ich gesehen habe, dass dies seine letzte Packung ist, antworte ich: »Schwarz und ohne Zucker.« South nimmt dasselbe.

»Also was gibt es für Neuigkeiten?«

»Ich habe eine Wohnung für euch. In einem Monat könnt ihr sie beziehen.«

Henry räuspert sich. »Hailey, geh bitte in dein Zimmer spielen. Du darfst auch die Kekse mitnehmen.« Die Kleine nimmt die Packung und läuft aus der Wohnküche. »North, ich kann diese Wohnung nicht nehmen, weil …« Er kommt ins Stocken und ich ahne Böses. »Ich habe vor einem Monat meinen Job verloren. Ich muss froh sein, wenn ich hier die Miete schaffe.« Er fährt sich durch sein Haar und ich merke, wie unangenehm ihm diese Situation ist.

»Du findest bestimmt eine neue Arbeit. Du kannst doch alles, was in irgendeiner Art mit Handwerk zu tun hat.«

»Mag sein, aber als alleinerziehender Vater habe ich nicht die gleiche Flexibilität wie andere.« Er seufzt. »Außerdem auch wenn ich normal arbeite, ohne Überstunden, kann ich mir deine Wohnung bestimmt nicht leisten.«

»Du kannst mit deiner Tochter unmöglich hier wohnen bleiben. Ich finde eine Lösung.« Irgendwie muss ich ihn von diesem schrecklichen Ort wegbekommen, denn diese Gegend ist nicht nur in diese grauenvolle Dunkelheit gehüllt, sondern mit Gewalt und Kriminalität gepflastert.

»Ich krieg das schon allein hin. Du bist mir nichts schuldig.«

»Doch«, erwidere ich schnell und augenblicklich werde ich in die Vergangenheit manövriert. Es ist wie ein dunkler Gedankenstrom, der mich in eine Erinnerung katapultiert, die ich viele Jahre unter Verschluss hielt.

Rauchschwaden hängen wie eine Wolkendecke über dem Raum. Auf meinem Gesicht trage ich ein breites Grinsen, während ich den nächsten Zug meines Joints ziehe. Tief in meine Lungen dringt der Rauch ein und lässt meine Muskeln entspannen. Mein Blick wandert zu Henry und seiner Frau Claire. Seit einer Woche sind sie verheiratet. Claires Mutter schaut auf ihr gemeinsames Kind, das letztes Wochenende seinen ersten Geburtstag hatte, während wir in meiner kleinen Bude eine Party feiern. Etwa dreißig Leute sind gekommen. Ein paar davon kenne ich, andere sind mir fremd. Claire bekommt von einem Typen ein Glas Whiskey in die Hand gedrückt, sowie wir auch. Wir halten unsere Gläser in die Mitte und ein lautes Johlen ertönt. Wir kippen unser Getränk auf ex runter. Claire und Henry erheben sich und tanzen zur Musik, die aus den Boxen dröhnt. Der Bass vibriert und die instrumentalen Klänge runden den wilden Rhythmus ab.

Auch ich erhebe mich und wippe dazu. Die ganze Woche haben wir in einer Imbissbude gerackert, um die Kohle für den heutigen Abend zusammenzubringen.

Claire lässt uns zurück und schlängelt sich durch die Menschenmenge. Irgendwie packt mich ein komisches Gefühl und ich folge ihr. Und auch Henry ist hinter mir, als ich Claire auf dem Balkon entdecke. Sie hat den Oberkörper über das Geländer und kotzt anscheinend gerade den ganzen Mageninhalt auf den Bürgersteig aus.

Henry und ich lachen, weil wir sofort das Bild vor Augen haben, dass jemand unten die volle Ladung Kotze auf seinem Kopf abkriegt.

»Claire, brauchst du Hilfe?«, frage ich, während wir uns ihr nähern.

Sie dreht sich zu uns um und grinst. »Alles gut, ich bin schon wieder fit.« Sie springt auf den kleinen Tisch auf dem Balkon und beginnt, ihre schlanke Taille zu schwingen.

Ich juble ihr zu, feuere sie an, bis sie plötzlich ins Straucheln gerät. Ihre Arme wirbeln durch die Luft, als könnte sie dadurch ihr Gleichgewicht wiederfinden. Als Henry und ich bemerken, dass sie sich nicht fängt und ihre Füße in die Luft fliegen, rennen wir los. Sie kippt über das Geländer. Ich fasse gerade in letzter Sekunde nach ihrem Rock und denke, wir hätten noch mal Glück gehabt. Doch dann löst sich das Stoffteil von ihrer Taille, sodass sie mir völlig entgleitet. Henry versucht, sie noch am Bein zu fassen, doch es ist zu spät. Sie fällt. Ihr Schrei hallt durch die stille Gasse. Drei Stockwerke rast sie vor unseren Augen auf den harten Asphalt hinunter. Das dumpfe Geräusch des Aufpralls hallt in meinen Ohren und ich zucke zusammen. Geistesabwesend rennen Henry und ich die Treppe runter.

»Verdammte Scheiße!«, flucht Henry.

Als wir draußen ankommen, liegt Claire regungslos da. Ihr Körper ist von dem vielen Blut überströmt. Henry eilt zu ihr, während ich den Notruf wähle. Meine Stimme vibriert und ich kann kaum einen klaren Gedanken fassen. Die Frau am Telefon spricht ruhig.

»Sie ist vom Balkon gestürzt! Kommen Sie schnell!« Mein Herz hämmert gegen meine Rippen. Henry heult, während er versucht, seine Frau in die stabile Seitenlage zu bringen. Nachdem ich die Adresse genannt habe, lege ich auf. Ich knie mich neben Henry.

»Süße, der Arzt ist unterwegs«, sagt er, dabei schluchzt er immer wieder laut auf. Tränen bahnen sich den Weg aus meinen Augen und ich nehme alles nur noch verschwommen wahr. Jedoch bemerke ich eine Menschentraube, die sich um uns versammelt. Gaffer, die auf eine neue Sensation warten.

»Ist ein Arzt hier?«, rufe ich und blicke mich um, doch niemand der Anwesenden rührt sich. Keiner von ihnen kann Claire helfen, nicht einmal ich.

»Bitte Claire, halte durch.« Henry legt seinen Kopf auf ihren. Sein Körper bebt, während ich noch immer auf Hilfe warte. Als endlich Sirenengeräusche ertönen, atme ich erleichtert auf und renne zur Straße. Die Rettung kommt mit Blaulicht und ich winke sie herbei. Alles geht plötzlich so verdammt schnell und Claire liegt auf der Trage und wird ins nahe gelegene Krankenhaus gebracht.

»Sie wird es schaffen«, sage ich zu Henry, bevor er in den Rettungswagen steigt.

»Hoffentlich«, erwidert er mit belegter Stimme.

Was in meinen Ohren bleibt, sind die Sirenengeräusche. Und plötzlich überkommen mich diese unsagbaren Schuldgefühle. Nur wegen meiner scheiß Party ist das passiert. Nur weil ich zu stur war und nicht Claires Wunsch folgte, weiterzuziehen.

. . .

»North?« Souths warme Stimme drängt sich in meine dunklen Erinnerungen. Ich spüre ihre weiche Hand auf mir.

»Ja, wie gesagt, ich werde für dich eine Lösung finden.«

»Davon hatten wir jetzt gar nicht gesprochen. Ist alles okay bei dir?« Henry sieht mich stutzig an.

»Alles bestens, ich war nur gerade in ...«

Nun legt Henry seine Hand auf meine. »Du solltest dich mir gegenüber nicht schuldig fühlen, hast du verstanden?« Ich habe Henrys Verständnis nicht verdient, denn ich bin dafür verantwortlich, dass er in der momentanen Situation feststeckt.

»Wenn du möchtest, kann ich ein paar Samstage auf deine Tochter aufpassen, wenn dir das hilft.« Souths Stimme ist ruhig und voller Verständnis.

»Das kann ich von dir nicht erwarten, wir kennen uns gerade mal dreißig Minuten.«

»Ich liebe Kinder und es würde mir wirklich eine Freude bereiten. Und North ist sicher mit tatkräftiger Unterstützung dabei, oder?« Ich reiße den Kopf herum und blicke zu South. Ich soll mit ihr babysitten, obwohl ich von Kindern überhaupt keine Ahnung habe?

»Na ja, das wäre wirklich eine sehr große Hilfe«, wirft Henry ein. Nun fahre ich herum und starre ihn perplex an. »Bist du dir sicher, mir deine kleine Prinzessin anzuvertrauen? Ich glaube, das ist keine gute Idee.«

»Das sehe ich anders«, kontert South und ich sende ihr einen warnenden Blick.

»Also ich vertraue dir noch immer blind. Wenn es deinen Terminkalender nicht allzu sehr durcheinanderbringt, dann könnte ich nächstes Wochenende nämlich einen Job angehen. Das würde mir tatsächlich helfen.«

South stößt mich in den Arm und nickt mir aufmunternd zu. »Okay«, willige ich schließlich ein.

Nach dem Gespräch mit Henry verlassen wir seine Wohnung und ich muss meine Gedanken sortieren. Was ist gerade passiert? Eigentlich wollte ich South zeigen, dass es für die Leute von Vorteil ist, in eine neue Wohnung zu ziehen, um eine bessere Perspektive zu erhalten. Und dann komme ich mit einem Auftrag als Babysitter heraus. All das war so nicht geplant und ich muss eindeutig stärkere Geschütze auffahren.

»Henry ist nett. Kennt ihr euch schon lange?«

»Ja«, erwidere ich knapp.

»Er wohnt jetzt nicht in der schönsten Gegend, aber trotzdem hat er in seiner kleinen Wohnung Gemütlichkeit geschaffen.«

Ich halte in der Bewegung inne. »Ist dir nicht aufgefallen, dass dieses Haus von den dunkelsten Gestalten besetzt ist?«

»Du meinst die vier Frauen, die wahrscheinlich ihren Körper für ein paar Pfund verkaufen?« Sie zuckt mit den Schultern. »Ja, es ist nicht die beste Gegend für ein kleines Mädchen, aber ich denke, die sind weniger gefährlich als machthungrige Immobilienhaie.«

»Ich bin nicht machthungrig«, kontere ich.

Sie runzelt die Stirn. »Also ich hatte nicht deinen Namen erwähnt, aber interessant, dass du das gleich auf dich beziehst.« Sie kichert. Ich gehe einen Schritt auf sie zu, sie weicht nicht zurück. Ich mache ihr keine Angst, das kann ich an ihrem eindringlichen Blick erkennen. In gewisser Weise verunsichert er mich sogar. Ich habe bisher keine Frau kennengelernt, die so furchtlos und selbstbewusst jedem entgegensteht. Nicht einmal die Prostituierten haben sie eingeschüchtert.

»Siehst du in allem nur das Positive?« Ich fixiere sie und ein feines Vibrieren überzieht meine Haut.

»Nicht in allem, aber man kann für alles zwei Seiten erkennen. Und was bleibt, ist die positive Einstellung, die einen weiterbringt. Es nützt nichts, sich in katastrophalen Zuständen zu verlieren, um dann schlussendlich handlungsunfähig zu sein. Schätze die kleinen Dinge und du wirst Großes erreichen.«

»Wo hast du das her, aus irgendeinem Ratgeber?«

»Ist das denn wichtig? Fakt ist, wenn du die schönen Dinge nicht in den winzigen Details erkennst, wie willst du überhaupt dein Glück finden?«

»Nicht jeder hat das Recht auf Glück.«

»Sagt wer? Du? Ist das deine Vorstellung von dir selbst? Bist du deshalb so versessen darauf, alles, was nur im Ansatz nicht in deine Norm passt, zu verändern?«

»Ich will, dass es den anderen besser geht als mir früher.« Die Worte verlassen meinen Mund so schnell. Unüberlegt zu antworten passt nicht zu mir. Doch sie kann nicht wirklich denken, dass in allem das Gute zu finden ist. Nichts daran war gut, als ich damals meine Party veranstaltete, die zu diesem Unglück führte.

South nimmt mein Gesicht in ihre Hände. »Erzähl mir, was damals vorgefallen ist. Ich will verstehen, warum du dich selbst steinigst.«

Mein Herz zieht sich zusammen. Wieso habe ich mich auf diese Tour eingelassen? Nun sieht South den Menschen, den ich seit vielen Jahren unter Verschluss halte. »Ich muss meine Schuld an der Gesellschaft abdienen. Ich war nicht immer der Mensch, der anderen geholfen hat. South, du weißt gar nicht, mit wem du es zu tun hast. Und vielleicht hattest du vorhin recht, ich bin ein machthungriger Mann, der nur auf sich selbst achtet.« Ich gehe auf Distanz und reibe meine Stirn. »Ich denke, für heute ist die Tour beendet.« Ich wende mich von ihr ab und gehe los.

»North!«, höre ich sie rufen, doch ich beschleunige meine Schritte, bis ich renne. Tränen kämpfen sich an die Oberfläche. Ich habe wohl alles falsch gemacht. Wenn ich South so zuhöre, wäre es sogar ein Fehler, ihr Wohnhaus neu aufzubauen.

Schweißperlen drängen sich auf meine Stirn, doch ich verlangsame mein Tempo nicht. Bilder aus meiner Vergangenheit huschen vor meinem inneren Auge wie im Schnelldurchlauf vorbei.

Schlägereien, Drogen, Diebstähle – alles hatte ich damals durch und heute bin ich nicht schlauer geworden. Ich zwinge andere Menschen, ihr Haus zu verlassen, damit sie vielleicht eine bessere Zukunft bekommen. South hatte recht und ich werde daran was ändern müssen.

Ich halte schwer atmend vor einer kleinen Parkanlage und setze mich auf eine freie Holzbank. Mein Atem geht abgehackt und mein Körper zittert. Die letzten Stunden waren eindeutig zu viel für mich. Ich habe die dunklen Dämonen aus meiner Vergangenheit wieder erwachen lassen und wofür? Um Souths Einverständnis zu bekommen. Warum bin ich so sehr daran interessiert, genau ihr zu gefallen? Bisher waren mir die Meinungen anderer immer völlig egal. Ich will nicht schwach oder weinerlich sein und trotzdem überrollen mich die Emotionen wie ein Tsunami. Sie überschwemmen mein ganzes Sein. Sie lassen meinen Körper zittern und Tränen rinnen über meine Wange. Ich verstecke mein Gesicht hinter meinen Handflächen, reibe über meine Haut, um endlich wieder meine alte Energie zurückzuerlangen. Aber sie ist irgendwo zwischen der Wohnung von Henry und hier verloren gegangen.

Plötzlich spüre ich zwei warme Hände auf meinen. Ich will mein Gesicht nicht preisgeben, denn ich weiß, wer gerade vor mir kniet und versucht, in mein verheultes Gesicht zu schauen. Ich will ihr meine zerbrechliche Seite nicht präsentieren. Nicht jetzt und auch nicht zu einer anderen Zeit. Denn den verletzlichen North habe ich vor sehr langer Zeit unter einer dicken Schicht aus Wut, Kälte und Distanz zu anderen Menschen vergraben. Nie soll jemand erkennen, wer ich in meinem tiefsten Innersten bin. Schon gar nicht South.

SOUTH

Meine Finger ruhen auf seinen Händen, die stark und männlich aussehen, die jedoch eine tiefe Traurigkeit verstecken. »North«, hauche ich und lehne meine Stirn gegen seine. Ich will ihm helfen, denn ihn müssen so unsagbare Schuldgefühle plagen, wenn ich mir Henrys Worte in Erinnerung rufe. Was ist ihm so Schreckliches widerfahren, das er sich nun wie ein kleines Kind im Park verkriecht?

Wie automatisch schließe ich meine Arme um ihn und gebe ihm damit Halt. Ich fühle seinen Schmerz, doch ich kann ihm nicht helfen, wenn er nicht mit mir spricht.

Er löst seine Hände und schaut mir mit geröteten Augen ins Gesicht. »Warum bist du hier? Wieso bist du für mich da, obwohl ich das überhaupt nicht verdient habe?«

»Weil ich mich ...« Ich komme ins Stocken, denn

diese Worte, die sich gerade wie ein Blitz in meine Gedanken gedrängt haben, dürfen auf keinen Fall meine Lippen verlassen. »Weil ich mich um dich sorge«, sage ich schließlich. Habe ich mich in North verliebt? In den Mann, den ich eigentlich verabscheuen sollte?

»South«, sagt er an meinen Lippen, ehe er sie mit seinen verschließt. Sein Kuss ist zärtlich und liebevoll aber zugleich voller Schmerz. Egal was der wahre Grund für unsere Verbindung zueinander ist, ich will mir in diesem Augenblick keine Gedanken darüber machen. Nichts davon ist momentan wichtig. Ich genieße seine Nähe, die Berührungen seiner starken Hände, die sich von meinem Rücken langsam zu meinem Po tasten. Er hievt mich auf seinen Schoß und für einen langen Moment blicken wir uns nur in die Augen. Als würden sich unsere Seelen miteinander verbinden. Dann presst er erneut seine Lippen auf meine und ein wildes Kribbeln nimmt von jeder Stelle meines Körpers Besitz. Sogar bis zu den Haarwurzeln kann ich den tosenden Sturm an Anziehungskraft spüren.

Er zieht mich noch fester an sich, als würde er genau in diesem Augenblick den Halt brauchen, den ich ihm schenke. Zwischen uns ist ein unsichtbares Band an Verbundenheit, das spüre ich ganz genau.

»Verschwinden wir?«, frage ich, als er schwer atmend von mir ablässt. Er legt seine Stirn an meine und hat die Augen geschlossen. »Ich werde auch keine Fragen stellen. Versprochen.« Ich lächle.

»Du glaubst wirklich daran, mich aus meiner

Dunkelheit retten zu können, oder?« Er öffnet seine Augen und ich kann Tränen darin erkennen.

»Auch wenn du jetzt in dieser Dunkelheit feststeckst, kannst du es schaffen, wieder das Licht zu erkennen, das dir das Leben bietet. Ich weiß, wenn man sich ein bisschen anstrengt und die Hoffnung auf Liebe und Glück nicht aufgibt, wird man es wieder erleben.«

»Vielleicht funktioniert das bei Menschen, die sich an solche Emotionen erinnern können, weil sie es mal erlebt haben, aber ich gehöre definitiv nicht dazu.«

»Du hast noch nie wahre Liebe oder Glück gefühlt?« Mein Herz verkrampft sich und ich habe das Gefühl, als hätte man ein Schwert hineingerammt. »Du wirst doch in irgendeiner Form mal wahre Liebe gespürt haben?«

Er weicht meinem Blick aus. »Das ist so lange her, dass ich mich nicht mehr daran erinnern kann.« Norths Worte klingen nicht nur ehrlich, sondern auch furchtbar traurig. Obwohl er so viel Geld besitzt, dass er ganze Wohnhäuser kaufen und neu aufbauen kann, sind sein Herz und seine Seele leer. Denn was ist das Leben ohne all die Liebe und Glücksmomente auf Erden? Wenn er so einsam ist, dass er nicht einen Menschen an seiner Seite hat, für den er brennt, ist er nicht nur eine gebrochene Seele, sondern fast tot. Er wandelt durch die Welt, ohne wirkliches Ziel. Denn Geld sorgt zwar für einen ruhigen Schlaf, aber lässt nicht die Endorphine durch einen hindurchjagen, wie wenn man etwas Wunderschönes erlebt hat. Nun verstehe ich Lings Worte. Er existiert zwar auf dieser

Welt, aber sein Geist ist anscheinend in einer Schattenwelt gefangen.

»Was empfindest du für mich?« Die Frage brennt schon seit einiger Zeit auf meiner Zunge. North dreht den Kopf zu mir und kurz zucken seine Mundwinkel nach oben und kündigen ein hauchzartes Lächeln an. »Okay, die Frage war blöd, vergiss sie gleich wieder.« Ich erhebe mich und drehe mich schnell um, weil ich mir gerade dumm vorkomme. Wieso frage ich ihn das?

Ich spüre seine Nähe hinter mir. Uns dürfte nur ein Hauch trennen, dennoch berührt er mich nicht. »South«, raunt er an mein Ohr und dann sind seine Hände an meiner Taille. »Du bist so wunderschön und strahlst so viel Wärme aus. Du schaffst es, mit deinem Lächeln die dunkelste Nacht zu erhellen. Doch egal, welche Gefühle ich für dich hege, ich bin definitiv nicht die Person, die du in dein Herz lassen solltest.«

Langsam drehe ich mich zu ihm um und blicke zu ihm auf. »Ich sagte bereits, ich kann sehr gut auf mich selbst aufpassen.« Mehrmals schlucke ich, um meinen trockenen Hals zu befeuchten. Ich tauche ein in seine mittlerweile verdunkelten Augen, ehe er mich küsst. Gefühlt beginnt sich alles um mich herum zu drehen. Ich blende jegliche Sinneseindrücke aus. Die Autos, die nur ein paar Schritte von uns entfernt auf der Hauptstraße vorbeifahren. Das Kindergelächter vom Spielplatz. Die Rufe einer Mutter, die endlich nach Hause gehen möchte. Alles rückt in den Hintergrund. Auch wenn North mir noch immer nicht erzählt hat, was ihn tief in seinem Herzen schmerzt, weiß ich, wir sind einen

Schritt weiter. In diesem Augenblick bin ich mir sicher, dass er und ich alle Probleme, die zwischen uns stehen, lösen werden.

Unsere Küsse werden gieriger und ich will ihn am liebsten an Ort und Stelle überall berühren. Meine Hände gleiten von seiner harten Brust hinab zu seinem festen Po, den ich schon vor einigen Tagen bewundert habe.

»Habt ihr denn kein Zuhause? Hier sind doch Kinder«, brummt eine tiefe männliche Stimme neben uns. Ungern löse ich mich von North.

»Lass uns verschwinden«, sagt North und nimmt mich an die Hand. Wir spazieren an der Hauptstraße entlang.

»Wo willst du mit mir hin?«, frage ich und drücke sanft seine Hand.

»Hast du Hunger?«

Eigentlich hatte ich gehofft, dass er mich bittet, mit zu ihm zu gehen, stattdessen will er lieber mit mir in ein Restaurant?

»Du wirkst gerade, als hätte ich etwas Falsches gesagt.«

Meine Wangen glühen und mein Körper wird von einer Hitze überrollt. »Na ja, vorhin dachte ich ...« Ich atme hörbar aus.

»Woran dachtest du? Du kannst mir alles sagen, was dir auf dem Herzen liegt.« Er drückt sanft meine Hand.

Ich muss lächeln, weil ich Norths liebevolle Art süß finde. Der harte Kerl wird gerade zu einem fürsorglichen Mann.

Er legt zwei Finger unter mein Kinn, sodass ich ihm direkt in die Augen schauen muss. »Sag, was willst du?« Sein einnehmender Blick lässt meine Knie weich werden.

In meinem Kopf rattert es auf Hochtouren. Was wird er von mir denken, wenn ich ihm sage, ich möchte mit ihm allein in seiner Wohnung sein, seine Nähe spüren und am liebsten jeden Zentimeter seines Körpers erkunden?

»South, sprich mit mir«, haucht er an meine Lippen, die leicht geöffnet sind.

Und dann fasse ich allen Mut zusammen und sage das, was mir mein Herz schon den ganzen Nachmittag zuflüstert. »Ich möchte mit dir allein sein. In deiner Wohnung, dich kennenlernen.«

Er schließt für einen langen Moment seine Augen und nun breitet sich eine gewisse Unsicherheit in mir aus. War es zu schnell? Sollten wir es langsamer angehen? Die letzten Wochen sind gefühlt wie im Flug vergangen und obwohl ich ihn erst so kurz kenne, fühle ich zu ihm eine seltsame Verbindung. Vielleicht liegt es daran, dass wir schon einiges unternommen haben. Womöglich interpretiere ich auch zu viel in alles hinein? Warum grüble ich gerade wieder? Genau, weil North noch immer nicht geantwortet hat und weiterhin zögert.

»Es war nur so ein Gedanke, schieben wir den gleich wieder zur Seite. Gehen wir essen und vergessen am besten sofort, was ich vorhin gesagt habe.« Ich lächle, aber es schaut etwas überspitzt aus, weil ich mich gerade ziemlich klein fühle.

Er fasst nach meinem Handgelenk, dreht mich zu sich und ich lande in seinen Armen. »South, normalerweise nehme ich nie jemanden mit zu mir.«

»Aber ich war doch …«

Er seufzt. »Das war eine Ausnahme, weil es dir schlecht ging.«

Ich schlucke den Kloß in meinem Hals hinunter und versuche, gleichmäßig zu atmen, denn mit dieser Antwort habe ich nicht gerechnet. »Okay, also bin ich eine von vielen. Wohin gehst du dann mit den Frauen, wenn du sie besser kennenlernen willst und gemeinsame Zeit verbringen möchtest?«

»Ich will keine Frauen besser kennenlernen. Es gibt für mich normalerweise Sex in irgendeinem Hotel und das war es dann.«

Nun steht mein Mund offen, denn mit dieser Antwort habe ich nicht gerechnet. »Oh«, sage ich nur, weil mir nun die passenden Worte fehlen. Zumindest ist er ehrlich und ich muss mir keine Sorgen machen, dass er mir etwas vormacht.

»Aber du bist nicht eine von vielen.« Er legt seine Hand an meine Wange.

»Nicht?«, krächze ich und mein Herz macht ein paar Saltos.

Nun entweicht ihm ein Lächeln und auch grinse. Und dann verschmelzen unsere Lippen miteinander und mein Herz macht unzählige Luftsprünge. Auch wenn er die magischen Worte nicht gesagt hat, weiß ich, dass er für mich etwas empfindet, so wie ich für ihn.

. . .

»Was darf ich dir zu trinken anbieten?« North steht vor dem Kühlschrank, während ich auf der Küchenarbeitsplatte sitze.

»Ein Wasser bitte«, sage ich und kann mein Dauergrinsen nicht unterdrücken. North Lost, der Mann, der sonst eiskalt sein kann und niemanden in sein privates Reich lässt, hat mich mit in seine Wohnung genommen. Wenn das nicht etwas bedeutet, weiß ich auch nicht.

Er füllt ein Glas und kommt auf mich zu, spreizt meine Beine und stellt sich dazwischen. »Dein Wasser.« Seine Stimme ist tief und ruhig.

Ich trinke einen Schluck und stelle es dann an die Seite. Meine Arme lege ich auf seine Schultern und verschränke meine Finger miteinander.

»Du bist so wunderschön.« Er streicht eine Haarsträhne hinter mein Ohr. Mit einem Ruck zieht er mich zu sich, sodass ich meine Beine um seine Hüften schlinge. Er presst seine Lippen auf meine und der Kuss ist nicht sanft, sondern wild und leidenschaftlich. Immer wieder beißt er mir auf die Unterlippe, was ein wohliges Ziehen zwischen meine Beine jagt. Seine Berührungen werden gieriger, wie auch meine. Und dann wage ich den ersten Schritt und beginne, sein Hemd zu öffnen.

Er fasst an meine Hand und stoppt mich. Dabei sieht er mir fest in die Augen. »Wir müssen das heute noch nicht tun. Wir haben alle Zeit der Welt.«

»Ich weiß, aber ich will es.« Meine andere Hand wandert zu seinem Hosenbund und ich öffne die ersten Knöpfe. Seine Augen schließen sich wie automatisch, als ich meine Finger in seine Hose stecke und seinen harten Schwanz umfasse. Auch wenn ich sein bestes Stück noch nicht sehen kann, muss er eine ziemliche Größe haben, wie ich gerade ertaste. Ich reibe über seinen Schaft und ein leises Brummen erklingt aus seiner Kehle. Ich verstärke den Griff und massiere immer fester, während er ein Keuchen von sich gibt. Mir gefällt es, ihm dabei zuzusehen, wie er sich der Lust und meinen Berührungen hingibt. Sein Mund ist geöffnet und ich stecke zwei Finger hinein, die er schnell umschließt und daran saugt. Gott, fühlt sich das himmlisch an. Norths Finger krallen sich in mein Haar, dabei zieht er meinen Kopf etwas zurück, sodass er meinen Hals streckt und an der empfindlichen Stelle in meiner Halsbeuge saugen kann. Nun bin ich es, die ein leises Stöhnen von sich gibt. Es ist eine lange Zeit her, dass ich das letzte Mal Sex hatte. Gekonnt löst er meinen Griff um seinem Schwanz und zieht meine Hand aus seiner Hose heraus.

Mit flinken Fingern schiebt er meinen Rock hinauf und fährt langsam an meinen Innenschenkeln hoch. Hauchzartes Vibrieren wechselt sich ab mit feinen Stromschlägen, die geradewegs in meine erhitzte Mitte sendet. Sein Daumen reibt sanft in meiner Leistengegend und ich fiebere der Berührung meines Kitzlers entgegen. Doch er lässt sich Zeit. Erkundet langsam und ohne Stress jede Stelle. Als er mein feuchtes Höschen erreicht und vorsichtig über den feinen Stoff reibt, fällt mein Kopf in den Nacken und ich keuche laut auf. Meine Lider flattern und ich kann Norths Gesicht durch den schmalen Spalt kaum erkennen, denn ich versinke in seinen Berührungen, schmelze förmlich dahin, während er genau im richtigen Moment den Druck erhöht. Ich presse ihm mein Becken entgegen, will mehr von ihm, von seinen starken Händen und seinen Küssen. Er saugt indessen an meinem Hals und mich überrollen gleichzeitig so viele Emotionen, weshalb ich nicht einmal einordnen kann, was mich mehr stimuliert. Mein Atem wird schneller, mein Puls beschleunigt sich, während er die Geschwindigkeit seiner Finger steigert. Als er dann seine Hand in mein Höschen schiebt, ist es um mich geschehen. Ich will ihn sofort in mir spüren und gleichzeitig möchte ich jede Sekunde genießen, während er an meiner empfindlichen Stelle spielt. Meine Hand erreicht seine, um ihm zu zeigen, dass er den Druck verstärken soll. Ich brauche ihn so sehr, damit ich endlich Erlösung finde. Als ich kurz vor dem Orgasmus bin und mein Stöhnen immer lauter wird, lässt er von mir ab und sieht mich grinsend an.

»Ich bin gleich wieder da«, raunt er und geht zu seinem Bett. Er zieht T-Shirt und Hose aus. Augenblicklich stockt mir der Atem. Breite Schultern, schmale Taille und diese Bauchmuskeln bringen meinen Körper in Wallung. Er öffnet eine Schublade und holt eine Packung Kondome heraus.

Als er auf mich zukommt, kann ich den Blick nicht von ihm abwenden. In seinen Augen lodert ein unbändiges Feuer, das sofort weitere Stromschläge zwischen meine Beine jagt. Nur noch wenige Schritte trennen uns. Ich ziehe mein Top aus und dann steht er vor mir und lässt langsam seinen Blick über mich gleiten, als müsse er jeden Zentimeter auskosten und erkunden. Er legt seine Hand an meinen Hals, ehe er in Zeitlupe über meine Brüste hinab zu meinem Bauch fährt. Seine Finger hakt er bei meinem Bund vom Rock ein. Ich stütze mich mit den Händen ab und hebe ein wenig den Po, sodass er den Stoff runterziehen kann und zur Seite auf den Boden wirft. Nun trennen uns nur noch seine Boxershorts und mein feuchtes Höschen. Er gibt mir einen leidenschaftlichen Kuss, ehe er sich meinem Ohr nähert und flüstert: »Sag mir, wie soll ich dich ficken? Hart oder sanft?« Sein Atem streift mein Ohrläppchen. Die sanfte Variante kenne ich von ein paar kurzen Bekanntschaften. Heute will ich mal etwas Neues erleben und wer würde sich da besser dafür eignen als der heißeste Mann Londons, der nur in Boxershorts vor mir steht und mir so verdammt heiße Dinge ins Ohr flüstert, dass ich herbeisehne, was mich gleich erwarten wird.

Ich nähere mich seinem Ohr und hauche: »Hart.«

Er gibt ein leises Knurren von sich, ehe er in meinen Hals beißt. Ich schreie auf, aber nicht vor Schmerz, sondern weil gerade Gefühle durch mich hindurchjagen, die ich so noch nicht gespürt habe. Norths Augen verdunkeln sich, als er meinen Slip nach unten zieht. Er leckt sich über die Lippe, als er meine glatt rasierte Mitte sieht. Er drückt meine Beine noch weiter auseinander, sodass er alles von mir sehen kann. Spannung breitet sich in meinen Innenschenkeln aus, während er mit seiner Zungenspitze meine Klitoris neckt. Gott, ist damit hart gemeint, weil er mich an den Rand des Wahnsinns treibt? Oder ist das nur das kleine Vorspiel, bis er mich wild und hart fickt? In diesem Augenblick will ich nicht darüber grübeln, sondern mich den vielen Emotionen, die mich zeitgleich überrollen, hingeben. Wenn er so weitermacht, dann komme ich jeden Moment, denn es beginnt in meinen Zehenspitzen bereits zu vibrieren. Meine Muskeln spannen sich an und es dauert nur noch wenige Sekunden. Ich spüre es genau, doch dann lässt North von mir ab und quält mich dadurch ein weiteres Mal. Erneut umspielt seine Lippen ein hauchzartes Lächeln und allein das verschafft mir eine gewisse Befriedigung. In den vergangenen Stunden hat er mehr gelächelt als in den letzten Wochen.

»Bist du dir sicher, dass du hart willst?«, raunt er und zieht sich vor mir langsam die Boxershorts runter. Zuerst erblicke ich nur einen Hauch seiner Leiste, aber dann springt das Prachtstück förmlich heraus und meine Augen weiten sich. Denn sein Schwanz ist wirklich riesig.

»Ja«, erwidere ich selbstsicher, obwohl ich mir nicht ganz im Klaren bin, ob er überhaupt in mir Platz findet.

Erneut umspielt ein verführerisches Grinsen seine Lippen und auch ich lächle. Ich beobachte, wie er langsam den Gummi über seine Härte streift. Insgeheim juble ich, denn er hat einen wunderschönen Körper, den ich stundenlang anschauen könnte, zugleich werde ich wohl den besten Sex meines Lebens haben. Denn allein sein Vorspiel war ums Tausendfache besser, als ich jemals erlebt habe. Ich habe zwar nicht viel Erfahrung, was Sex betrifft, aber so habe ich vorher nie gefühlt. Es war eher ein Rein und Raus und das ein paarmal. Bis die Typen dann über mir zusammengesackt sind, weil sie fertig waren. Ich blieb da mehr oder weniger immer auf der Strecke.

Plötzlich packt er mich fest am Po und zieht mich von der Küchenarbeitsplatte. Meine Beine sind um seine Taille geschlungen, als er mich wild gegen die Wand presst, sodass sich ein leicht brennender Schmerz auf meinem Rücken bildet. Für ihn scheine ich ein Federgewicht zu sein, denn er hebt mich zuerst ein bisschen an, bis sein harter Schwanz an meiner feuchten Mitte ansetzt. Mit jedem Zentimeter, den er tiefer in mich eindringt, werde ich geweitet und eine wohlige Spannung breitet sich in mir aus. Er füllt mich komplett aus und als ich denke, er kann nicht mehr tiefer, stößt er mit Wucht nach, sodass ich laut aufschreie.

Noch nie hat mich ein Mann so ausgefüllt, wie es North gerade tut. Als er seine Stöße beschleunigt, mich fickt, als gäbe es kein Morgen mehr, beginnt sich alles um mich herum zu drehen. Sein Keuchen wird von meinen Lustschreien übertönt. Jede Zone meines Körpers wird mit jedem Eindringen mehr stimuliert. In meinem Kopf dreht sich ein wildes Karussell an Emotionen. Die Reibung, die er in mir erzeugt, lässt mich so laut schreien, dass sogar die Wände vibrieren – was ich definitiv noch nie getan habe. Ich will mehr von ihm und von dem impulsiven Gefühl in mir. Der Schmerz in meinem Rücken vermischt sich wie ein tosender Cocktail mit der Reibung zwischen meinen Beinen. Mein Herz pulsiert auf Hochtouren und mein Atem geht abgehackt, als ich meinem Orgasmus entgegenfiebere. Meine Lider flattern, als mich ein wildes Zittern überrollt. Und obwohl mich gerade eine Tsunamiwelle von Orgasmus mit sich reißt, hört North nicht auf. Seine Stöße werden noch stärker und tiefer. Mein ganzer Körper bebt und ich falle wie in einen Trancezustand aus Lust und Befriedigung. Ich kralle meine Finger in seinen Rücken, weil ich die Energie kompensieren muss, die gerade durch mich hindurchjagt wie ein Tornado. Ich ziehe an Norths Haar, beiße ihm in den Hals, als mich nochmals eine Welle überrollt. Er verlangsamt sein Tempo und ich öffne vorsichtig meine Augen. Er ist definitiv noch nicht gekommen, trotzdem gleitet ein zufriedenes Lächeln über seine Lippen.

Er hebt mich etwas hoch, ehe er mich auf den Boden stellt. Meine Knie fühlen sich butterweich an. »Möchtest du etwas trinken?«

»Nicht bevor du nicht auch gekommen bist«, sage ich schwer atmend.

Seine Mundwinkel zucken und dann packt er mich an der Taille, führt mich zu seinem Tisch und wirbelt mich einmal um meine Achse, sodass meine Handflächen auf dem Esstisch landen.

»Sag mir, möchtest du mehr?«, raunt er an mein Ohr.

»Ja.«

Er setzt erneut seine Spitze an und dringt in mich ein. Als könnten seine Stöße nicht noch intensiver werden, steigert er die Intensität noch. Seine Haut klatscht gegen meine, unsere Körper schwingen im Gleichklang und als hätte ich gerade nicht zwei Orgasmen hinter mir, fiebere ich einem weiteren entgegen. Seine starken Hände packen fest meine Taille, während er mich fickt und mich gleichzeitig damit in Sphären katapultiert, die ich noch nie erlebt habe. Nun wird auch Norths Stöhnen lauter. Meine Handflächen gleiten über den Tisch, während er in mir mit seinem harten Schwanz eine Reibung erzeugt, die meinen G-Punkt triggert. Er ist außergewöhnlich und am liebsten würde ich niemals aufhören.

Er beschleunigt seine Stöße, zugleich krallen sich seine Finger in meinen Po. Tiefer. Fester. Schneller. Und plötzlich scheinen unsere beiden Körper gleichzeitig wie wild zu vibrieren beginnen. Sein Schwanz pumpt, während wir beide aufschreien. Und dann ist es ganz still. Außer unserem abgehackten Atem ist nichts zu hören.

NORTH

South schläft neben mir und hat ein zufriedenes Lächeln auf den Lippen. Auch ich lächle, weil ich mich schon lange nicht mehr so gut gefühlt habe. Dennoch liegt eine gewisse Schwere auf mir. South weiß nicht, welch dunkle Schatten mich seit Jahren begleiten. Aber sobald ich in ihr wunderschönes Gesicht blicke, sind sie in das hinterste Eck gerückt. Bei ihr kann ich sie vergessen. Sobald wir zusammen sind, haben die dunklen Gedanken keine Macht. Dennoch will ich zu ihr offen sein. Das wollte ich noch nie, aber bei ihr verspüre ich den Drang, ihr all meine schlechten Eigenschaften zu offenbaren, in der Hoffnung, sie könnte sie mit ihrem bezaubernden Lächeln zerstören. Für sie möchte ich ein besserer Mensch werden. Für sie will ich die ganze Welt retten. Denn bei ihr fühle ich mich nicht wie ein finsterer Dämon, der aus der Unterwelt gekrochen kommt, sondern wie ein Licht, das aus dem

Schatten entspringt. Für sie will ich eine Veränderung in allem wagen, sogar was ihr Wohnhaus betrifft. Seit einer Stunde wiege ich alle Eventualitäten ab. Wenn ich ihr zuhöre, habe ich das Gefühl, als könnte ich jedes Problem mit nur einen Wimpernschlag zerstören.

South blinzelt mehrmals, ehe sie langsam ihre Augen komplett öffnet und mich anlächelt.

»Guten Morgen«, sage ich und meine Fingerspitzen streicheln sanft über ihren nackten Rücken.

»Guten Morgen, Sexgott.« Sie kichert und mein Herz macht ein paar Luftsprünge.

»Sexgott klingt gut, wenn nicht sogar sehr gut.« Ich küsse sie sanft auf ihre wunderschönen Lippen.

»Über was grübelst du?« Sie richtet sich auf und streicht mir eine Haarsträhne aus der Stirn.

»Ich grüble nicht«, lüge ich.

»Doch. Ich kann es von deinen Augen ablesen. Da hast du diesen besonderen Blick, der mir keinen Einlass in deine Seele lässt.«

»Ach, sonst kannst du in mein Innerstes schauen?« Ich kitzle sie an der Seite und sie beginnt, sich mit lautem Lachen zu verbiegen, bis sie auf dem Rücken liegt und ich mich über sie beuge.

»Ja, manchmal kann ich das. Aber nun hast du wieder diese Mauer davor aufgebaut.«

Kurz blicke ich zur Seite, ehe ich sie erneut fixiere. »Soll ich uns Frühstück machen?«

»Das ist zwar nicht die Antwort, die ich erhofft hatte, aber sie klingt auch gut.« Sie hebt ihren Kopf und küsst mich.

»Ich denke, meine Themen sind nicht gerade perfekt, um den Morgen zu beginnen.« Ich erhebe mich und gehe zur Küche.

»Der Anblick deines nackten Hinterns ist aber schon ein sehr guter Einstieg.« Sie liegt auf ihrem Bauch und hat den Kopf in die Hände gestützt. Ihr Körper ist von meiner Decke verhüllt.

»Meinst du, ich sollte so ins Büro gehen?«, necke ich sie.

Sie trommelt mit dem Zeigefinger auf ihrer Lippe und überlegt. »Nein, auf keinen Fall! Dieser Anblick soll nur mir gehören.«

Nachdem ich ein paar Croissants aus dem Tiefkühlfach aufgebacken und frischen Kaffee zubereitet habe, bringe ich alles zusammen zu ihr ans Bett.

South setzt sich auf und nimmt mir die Tasse aus der Hand. »Danke.« Sie schnappt sich ein Croissant vom Teller und beißt ein Stück davon ab.

»Was stellen wir heute an?«

Sie kaut gemächlich, ehe sie runterschluckt. »Zeig mir deine Schattenwelt. Erzähl mir von deinen dunkelsten Gedanken.«

»Ich soll also einen Seelenstriptease vor dir hinlegen. Was bekomme ich als Gegenleistung?« Außer Sue und Henry hat bisher keiner eine Ahnung von meiner schlimmsten Vergangenheit. Niemand weiß davon und das muss auch so bleiben. Es könnte meine ganzen Geschäftsbeziehungen mit nur einem Schlag zunichtemachen. Sie einzuweihen und ihr Einblicke zu geben, wäre für mich ein großes Risiko. Vertraue ich ihr dafür genug?

»Ich habe dir letzte Nacht so viel von mir erzählt. Doch von dir ist bisher nichts gekommen. Es ist, als würde ich nicht die Frau sein, die du in dein Herz lässt, sondern eine von vielen.« Ihre Worte treffen mich, denn sie wird niemals eine von vielen sein. Sie ist der Inbegriff von Schönheit und Anmut. Sie merkt gar nicht, wie sie mein Herz im Sturm erobert hat, doch ich muss mir auch eingestehen, dass ich von mir nicht wirklich etwas preisgegeben habe.

»Du bist die erste Frau, die hier schlafen darf, ist das nicht Beweis genug?« Ich muss meine Grenzen ausloten und herausfinden, ob es vielleicht ausreicht, nur einen winzigen Teil von mir zu erzählen.

Sie legt den Kopf schief und zieht einen Schmollmund. »Das ist nicht wirklich dein Ernst. Du willst mich mit dem abfertigen, damit du nichts von dir preisgeben musst? Ich denke, es ist besser, wenn ich jetzt gehe.« Sie legt das kleine Stück Croissant zur Seite, erhebt sich und sammelt ihre Kleidung auf. Mich überkommt ein flaues Gefühl in der Bauchgegend. Denn ich will sie noch nicht gehen lassen. Ich möchte mit ihr Zeit verbringen, obwohl ein dicker Stapel Arbeit im Büro auf mich wartet. Schon gar nicht will ich, dass sie mit dem Gefühl meine Wohnung verlässt, mir nichts zu bedeuten.

Ich eile aus dem Bett und als ich bei South ankomme, fasse ich nach ihrer Hand. Ich atme hörbar tief durch, denn die Worte, die gleich meinen Mund verlassen werden, fallen mir unsagbar schwer. Dafür muss ich meine Angst, sie könnte mein Vertrauen missbrauchen, zur Seite schieben. Es wäre nicht das erste Mal, dass ein Mensch das tut. Ich bin eine vernarbte Seele, was das betrifft.

»North, du kannst mir vertrauen.« Sie legt ihre Hand an meine Wange und hat diesen warmherzigen Blick, der mich all meine Zweifel zur Seite schieben lässt.

»Ich zeige dir heute meine dunkle Vergangenheit und hoffe, du wirst dann nicht für immer aus meinem Leben verschwinden. Denn ich weiß nicht, ob ich das ertrage.«

Sie zieht ein wenig ihre Augenbrauen zusammen. »Ich kann mir nicht vorstellen, dass du etwas so Schreckliches getan hast, das mich abschrecken könnte.«

Sie weiß nicht, wie dunkel meine Welt früher war. Und auch wenn mein Verstand mir laut zuruft, ich solle sie nicht in mein altes Leben einweihen, ist mein verräterisches Herz stärker. Denn ich will sie unbedingt für mich gewinnen. Ob das mit der negativen Seite von mir so eine schlaue Idee ist, sei dahingestellt. Denn krumme Geschäfte, Drogenkonsum und Schlägereien sind nicht gerade Themen, die man in der Geschäftswelt mit Politikern präsentieren sollte. Und dann gibt es einen weiteren Punkt, der mir noch heute schlaflose Nächte beschert, weil ich eine schwere Schuld auf meinem Rücken bürde, die ich nicht abschütteln kann. Aber manchmal muss man mutig genug sein und etwas riskieren, um eine neue Zukunft zu erschaffen.

»Du hast ja keine Ahnung. Aber bitte versprich mir, dass du mich zuerst fertig erzählen lässt, bevor du die Flucht ergreifst, okay?« Angst schwingt in meiner Stimme mit. Denn all das, was ich früher getan habe, ist nichts, auf das man stolz sein kann.

Sie legt ihre zweite Hand an meine Wange. »North, deine Vergangenheit hat dich zu dem Menschen gemacht, den ich heute immer in meiner Nähe haben möchte. Niemals kann man das Geschehene rückgängig machen, aber man kann sich verändern und sein Bestes geben, um es besser zu machen als früher. Und das hast du ja zum größten Teil bisher geschafft.«

Ich runzle die Stirn. »Zum größten Teil nur?«

»Na ja, du weißt schon, die Sache mit unserem Wohnhaus, die ist für mich noch immer nicht vom Tisch, aber das soll jetzt nicht das Thema sein.«

»Glaub mir, sogar darüber habe ich mir heute Morgen schon Gedanken gemacht.« Ich schmunzle.

»Wusste ich es doch, du hast vorhin gegrübelt.« Mit ihrem Zeigefinger stupst sie an meine Nase.

»Ja, aber nicht nur über das, sondern …« Ich puste etwas Luft aus. »Können wir uns vielleicht auf das Bett setzen?«

»Natürlich.« South hat nur ihr Top an und es fällt mir schwer, sie nicht an Ort und Stelle wieder zu vernaschen. Doch dafür ist jetzt nicht der passende Augenblick, denn ich werde ihr einige meiner schlimmsten Taten präsentieren. Es ist fast wie bei einer Beichte, wenn man die Hoffnung hat, dass endlich dieser schwere Rucksack auf dem Rücken von einem abfällt.

Dass sie mir als Antwort gibt, es sei doch alles halb so schlimm. Dass sie mich trotz schlimmer Vergangenheit liebt. Aber habe ich es verdient, geliebt zu werden? Oder steht das ausschließlich den Menschen zu, die nur kleine Dinge in ihrer Fehlerliste haben? Ich habe nicht nur Leben zerstört, sondern Menschen mit meinen Taten, Entscheidungen und Worten im Herzen verletzt. Sollte mich das Karma nicht auf ewig verfolgen und mir das Glück verwehren? Wäre es besser, wenn ich gleich einen Schlussstrich zwischen South und mir ziehe, damit ich nicht von diesem dunklen Karma, wovon viele Leute sprechen, eingeholt werde? Damit ich für all das büße, was ich anderen angetan habe?

»Du grübelst schon wieder«, zieht sie mich aus dem Gedankenkarussell. Mittlerweile sitzen wir beide zueinander gewandt im Schneidersitz auf dem Bett.

»Na ja, normalerweise erzählt man nicht nach der ersten gemeinsamen Nacht seine tiefsten Geheimnisse, oder? Eigentlich müssten wir uns abwechseln, damit ich nicht allein alle schlimmen Dinge preisgebe.«

»Okay«, sagt sie locker raus, was wohl daran liegt, dass sie nicht unzählige Schicksale auf dem Gewissen hat. »Soll ich beginnen?«

Vielleicht ist es besser, wenn ich mir alles von der Seele rede, aber ist South wirklich die richtige Person dafür? Zweifel überkommen mich und anscheinend merkt sie es, denn sie erhebt plötzlich ihre Stimme.

»Ich habe einmal einen Lutscher in einem Geschäft gestohlen, weil meine Mutter den nicht kaufen wollte«, sagt sie und mir klappt der Mund auf.

»Das gehört wohl eher zu den kleinen Delikten.«

»Für mich war das, als ich fünf Jahre alt war, ein wirklich großes Thema. Ich konnte die nächsten drei Wochen nicht schlafen, weil ich so ein schlechtes Gewissen hatte.« Sie zuckt mit den Schultern.

Ich atme tief durch, zumal jetzt ich dran bin. Mein Herzschlag beschleunigt sich, denn meine Vergangenheit habe ich bisher immer sehr gut unter Verschluss gehalten.

»Wir machen einen Deal«, sagt sie, weil ich wieder einmal schweige.

»Was kommt jetzt, müssen wir uns bei jeder Geschichte einen Kuss geben?«

Sie schürzt die Lippen. »Das können wir auch, aber eigentlich wollte ich etwas anders vorschlagen.«

»Okay und das wäre?«

»Wir legen keine Bewertung in das, was der andere getan hat. Wir beschwichtigen nichts, aber wir machen auch keine Vorwürfe, was einer von uns angestellt hat. Wenn sich jemand nicht daran hält, wird das Lüften unserer Geheimnisse abgebrochen.«

In Gedanken wiederhole ich nochmals ihr Gesagtes und es fühlt sich gut für mich an. Ich stimme ihr mit einem Nicken zu. Nun bin wohl ich dran und ich beginne mit dem ersten Punkt auf meiner Liste schlechter Dinge, die leider viel zu lang ist. »Ich habe einen Jungen verprügelt.«

»Weißt du noch, warum du das getan hast?«

»Er war ein Idiot.«

»Das dachte ich mir schon, aber was war der Auslöser? Ich glaube, in so einer Situation gibt es oftmals einen Grund und den würde ich gern wissen.«

»Es muss nicht immer einen Beweggrund für alles geben«, kontere ich.

»Du bist also einfach aus deiner Laune heraus zu ihm hingegangen und hast ihn geschlagen?«

Ich verdrehe die Augen. »Nein, ich war wütend auf ihn und auf die ganze Welt. Ich dachte, wenn ich ihm das Maul stopfe, dann hört er auf mit seinen dummen Sprüchen. Aber es ist nicht wichtig, denn man schlägt niemanden, egal was er getan hat oder nicht.«

South legt ihre Hand auf meine. »Wir sind Menschen, keine Roboter. Wir haben Gefühle und Emotionen in uns, man kann nicht immer cool und gelassen auf alles reagieren. Also, was war der wirkliche Auslöser deiner Aggression?«

»Sind wir jetzt in einer Therapiestunde?«

»North, ich will dich verstehen. Ich möchte nachvollziehen können, warum du so schlecht über dich denkst. Niemand auf der Welt ist perfekt. Kein Mensch ist fehlerlos und trotzdem verurteilt sich nicht jeder so wie du dich selbst.«

»Wegen mir liegt Henrys Frau im Koma. Seit vier Jahren. Reicht das nicht?« Die Worte flutschen aus mir heraus, weil ich sehr wohl unterscheiden kann, was ein Mensch richtig oder falsch machen kann. Eigentlich wollte ich South nichts davon erzählen, aber ihre Fragerei macht mich gerade wahnsinnig. Ich erhebe mich vom Bett und eile zur Küche. Ich kann jetzt nicht in ihr Gesicht blicken, ich will ja nicht einmal in mein eigenes schauen. Ich bin der Abschaum eines Menschen, der es nicht verdient hat, in irgendeiner Weise dafür Verständnis zu bekommen.

Weil sich Schweißperlen auf meiner Stirn gebildet haben, drehe ich in der Spüle den Wasserhahn auf und kühle mein Gesicht unter fließendem Wasser.

Sie legt ihre Hand auf meinen Rücken und streichelt sanft darüber. »Möchtest du mir von dem Unfall erzählen?« Ihre Stimme ist ruhig, doch mein Herz rast und reagiert nicht auf ihre sanfte Tonlage.

Ich drehe den Wasserhahn ab und trockne mein Gesicht mit einem Geschirrtuch ab. »Es war kein Unfall, sondern meine Schuld.«

Ich wende mich zu South und in ihrem Blick ist kein Vorwurf zu erkennen, eher so etwas wie Mitgefühl, was ich nicht verdient habe. Diese Emotion steht ausschließlich Henry zu, denn er muss seither seine Tochter allein großziehen. »Es ist besser, wenn du jetzt gehst«, sage ich hart und versuche, Abstand zu ihr zu gewinnen. Es war ein Fehler, ihr davon zu erzählen. Die unliebsamen Erinnerungen kriechen nun aus den Untiefen hervor und nehmen meinen Körper in Besitz.

»Ich bin für dich da, wenn du mit mir darüber reden möchtest.« Sie kommt an meine Seite, haucht mir einen Kuss auf die Wange. Dann zieht sie sich an.

Mit etwas zittrigen Fingern nehme ich die Tassen und trage sie zur Spüle. Ich habe gehofft, mit ihr alle meine Altlasten besprechen zu können, doch das funktioniert einfach nicht. Das Geschehene werde ich nicht rückgängig machen können. Wer weiß, ob Henrys Frau jemals wieder aufwacht. Und wenn sie das tut, kann kein Mensch absehen, ob sie überhaupt ein normales Leben führen wird. Allein deshalb sollte ich mehr für die Gesellschaft tun. Ich muss meine Schuld abarbeiten, bis ich nicht mehr kann. Augenblicklich spüre ich Souths Nähe, was auf meiner Haut ein feines Vibrieren erzeugt.

»Darf ich dir noch eine Frage stellen, bevor ich gehe?« Langsam wende ich mich ihr zu. Eigentlich will ich nicht, dass sie geht.

Ich nicke.

»Ist das zwischen uns jetzt vorbei?« Sie spricht so ruhig, trotzdem jagt ein wilder Stich in meine Brust. Allein der Gedanke, sie nicht mehr zu küssen oder zu berühren, lässt ein Gefühl von Unruhe in mir hochkriechen. Dennoch stehe ich in meiner Verantwortung und möchte endlich für meine Mitmenschen alles richtig machen. Ich hatte die Hoffnung, mit ihr ein neues Leben zu beginnen, aber Schuldgefühle kann man nicht mit einem kurzen Gespräch abschütteln. Und es ist auch nicht fair, sie in meine Probleme hineinzuziehen.

»Für dich ist es besser, wenn wir nur auf der geschäftlichen Basis miteinander zu tun haben.«

»Für mich oder für dich?«, kontert sie und ihre zarte Hand ruht an meiner Brust.

»Ich habe so viele Probleme …«

Sie unterbricht mich und legt ihren Zeigefinger an meinen Mund. »Wie schon gesagt, ich bin alt genug, um auf mich selbst aufzupassen. Ich glaube an uns, egal was du getan hast. Ich weiß, hinter deiner harten Schale ist ein sanftmütiger, warmherziger Mann, der noch nicht begriffen hat, dass man Fehler im Leben macht, aber sich nicht auf ewig die Schuld geben darf. Wir treffen Entscheidungen, weil wir zu diesem Zeitpunkt denken, es sei das Richtige. Die wenigsten Menschen sind mit Absicht böse und wollen jemandem damit Schaden zufügen. In deinem Fall ist das bestimmt so, denn auch Henry hat gesagt, dass du dich für nichts verantwortlich fühlen musst.«

»Henry ist zu gut für diese Welt und verzeiht einfach viel zu leichtfertig.«

»Hast du dich jemals bei seiner Frau entschuldigt?«

»Seine Frau liegt im Koma, wenn du dich erinnerst.«

»Richtig, aber sie kann dich trotzdem hören, davon bin ich überzeugt. Wann warst du sie das letzte Mal besuchen?«

»Noch nie. Bist du jetzt zufrieden? Nun weißt du, dass ich ein Arschloch bin. Nun kannst du gehen und mich hassen.« Ich weiche ihrem Blick aus, weil ich mich selbst verabscheue. Ich bin ein Feigling.

Erneut legt sie ihre Hand an meine Wange. »Ich liebe dich, North, auch mit deinen Ängsten. Vielleicht bist du irgendwann bereit, Henrys Frau zu besuchen und dich deiner Vergangenheit zu stellen.« Sie haucht mir einen Kuss auf die Lippen und geht. Sie wartet nicht einmal eine Antwort von mir ab. Doch hätte ich ihr auch sagen können, dass ich sie liebe? Wieso verliert sie ihr Herz an mich, obwohl sie mittlerweile so viel mehr von mir weiß? Sie sollte mich hassen, auf Abstand gehen.

SOUTH

Die letzten Tage ist North mir mehr oder weniger aus dem Weg gegangen. Unsere Gespräche haben sich ausschließlich auf die Arbeit bezogen. Ich verstehe, dass er seine Gedanken sortieren muss. Ob er heute zu Henry kommt und sein Versprechen einhält, weiß ich nicht.

»Du bist sehr früh hier.« Henry stellt eine Kanne mit Kaffee auf den Tisch.

»Ich mag es nicht, zu spät zu kommen.« Ich lächle. »Kommt North auch?«

»Versprochen hat er es.« Henry befüllt die Tassen und feiner Dampf steigt auf. »Deshalb rechne ich fest mit ihm.«

»Er hat mir von deiner Frau erzählt. Wie geht es ihr?«

»Leider hat sich nichts geändert. Jeden Tag fahre ich sie mit Hailey besuchen in der Hoffnung, sie hört uns und wacht auf. Die Ärzte haben diese Zuversicht nicht.« Er senkt den Blick und starrt in seine Tasse.

»North plagen diesbezüglich ziemliche Schuldgefühle.«

»Ich weiß, dabei ist niemand dafür verantwortlich. Es war ein schrecklicher Unfall. Was ich mir wirklich wünsche, wäre, wenn er sie einmal besuchen würde. Doch er schickt ihr jeden Montag Blumen, was natürlich eine sehr nette Geste ist. Ich habe dafür Verständnis, denn die beiden waren gute Freunde und es ist nicht leicht, einen Menschen nur daliegen zu sehen.«

»Was denkst du, warum war er noch nie bei ihr?«

Henry zuckt mit den Schultern. »Ich glaube, er erträgt den Anblick nicht. Auch für mich war es anfangs nicht leicht, zu akzeptieren, dass wir nichts anderes tun können, als immer wieder bei ihr zu sein.« Eine Träne entweicht Henry und ich lege meine Hand auf seine.

»Du liebst sie immer noch, oder?«

Er hebt den Kopf. »Unser Ehegelöbnis gilt für jetzt und alle Zeit. Sie ist mein Gegenstück und obwohl sie nicht reden kann, schenkt sie mir die Kraft, für unsere Tochter da zu sein. Nur durch sie existiere ich überhaupt noch.«

»Es ist wunderschön, so eine Verbindung zu einem Menschen zu haben.«

»North hat das auch zu dir, wenn er sich dir geöffnet hat. Ich weiß von Sue, dass er bisher noch mit keinem Menschen darüber geredet hat.«

»Keine Ahnung, was das zwischen ihm und mir ist.

Er ist so verschlossen, außerdem ist er mein Boss, was das Ganze nicht gerade vereinfacht.«

»Aber er hat dich zu mir mitgenommen, das tut er nie. Wir sind so was wie seine Familie. North hatte viele harte Jahre hinter sich und als er endlich auf dem richtigen Weg ankam, passierte der Unfall meiner Frau. Von da an war er nicht mehr derselbe. Aber es hat uns alle geprägt, auch mich. Der große Unterschied liegt darin, dass er sich seine Taten aus der Vergangenheit nicht verzeihen kann.«

»Du meinst das mit Claire?«

Henry blickt zum Fenster. »Das auch und …« Es klingelt an der Tür und wir werden unterbrochen.

»Henry, bitte sag mir, was North noch belastet.«

Er erhebt sich. »Das muss er dir selbst erzählen, ich hätte erst gar nicht damit beginnen sollen.« Er reibt sich die Stirn und verlässt die kleine Wohnküche.

»Guten Morgen«, vernehme ich Norths Stimme und mein Herzschlag beschleunigt sich.

»Onkel North! Endlich bist du da!« Hailey läuft den Flur entlang und verschwindet aus meinem Sichtfeld. »Deine Freundin ist auch schon da. Komm, Dad hat Frühstück für uns gemacht.« Sie zieht ihn in die Küche und als sich unsere Blicke begegnen, wandern meine Mundwinkel wie automatisch nach oben. Auch ihm entweicht ein hauchzartes Lächeln, aber das schenkt er nicht mir, sondern Hailey.

»Du bist ja schon früh wach«, sagt North an sie.

»Heute werden wir doch auch Mummy besuchen gehen, oder? Ich habe ihr gestern ein Bild gemalt, schau mal.« Sie geht zu einer kleinen Kommode und nimmt ein bunt bemaltes Papier.

»Lass ihn sich doch erst mal hinsetzen.« Henry spricht ruhig, während er ihr über das Haar streicht.

North nimmt neben mir Platz. »Hey.«

»Schön, dass du gekommen bist«, sage ich und versuche, seinen Blick einzufangen.

»Natürlich. Ich habe es doch versprochen.«

»Kaffee passt?« Henry hält die Kaffeekanne hoch.

»Perfekt.« Er nickt zustimmend. »Also, was hast du für deine Mutter Schönes gemalt? Zeig her.« North wirkt so anders, als ich ihn kenne. Warmherzig und sogar etwas nervös.

Henry blickt auf die Uhr. »Ich muss los. Vielen Dank noch mal, dass ihr euch beide die Zeit nehmt. Ich bin spätestens um vier zu Hause. Sollte etwas sein, könnt ihr mich jederzeit anrufen.«

»Ich werde mein Leben für deine Tochter einsetzen, dass ihr nichts passiert.« Norths Worte klingen so ehrlich, aber zugleich treffen sie mich in meinem Herzen. Denn North, der harte Kerl, wirkt in diesem Moment so verletzlich.

»Davon gehe ich aus.« Henry lächelt. Nachdem er sich mit einer innigen Umarmung von seiner Tochter verabschiedet hat, verlässt er die Wohnung.

»Wann gehen wir zu Mummy?« Hailey blickt abwechselnd von North zu mir. Ich beiße mir auf die Lippe, denn ich will nicht für ihn antworten.

»Ich dachte, wir gehen in den Park oder auf den

Spielplatz.« Er fährt sich mehrmals durchs Haar und ich bemerke sein Unwohlsein.

Hailey verschränkt die Arme vor ihrer Brust und verzieht ihr Gesicht. »Ich will aber zu Mummy.« Sie verengt ihre braunen Kulleraugen.

»Jetzt ist es noch zu früh, da wird sie doch noch schlafen«, werfe ich ein und versuche, ihm eine Verschnaufpause zu gönnen.

»Sie schläft doch immer, also können wir auch jetzt gehen«, kontert die Kleine und mein Herz zieht sich krampfhaft zusammen. In meinem Bauch herrscht ein wildes Chaos und ich kann die Tränen nur schwer unterdrücken. Für sie schläft ihre Mutter, was in gewisser Weise auch stimmt, aber wird sie jemals aufwachen?

»Weißt du was? Wir zwei besuchen deine Mummy und North räumt inzwischen hier auf.« Er ist noch nicht bereit für Claire, sonst würde er nicht so reagieren.

»Aber ich habe Mummy gestern versprochen, North mitzubringen. Sie will ihn unbedingt sehen, immerhin sind sie ja Freunde. Du bist doch noch Mummys Freund?« Hailey öffnet ihre Arme und legt ihre kleinen Finger auf seine Hand.

Seine Augen weiten sich und auch mir verschlägt es gerade die Sprache. Hat sie vorhin das Gespräch mit Henry gehört?

»Natürlich bin ich noch ihr Freund.« Er atmet hörbar aus.

»Dann gehen wir jetzt.« Sie zieht an seiner Hand und kurz begegnen sich unsere Blicke. Ich kann die

Angst in seinen Augen aufblitzen sehen. Trotzdem gibt er nach und erhebt sich.

»Du solltest dir aber zuerst etwas anderes anziehen. Komm, ich helfe dir.« Meine Stimme ist ruhig, während ich Hailey und North in den Flur folge.

»Ich kann das schon allein«, sagt sie und rennt in ihr Zimmer.

Ich nehme Norths Hand und drücke sie sanft, dadurch erhalte ich seine Aufmerksamkeit. »Ich bin bei dir«, hauche ich und nähere mich ihm. Vorsichtig lege ich meine Hand an seine Wange.

»Ich war noch nie bei ihr. Was bin ich bloß nur für ein Mensch«, murmelt er und ich schließe ihn in meine Arme.

»Du bist ein Mann, der auch mal Angst hat. Nicht jeder kann dauernd mutig sein.«

»Du bist immer mutig, egal was auf dich zukommt.«

»Das stimmt nicht. Auch ich habe hin und wieder Ängste, wie jeder Mensch auf der Welt. Aber heute bist du mutig, denn du wagst endlich den ersten Schritt, um Claire zu besuchen.« Meine Lippen sind seinen ganz nah und als er seinen Kopf etwas neigt, treffen sie auf meine. Die letzten Tage habe ich seine Küsse herbeigesehnt und nun spüre ich ihn wieder. Seine dicke Mauer beginnt zu bröckeln und lässt mir Einlass in sein Herz.

»Habt ihr euch also wieder vertragen?« Hailey spricht so erwachsen und wir beide nehmen erschrocken Abstand voneinander.

»Wir waren nicht …«

Hailey unterbricht mich mit ihrer erhobenen Hand.

»Das will ich gar nicht so genau wissen.« Sie schlüpft in rosa Ballerinas und öffnet die Wohnungstür.

North schmunzelt und auch ich kann mir ein Grinsen nicht verkneifen, während wir rausgehen.

»Guten Morgen, Stella und Josie«, begrüßt Hailey die zwei Frauen, die schon früh morgens als Prostituierte ihren Job erledigen müssen. »Heute bringe ich endlich Mummys besten Freund mit zu ihr. Sie wird sich so freuen.« Hailey springt in die Luft.

»Das ist aber schön zu hören.« Die rothaarige Frau mit ihrem knappen Mini streichelt über Haileys Wange. »Viel Spaß.«

NORTH

Obwohl South mich an der Hand hält, kann ich das wilde Pochen in meiner Brust spüren. Hailey geht selbstbewusst den Flur entlang. Bestimmt kennt sie den Weg in- und auswendig. Sie klopft an eine weiße Tür, ehe sie eintritt. Ich stehe vor dem offenen Türspalt und zögere.

»Ich gehe schon mal rein. Wenn du dich bereit fühlst, kommst du einfach nach.« South gibt mir einen knappen Kuss auf die Wange und ehrlich gesagt habe ich ihre liebevolle und verständnisvolle Art nicht verdient. Sie weiß, dass ich Claire noch nie besuchen war, und trotzdem macht sie mir keine Vorwürfe. Gibt es Menschen, die einem alles verzeihen können, die einen so akzeptieren, wie man ist, mit all seinen Fehlern? Sofort kommt mir dabei South in den Sinn.

Ich will heute stark sein und atme tief ein, ehe ich eintrete. Mein Blick wandert an der Wand entlang. Dort hängen unzählige Bilder, die Hailey für ihre Mutter gemalt hat. Und dann trifft mein Blick auf Claire. Sie liegt in ihrem Bett und starrt geradeaus.

»Guten Morgen, Mummy.« Hailey schlingt ihre Arme um sie und drückt sie fest. Der Kloß in meinem Hals wird immer größer, denn die Frau, die ich von früher kannte, ist nicht mehr präsent. Sie bewegt ihre Augen nicht oder reagiert auf die herzliche Umarmung ihrer kleinen Tochter.

»Guten Morgen Claire, ich heiße South und begleite heute deine Tochter. Ich bin ...« Sie blickt über ihre Schulter zu mir, ehe sie sich wieder Claire zuwendet. »Ich bin eine Freundin von North.«

»Mummy, endlich habe ich North mitgebracht«, wirft Hailey euphorisch ein. »Dein Freund ist da und ihr könnt euch aussprechen.« Was weiß Hailey? Augenblicklich überrollt mich Panik und am liebsten würde ich flüchten.

Doch dann kommt Hailey auf mich zugelaufen. »Komm, Mummy möchte mit dir reden.« Sie zieht an meinem Arm und ich folge ihr zum Bett. Meine Augen sind glasig und ich sehe Claire etwas verschwommen. Ihre Haut ist blass, doch sie hat wie damals schulterlange Haare.

»Vielleicht sollten wir rausgehen, damit du mit Claire allein sein kannst.« South legt ihre Hand auf meine Schulter.

»Bitte bleibt«, antworte ich mit brüchiger Stimme. In meinem ganzen Leben habe ich noch nie so viel Angst gefühlt wie in diesem Moment.

»Dann setzen wir uns inzwischen an den kleinen Tisch, dort kann Hailey in der Zwischenzeit ein Bild für ihre Mutter malen.«

»Okay.«

»Komm Hailey, lassen wir deinen Onkel in Ruhe mit deiner Mutter reden. Magst du noch ein Bild zeichnen?«

»Ja«, ruft sie und die beiden setzen sich an den Tisch, auf dem ein Stapel Zettel und Buntstifte liegen.

Wie spricht man mit einem Menschen, der einem nicht antworten kann? Bei dem ich mir nicht einmal sicher bin, ob er mich hören kann? Ich nehme mir den Stuhl und setze mich neben sie. Diese Leere in ihrem Blick lässt mir einen kalten Schauder den Rücken runterlaufen.

»Hallo, Claire«, erhebe ich nach längerem Zögern meine Stimme. »Ewig her, dass wir uns das letzte Mal gesehen haben.« Ich nehme ihre Hand, die an ihrer Seite ruht. Sie ist warm. Kurz blicke ich über meine Schulter zu South, doch die ist mit Hailey beschäftigt. Ich wollte, dass sie hierbleibt, auch wenn sie nun Dinge hören wird, die vielleicht nur Claire zu Ohren kommen sollte. Doch ich brauche das Gefühl von Sicherheit und in diesem Augenblick vermittelt mir South das mit ihrer Anwesenheit.

»Ich habe mich nie bei dir dafür entschuldigt, was dir vor vier Jahren passiert ist. Wie du weißt, kann ich ein ziemlicher Feigling sein, wenn es darum geht, für meine Taten geradezustehen. Wer wüsste das besser als du.« Meine Augen werden wässrig, ohne dass ich nur eine Chance hätte, es aufzuhalten.

»Und heute wäre ich genauso wenig hier, wenn mich deine Tochter nicht einfach überrumpelt hätte. Sie ist eindeutig dein Ebenbild. Sie sieht aus wie du und ist auch so charakterstark, wie du damals warst.« Ich seufze. »Nur wegen mir bist du heute an dieses Bett gefesselt. Hätte ich nur auf dich gehört und wir wären in eine Bar weitergezogen, dann wäre das alles nie passiert. Aber ich war wieder mal so stur.« Ich fasse mir an die Stirn und reibe sie. »Ich hoffe, du kannst mir irgendwann verzeihen.«

Ich nehme ihre Finger in meine Hände und hauche ihr einen sanften Kuss auf den Handrücken, ehe ich zu ihr aufblicke. Tränen kullern über meine Wange. In ihrem Gesicht ist keine Regung zu erkennen und allein das schmerzt. Egal was ich hier sage, das macht alles überhaupt keinen Sinn. Ich werde hier nicht meine Absolution erhalten oder in irgendeiner Form Verständnis erlangen. Sie lebt zwar noch, aber kann mir wie ein Toter nicht darauf antworten, was sie darüber denkt.

Plötzlich spüre ich eine Hand auf meinem Rücken. »Sie hat dir schon verziehen.« Hailey steht da, als wäre sie bereits eine Erwachsene, dabei ist sie doch erst fünf.

Mir entweicht ein halbherziges Lächeln.

»Dad sagt ständig, wenn man sich für seine Fehler aufrichtig entschuldigt, verzeiht man immer«, fährt sie fort.

»Ach, ist das so?« Ich trockne mit dem Handrücken die wiederkehrenden Tränen ab, doch ein paar Tropfen landen auf Claires Hand. Vorsichtig wische ich darüber.

»Mummy?« Sie eilt an mir vorbei zum Bett. »Mummy hat gerade ihre Augen bewegt.« Doch als ich in Claires Augen blicke, ist da rein gar nichts. Aber bin ich bereit, ihr die Illusion zu nehmen, dass ihre Mutter vielleicht niemals die Chance erhält, wieder aufzuwachen?

South kommt an ihr Bett. »Claire, wenn du uns hören kannst, bewege nochmals deine Augen.« Wie zu erwarten ist da nichts. Keine einzige Regung ist zu erkennen. Hailey hat sich getäuscht.

»Ich habe es gesehen und ich weiß, dass sie aufwacht. Mummy, mach das noch mal!« Sie legt ihre Hand auf ihre Wange. »North, du musst das nochmals machen, was du vorhin getan hast. Sprich mit ihr!« Haileys Stimme ist so laut, dass ich, ohne zu zögern, nach Claires Hand fasse und über ihren Handrücken streichle, denn was habe ich schon zu verlieren? Nebenbei schmerzt es, dass Hailey sich so sehr wünscht, dass ihre Mutter wieder aufwacht. Weitere Tränen lösen sich aus meinen Augenwinkeln und landen auf ihrem Handrücken. Schnell wische ich darüber.

»Claire, es tut mir leid, aber jetzt heule ich sogar deine wunderschönen Hände voll.«

»Sie hat es wieder getan!«, ruft Hailey.

»Ich habe es auch gesehen«, sagt South und blickt zu mir.

»Das ist jetzt ein Scherz, oder?«

South schüttelt den Kopf. »Ich hole schnell einen Arzt.«

»Claire, bist du da? Kannst du uns hören?« Ich

erhebe mich. Wenn das stimmt, gibt es vielleicht doch Hoffnung für sie und ich kann endlich meinen Frieden mit ihr machen. »Claire«, sage ich mit zittriger Stimme und lasse sie nicht aus den Augen.

»Mummy kommt zurück!«, jubelt Hailey, doch ich kann in Claires Augen keine Bewegung mehr erkennen.

»Hailey, wir müssen zuerst abwarten, was der Arzt sagt.« Ich will ihr nicht die Hoffnung nehmen, aber die Wahrscheinlichkeit, dass es nur eine kurze Irritation unserer Wahrnehmung war, ist immens hoch.

»Ich habe es gesehen«, protestiert sie und springt auf das Bett zu ihrer Mutter. »Mummy, ich bin hier. Hailey, du weißt doch noch, wer ich bin? Dein kleiner Sonnenschein.« Ihre Stimme bricht und Tränen kullern über Haileys Wangen, weil Claire keine weitere Reaktion zeigt. »Mummy!«, schreit sie so laut, dass es nicht nur in meinen Ohren schmerzt, sondern tief in meinem Herzen. »Mummy, beweg deine Augen.« Das Flehen in ihrer Stimme ist für mich unerträglich und ich wechsle die Bettseite.

»Hailey, wir müssen für den Arzt Platz machen.« Ich schließe sie in meine Arme und hebe sie vom Bett. Sie hat ihre Hände fest um meinen Hals geschlungen und weint bitterlich an meiner Schulter.

»Guten Tag«, begrüßt uns eine Frau. »Könnten Sie bitte draußen warten, wir müssen ein paar Untersuchungen durchführen.«

»Mummy war hier, ich habe es gesehen!«

»Hailey, wir kümmern uns jetzt um deine Mutter und werden bald herausfinden, ob sie aus ihrem Dornröschenschlaf erwacht.« Die Ärztin spricht ruhig und liebevoll zu ihr, ehe ich mich mit ihr auf den Weg nach draußen mache. Sie hängt wie ein kleiner Affe an mir. Weil mich selbst eine gewisse Unruhe packt, marschiere ich mit ihr den Flur auf und ab.

»North, hol sie wieder zurück wie vorhin. Du musst sie wieder zurückholen«, fleht sie, während sie ihre Arme noch fester um mich schlingt.

War ich es, der dafür verantwortlich war? Hatte mein Gesagtes Einfluss auf ihre Reaktion? Will sie mir damit ein Zeichen senden? Ich weiß es nicht. South sitzt auf dem Stuhl und starrt aus dem Fenster. Nach einer gefühlten Ewigkeit springt die Zimmertür auf und die Ärztin tritt nach draußen.

South erhebt sich und auch ich gehe auf die Frau mit den kastanienbraunen Haaren zu. »Wie geht es Claire?«

»Es geht ihr gut, leider konnten wir keine weitere Reaktion an ihr erkennen. Sind Sie sicher, dass sich ihre Augen bewegt haben?«

Hailey hebt den Kopf. »Mummy war hier, ich habe es gesehen!« Ihre Augen sind gerötet.

»Ja, ich habe es auch gesehen«, wirft South ein. »Ihre Augen haben kurz zu North und dann zu Hailey geschaut.«

»Okay, ich werde weitere Tests durchführen und mit Mr Henry Raily sprechen.«

»Dürfen wir nochmals zu ihr?«

»Ja, aber nur noch kurz, damit wir schnellstmöglich die Untersuchungen erledigen können.«

»Natürlich.« Mit Hailey weiterhin auf dem Arm gehen wir ins Zimmer. »Wir müssen uns für heute von deiner Mutter verabschieden. Gibst du ihr einen Kuss?«

»Ich will bei ihr sein, wenn sie wieder aufwacht.«

»Ich weiß, aber jetzt braucht sie erst mal Ruhe, um wieder zu Kräften zu kommen.« Keine Ahnung, ob es schlau ist, ihr Hoffnung zu schenken, wo sich vielleicht keine befindet. Oftmals zeigen Komapatienten kurze Reaktionen, trotzdem bedeutet es nicht, dass sie erwachen. Doch Hailey ist noch so klein. Ich werde sicher nicht derjenige sein, der ihr klarmacht, dass es nur ein kurzer heller Moment war.

»Okay«, stimmt Hailey zu und klettert erneut auf das Bett zu Claire. »Bye Mummy, morgen kommen North und ich wieder, damit du wieder jemanden zum Reden hast.« Sie umarmt ihre Mutter und gibt ihr einen Kuss auf die Wange. »Und natürlich wird auch Dad hier sein, heute muss er nämlich arbeiten.«

»Hailey, morgen kann …« Plötzlich spüre ich Souths Hand auf meiner Schulter und ihr Blick sagt mehr als tausend Worte. »… ich natürlich auch kommen«, beende ich schließlich den Satz.

»Siehst du, North kommt morgen wieder und du kannst dich jetzt schon darauf freuen.« Sie gibt ihr einen Kuss auf den Mund. Dann springt sie vom Bett. »Wenn du magst, darfst du auch mitkommen. Ich denke, Mummy findet dich sympathisch.« Hailey blickt zu South auf.

»Ich muss heute Abend noch arbeiten, aber ein anderes Mal sehr gern.«

. . .

In wenigen Minuten wird Henry auf der Matte stehen. South hat sich vor einer halben Stunde verabschiedet. Mir gefällt es nicht, dass sie nur durch mein Handeln gezwungen ist, in dieser Bar zu arbeiten.

Seit South weg ist, sitze ich mit Hailey auf dem Boden ihres Kinderzimmers und spiele mit ihr mit den Puppen. Plötzlich vernehme ich das Öffnen des Türschlosses. Hailey springt auf und rennt hinaus. Ich folge ihr etwas langsamer. Mit einer innigen Umarmung begrüßt sie ihren Dad.

»Mummy hat heute ihre Augen bewegt!«

»Was? Und da habt ihr mich gar nicht angerufen?« Henry blickt zu mir.

Beschämt weiche ich seinem Blick aus. »Sie müssen erst ein paar Untersuchungen machen, es könnte auch …«

»Sie wird aufwachen, ich weiß es genau!« Sie unterbricht mich, weil sie sich so sehr darauf freut. Ich hingegen fühle mich schlecht, denn was passiert, wenn sie doch nicht aufwacht?

»Ich werde jetzt besser gehen«, sage ich mit brüchiger Stimme und gehe auf die Eingangstür zu.

»Morgen kommst du aber wieder mit zu ihr.«

Ich streichle über Haileys Haar. »Mal sehen.«

»Du hast es versprochen.«

»Ja, ich komme mit.« Obwohl mein Innerstes nur danach schreit, nicht mehr hinzugehen, willige ich ein. Der kleine Sonnenschein hat es nicht verdient, von einem Vollidioten wie mir abserviert zu werden. Ich stehe in ihrer Schuld. Allein deshalb werde ich hingehen.

»Hailey, gehst du bitte kurz in dein Zimmer spielen? Ich müsste mit deinem Onkel allein sprechen.«

»Na gut, aber nur kurz.« Sie huscht in ihr Kinderzimmer.

»Was war heute? War sie wirklich wach?« Henrys Stimme vibriert.

»South und Hailey haben gesehen, dass sie ihre Augen bewegt hat, ich kann das nicht bestätigen, aber ich vertraue beiden.« Zwar sind berechtigte Zweifel vorhanden, aber ich sehe, dass Henrys Miene sich erhellt.

»North, du hast ein Wunder vollbracht.«

»Henry, das kann reiner Zufall gewesen sein.«

Er schüttelt energisch den Kopf. »Nein, das war Schicksal und ich bin überzeugt, dass du in ihr etwas auslöst. Ich bin mir zu hundert Prozent sicher, dass du es schaffen kannst, sie in unsere Welt zurückzubringen.«

»Henry.« Meine Augen werden glasig. »Ich habe nichts getan und es ist noch kein Beweis für eine besondere Hirnaktivität vorhanden.«

»Ich habe dich noch nie um etwas gebeten, aber diesmal flehe ich dich sogar an. Bitte, geh sie öfters besuchen. Sie braucht dich, das spüre ich ganz genau.« Henry legt beide Arme auf meine Schulter und die Last seiner Hände ist nichts gegen die Schwere, die nun auf meinen Schultern ruht, weil er alle Hoffnung in mich setzt. Was, wenn ich sie wieder enttäusche? Was, wenn ich nicht der Mensch bin, der sie ins Leben zurückholen kann? Wird Henry mich dann für immer hassen? Unzählige Gedanken kreisen in meinem Kopf herum, dennoch stimme ich zu. Ich willige ein, von nun an jeden Tag bei ihr vorbeizuschauen. Wenn es ihr in irgendeiner Form hilft, werde ich es tun. Ich habe mich lange genug hinter Angst und Schuldgefühlen versteckt. Nun ist es an der Zeit, für meine Taten geradezustehen. Auch wenn dies nur ein Teil meiner Schandtaten ist, denn die Liste von Scheißaktionen ist lang, weil ich früher eben ein Arsch war. Egoistisch, selbstsüchtig und nur auf meinen Vorteil bedacht. Aber vielleicht bekomme ich eine zweite Chance.

NORTH

»Ich habe eine Entscheidung über unser neues Projekt gefällt. Wir werden dieses Haus nur sanieren.«

»Bist du wahnsinnig?«, kontert Richard und rückt seine Brille zurecht. »Das geht nicht. Die Investoren haben bereits Unmengen an Geld vorgestreckt und sie erwarten genau den Plan, den wir ihnen vorgelegt haben.«

»Diese Leute wollen nicht umziehen und ich will auch niemanden vertreiben, der unglücklich mit der neuen Situation ist.«

»North, bitte überleg dir das noch mal. Ich werde die Menschen dazu bringen, dass sie freiwillig ausziehen. Aber wenn du deinen Plan durchziehst, riskierst du dein Unternehmen. Diese finanzielle Belastung wirst du nicht ausgleichen können. Außerdem haben sie später die Wahl, zurückzukehren.« Richard erhebt sich von seinem Stuhl und stützt seine Hände auf meinem Schreibtisch ab. »Es handelt sich nicht um ein kleines Minus von ein paar Tausend Pfund, hier geht es um Millionen. Dieses Projekt wird so viel Gewinn abwerfen, dann kannst du deine Wohltätigkeit woanders einsetzen.«

»Meine Entscheidung steht fest. Ich will einen neuen Plan vom Architekten.« Meine Muskeln spannen sich an, denn mir gefällt es nicht, wie Richard mit mir spricht. Er ist mein Angestellter, nicht mehr und nicht weniger.

»Diese Kleine ist dafür verantwortlich, oder? Sie hat dir den Kopf verdreht. Ich habe euch letztens in deinem Klub gesehen. Lass dich von ihr nicht einlullen, sie ist nur auf ihren eigenen Vorteil aus.«

Nun erhebe ich mich und stütze beide Hände auf meinem Schreibtisch ab, zugleich blicke ich ihn bedrohlich an. »Ich habe dir schon gesagt, wofür ich mich entschieden habe, und dafür ist nicht irgendeine Frau verantwortlich. Das Gebäude wird nicht abgerissen.« Meine Stimme ist hart und lässt keine Zweifel zu, mir weiter zu widersprechen.

Richard schnaubt, hält aber meinem Blick stand. »Gib mir drei Wochen und ich werde dir beweisen, dass sie gern dort ausziehen wollen. Wenn nicht, dann kannst du deinen Plan durchziehen. Ich werde dir ebenso demonstrieren, dass South nur auf ihren eigenen Vorteil bedacht ist, so wie alle anderen Frauen es bei dir waren.«

Ich schnaube. »Das, was du von dir gibst, ist völliger

Schwachsinn und das weißt du, aber bitte. Drei Wochen und keinen Tag länger.« Natürlich gebe ich Richard nur ungern diese Frist, dennoch muss ich mir eingestehen, dass diese Planänderung mir wirklich finanzielle Schwierigkeiten bereiten kann. Und ich habe nicht nur gegenüber South und ihren Nachbarn eine Verantwortung, sondern auch gegenüber meinen Mitarbeitern und den vielen hilfsbedürftigen Obdachlosen.

Jeden Tag komme ich nun zu Claire, aber es sieht nicht danach aus, als würde sie erneut ihre Augen bewegen oder sonst irgendeine Reaktion von sich geben. Henry hat mir erzählt, dass die Ärzte keine nachweisbaren Ergebnisse gefunden haben, die auf eine zusätzliche Hirnaktivität hinweisen würden.

Wie jedes Mal sitze ich auf meinem Stuhl, halte ihre Hand und versuche, ihr etwas von meinem Alltag zu erzählen. So wie heute. »Weißt du eigentlich, dass ich dir für damals nie gedankt habe? Ohne dich hätte ich wohl niemals auf den richtigen Weg gefunden. Wenn du nicht gewesen wärst, wäre ich wahrscheinlich früher oder später im Knast gelandet. Manchmal frage ich mich, was aus Chris geworden ist. Wir haben nach diesem einen Vorfall nie wieder über Chris gesprochen.« Ich seufze und mein Daumen kreist über ihren Handrücken. »Ich habe sogar überlegt, nach ihr zu suchen, um unseren Konflikt für alle mal aus der Welt zu schaffen. Was meinst du?« Ich hebe den Blick und Claire starrt wie gewohnt ins Leere. Als hätte sie an der Wand einen

Punkt fixiert, um das Gleichgewicht nicht zu verlieren. »Claire, bitte gib mir irgendeinen Hinweis, dass es die richtige Entscheidung ist, wenn ich sie suche. Zeig mir, dass du in irgendeiner Weise noch da bist. Bitte Claire.« Ich küsse ihren Handrücken, dabei fixiere ich ihre Augen, in der Hoffnung eine Reaktion zu bemerken.

»Mir fällt gerade auf, dass ich mich bei dir nie aufrichtig entschuldigt habe. Es tut mir leid, dass ich dich an diesem Abend dazu überredet habe, mit uns noch einen Joint zu rauchen und weiterhin zu Hause zu feiern. Wäre ich nicht so ein Sturkopf gewesen, wärst du wahrscheinlich heute nicht in dieser Situation. Ja, ich weiß mittlerweile, dass ich das Geschehene nicht rückgängig machen kann, aber wie oft habe ich davon geträumt, die Zeit zurückdrehen zu können.« Ich seufze.

Jeden Tag fragt mich Henry, ob ich etwas mitbekomme, aber nichts. Ich weiß nicht, was ich noch tun muss, um sie ins Leben zurückzubringen. Und plötzlich schießt mir ein Gedanke in den Kopf.

»Claire, ich komme gleich wieder.« Ich husche in den Flur und suche eine Schwester. Als ich auf eine ältere Frau treffe, renne ich auf sie zu. »Ms, ich brauche Ihre Hilfe.«

Sie runzelt die Stirn. »Ist etwas mit Claire?«

»Nein, aber ich will ihr wieder das Gefühl vermitteln, sich lebendig zu fühlen, auch wenn sie in ihrem Körper gefangen ist.«

Die Krankenschwester macht einen tiefen Atemzug. »Okay, es kommt darauf an, was Sie vorhaben.«

. . .

Nervosität ist mein Begleiter, während ich das Zimmer von Claire in einen Partyraum umgestalte. Ich musste der Schwester versprechen, dass wir die Musiklautstärke im Rahmen halten.

»North? Was tust du da?« Henry betritt mit seiner Tochter das Zimmer und blickt sich um. Unzählige bunte Luftballons hängen an der Decke, die ich zuvor mit Gas befüllt habe.

»Claire liebte Partys und wir werden heute mit ihr eine feiern.«

»Party, Party!«, jubelt Hailey euphorisch.

»Du bist ja verrückt, aber es gefällt mir. Was kann ich noch tun?«

»Ich habe ein paar unserer alten Freunde angerufen und du könntest sie ins Zimmer lotsen.«

»Du hast was? Wir werden Schwierigkeiten mit den Schwestern und Ärzten bekommen, das ist dir doch klar?« Henry stützt seine Hände auf Claires Bett ab und beäugt mich misstrauisch.

»Vertrau mir, ich habe sie mit ein bisschen Geld für die Station bestochen.«

Henry schüttelt den Kopf und grinst. »Du bist einfach der beste Freund, den man sich wünschen kann.« Er kommt auf mich zu und umarmt mich.

»Dank mir erst, wenn wir sie wieder aus ihrem Schlaf erwecken können.«

»Egal, was passiert, du schaffst dadurch etwas Positives.« Er klopft mir auf den Rücken, ehe er sich von mir löst. Die ersten Freunde kommen und langsam füllt sich der Raum. Als dann South das Zimmer betritt, macht mein Herz einige Luftsprünge und ich gehe auf sie zu. »So schön, dass du gekommen bist«, sage ich, ziehe sie in meine Arme und küsse sie. Die anderen sollen sehen, dass South zu mir gehört. Sie hat mein Herz erobert und ist nun auch ein Teil meiner Familie, die ich viel zu lange von mir gestoßen habe.

»Aber hallo, das sind ja mal Neuigkeiten!«, ertönt Sues Stimme und ich löse mich nur ungern von South, die mehrmals blinzelt. Definitiv hat sie nicht damit gerechnet, aber ich will ihr zeigen, wie viel sie mir bedeutet.

»Hast du an die Getränke gedacht?«

Sue hält eine Box hoch, die mit Plastikbechern, Bier, Cola und Wein gefüllt ist. Ja, es wird hier im Pflegeheim nicht gern gesehen, aber die Mitarbeiter werden ihre Augen für ein paar Stunden woanders hinrichten.

»Alter, die Liebe tut dir gut«, sagt mein Kumpel Frank und klopft mir auf die Schulter.

Als der Raum ziemlich gefüllt ist und jeder Claire begrüßt hat, lasse ich Claires Lieblingsplaylist abspielen. Als der Song »See you again« erklingt, der das Symbol unserer kleinen Familie spiegelt, beginnen alle zu singen. Denn wir haben Claire zwar nicht komplett verloren, doch da sie nicht reden kann, ist es fast so. Dieses Lied lässt alte Wunden aufreißen und jeder von uns hat Tränen in den Augen, trotzdem singt sich jeder die Seele aus dem Leib. Ebenso ich. Das Zimmer wird getränkt mit Trauer, aber genauso mit Liebe. So skurril das klingen mag, doch alle meine alten Freunde und Claire zusammen in einen Raum zu haben, lässt mein

Herz aufblühen. Auch wenn der Song traurig ist, habe ich Hoffnung, spüre sie tief in meinem Herzen. Denn alle stehen im Halbkreis um Claires Bett. Henry hält die Hand seiner Frau und singt lautstark mit. Hailey sitzt neben ihrer Mutter. Plötzlich schreit sie auf.

»Mummy! Mummy! Du bist wieder da!«

Sofort wird die Musik abgedreht und alle Blicke sind auf Claire gerichtet. Ihre Augen sind etwas glasig, während sie kaum merklich ihre Iriden von rechts nach links bewegt. So als würde sie langsam wahrnehmen, wer alles hier ist.

»Ich hole schnell einen Arzt«, sagt South und eilt aus dem Zimmer. Ich hingegen gehe auf meine Freundin zu.

»Hallo, Claire«, sage ich und lege meine Hand auf ihre.

Im Raum ist es komplett still, nur das leise Schnaufen unseres aufgeregten Atems ist zu hören. Sie antwortet nicht und bewegt auch nur langsam ihre Augen von rechts nach links.

»Könnten Sie bitte das Zimmer verlassen?« Eine männliche Stimme erklingt und wie auf Kommando drängen sich unsere Freunde nach draußen. Auch ich folge ihnen. Im Flur herrscht ein wildes Stimmengewirr. Und plötzlich brechen bei mir alle Dämme und ich beginne zu weinen. Claire wird wieder zurückfinden, davon bin ich überzeugt. Weil ich mich sammeln will, gehe ich ein Stück abseits der Menschentraube. Ich lehne mich an die Wand und habe den Blick zum Ausgang gerichtet. Hoffentlich wird es nicht nur wieder ein kurzer heller Moment sein.

»Du hast ein Wunder vollbracht«, erklingt Souths Stimme hinter mir und ich drehe mich langsam zu ihr um.

»Mal sehen. Es war wie ein innerer Ruf. Sie liebte es, zu feiern. Eigentlich ist es ja dein Verdienst. Nur durch dich bin ich zu ihr gekommen. Nur durch dich habe ich wieder ein Licht in dieser Dunkelheit gesehen.« Ich ziehe sie näher an mich ran und lege meine Hand an ihre Wange. »Ich …« Ich zögere, obwohl mich die Gefühle gerade überwältigen. Wildes Bauchkribbeln gepaart mit Herzrasen. »Ich liebe dich, South Westwood.« Als die Worte meinen Mund verlassen, muss ich schwer schlucken. Diese drei Worte habe ich bisher zu keiner Frau gesagt. Noch nie in meinem Leben war mir ein Mensch so wichtig.

»North.« Ihre Augen sind geweitet und ich bin mir nicht sicher, ob ich sie damit überrascht oder überrumpelt habe.

Ich lege meinen Zeigefinger an ihre Lippen. »Du musst jetzt nicht antworten, wenn du das nicht fühlst. Ich tue es.«

Sie blickt kurz zu den anderen, ehe sie zu mir aufschaut. »Ich bin mir nicht sicher, ob das wirklich Liebe ist, was du jetzt empfindest. Du hast viele Jahre ein Schuldgefühl mit dir rumgeschleppt und nun lösen sich diese Probleme langsam auf. Dass du gerade ein immenses Glück verspürst, ist nachvollziehbar, aber …« Schnell verschließe ich ihre Lippen, weil ich den Schwachsinn, den sie von sich gibt, nicht hören möchte. Denn ich weiß genau, was mein Herz fühlt. Ich spüre es, wenn sie den Raum betritt. Den Tornado in meinem Bauch, weil sie mich auf eine gewisse Art nervös macht, wenn sie mir tief in die Augen blickt. Das Herzrasen, sobald sie meine Haut berührt. Oder so wie in diesem Moment, wenn wir uns küssen, erzeugt sie in mir einen Schwall an Glücksgefühlen. Ich möchte sie sofort an jeder erdenklichen Stelle berühren. Weil ich mit ihr allein sein will, schiebe ich sie zurück. Vor ein paar Tagen habe ich einen Raum entdeckt, der Blumenvasen, Putzmittel und vieles mehr beinhaltet. Manche würden es Abstellkammer nennen, für mich ist es jetzt ein Ort, an dem ich South für mich allein haben möchte. Auch wenn sie die magischen Worte nicht über ihre Lippen gebracht hat, weiß ich, dass sie mich genauso liebt. Ich kann es in ihrem leisen Keuchen hören, als ich sie in den winzigen Raum ziehe und hinter uns die Tür verschließe. Ein schmaler Lichtstrahl dringt durch ein kleines Fenster ein.

Ich presse sie gegen ein Regal und die Vasen klirren aufgrund der Erschütterung. »North, es könnte jemand reinkommen.« Sie kichert.

»Einen Moment, nicht bewegen.« Ich nehme einen Besen und klemme den Stiel so ein, dass man die Tür nicht so leicht aufbekommt.

»Hier?« Sie grinst und ihr Brustkorb hebt und senkt sich schnell. Wie ich es liebe, Lust in ihren Augen aufflackern zu sehen.

»Was spricht dagegen?« Ich sauge an ihrem Hals und ein leises Stöhnen entschlüpft ihr. Meine Finger krallen sich in ihren Po und ein gedämpftes Quieken entweicht ihr, während sie ihre Mitte an meinem harten Schwanz reibt.

»Alles und nichts.« Schnell knöpft sie mein Hemd auf. Ihre zarten Finger streicheln über meine nackte Brust und ich presse erneut meine Lippen hart auf ihre. Abermals klirren die Vasen. Meine Hand wandert an ihrem Innenschenkel hoch, sodass sich ihr Rock anhebt. Als ich ihr feuchtes Höschen erreiche, kann ich ein leises Knurren nicht länger unterdrücken.

»Hast du Kondome?«, krächzt sie, als ich über den feinen Stoff ihres nassen Slips reibe. Ihr Kopf fällt in den Nacken und sie bietet mir dadurch noch mehr Zugang zu ihrem wundervollen Hals.

Meine Mundwinkel zucken nach oben. »Was denkst du?« Meine Stimme ist so tief wie meine Sehnsucht nach ihr. Ich ziehe ein Kondom aus meiner Hosentasche und winke damit vor ihrem Gesicht. Ein zufriedenes Lächeln gleitet über ihre Lippen.

Mit schnellen Handgriffen öffnet sie meine Hose und schiebt sie hinunter zu meinen Knöcheln. Sie blickt zu mir auf und ich beiße mir auf die Lippe, als sie meine Boxershorts hinabzieht. Mein harter Schwanz springt heraus und sie umschließt ihn mit ihren wundervollen Lippen, sodass meine Finger sich in ihrem Haar vergraben.

»O mein Gott«, stöhne ich auf, indessen sie mit ihrer Zunge über meinen Schaft leckt. Genüsslich lutscht und saugt sie abwechselnd daran. Immer mehr Blut pumpt sich in meinen Schwanz, während sie die Geschwindigkeit erhöht. Verdammt, fühlt sich das gut an. Ich könnte sie stundenlang in den Mund ficken, doch die anderen draußen werden sich bestimmt schon fragen, wo wir sind. Meine Hände fassen unter Souths Arme und ich ziehe sie zu mir rauf. Während ich sie stürmisch küsse, streife ich mir das Kondom über. Ich will und kann nicht länger darauf warten, endlich tief und hart in sie zu stoßen. Erneut presse ich sie gegen das Wandregal und abermals klirren die Vasen. Ich hebe sie hoch und lasse sie langsam auf meinen Schwanz gleiten. Das Gefühl ihrer Wärme und Enge treibt mich fast in den Wahnsinn. In ihr zu sein ist berauschend. Meine Hände verharren an ihrem Po und ich stoße fester in sie. Unsere Laute vermischen sich mit dem Vibrieren des Regals. Vasen fallen um und ein paar zerbrechen. Ich erhöhe mein Tempo, fiebere förmlich meinem Orgasmus entgegen. Wir sollten definitiv leiser sein, damit die anderen draußen nichts mitbekommen, aber wir versinken gemeinsam in Lust und Leidenschaft. Ihr Stöhnen wird lauter und ich werde darin bestärkt, noch tiefer und härter in sie zu stoßen. Souths Mund ist geöffnet und ihre Lider flattern. Sie presst ihre Schenkel fest zusammen. Ihr kehliger Schrei lässt mich auch loslassen und eine Welle der Erlösung bricht über mich herein. Feine Schweißperlen haben sich auf meiner Stirn gebildet, während ich dem wilden Vibrieren in meinem Körper nachspüre. Souths Brustkorb hebt sich ebenso im Eiltempo wie meiner.

»Das war einfach unglaublich«, flüstert sie schwer atmend.

. . .

»Da hat aber jemand gerade Spaß gehabt«, kommentiert Henry, als wir auf die Menschentraube zugehen.

Souths Wangen färben sich rosa und sie zupft ihre Haare etwas zurecht.

»Halt deine Klappe.« Ich grinse, zugleich stoße ich ihm in den Arm. »Erzähl mir lieber, was die Ärzte sagen.«

»Sie müssen noch einige Untersuchungen machen, was bestimmt eine gewisse Zeit in Anspruch nehmen wird. Also wenn ihr euer Liebesglück genießen wollt, könnt ihr natürlich gehen. Ich verständige euch, sobald es Neuigkeiten gibt.«

Wir verabschieden uns von Henry und den anderen und gehen nach draußen. Die Sonne wärmt meine Haut und ich drücke Souths Hand, ehe ich sie herumwirbele und sie in meinen Armen landet. »Du bist so wunderschön.« Ich streiche ihr eine Haarsträhne aus dem Gesicht und küsse sie.

SOUTH

»Hallo, Mum!«, rufe ich in die stille Wohnung. Den ganzen Tag habe ich mit North verbracht. Er hat im Büro noch ein paar Dinge zu erledigen, deshalb bin ich in mein Zuhause zurückgekehrt. Zwischen uns hat sich nach dem heutigen Tag alles verändert. Er hat dieses besondere Strahlen im Gesicht und aus dem kühlen, distanzierten North ist ein warmherziger und offener Mann geworden. Ich kann mein Glück kaum fassen, noch dazu, da North mir so eine wundervolle Liebeserklärung gemacht hat. Seine Worte klangen ehrlich und trotzdem habe ich gezögert, ihm dasselbe zu antworten. Es lag wohl auch daran, weil ich nicht glauben konnte, dass der Mann, den ich unglaublich anziehend finde, für mich wahre Gefühle hegt. Dabei sollte ich nicht zweifeln, denn so wie die letzten Stunden verlaufen sind, bin ich mir definitiv sicher, dass er mich liebt. Und auch ich habe mich in ihn verliebt.

Emotionen, die man so einfach nicht in Worte fassen kann.

»Endlich bist du da«, sagt meine Mum aufgeregt und kommt aus der Küche gestürmt.

Ich runzle die Stirn. »Ist was passiert?«

»Wir haben Besuch.« Sie deutet mit dem Kopf zur Küche.

»Okay«, antworte ich lang gezogen, weil ich keine Ahnung habe, auf was sie hinaus möchte. Ich betrete die Küche und eine dunkelhaarige Frau sitzt an unserem Tisch. Sie hat weiche Gesichtszüge und dürfte etwa in meinem Alter sein.

»Hallo, ich bin Christine.« Sie erhebt sich und streckt ihre Hand über den Tisch.

»Hi.« Ich schüttle ihre manikürten Finger, aber ich bin mir nicht sicher, was ich von ihr halten soll. Ich kenne diese Frau definitiv nicht.

»Sie kann uns weiterhelfen, wie wir unseren Immobilieninvestor stoppen können.« Mum setzt sich zu der fremden Person, die in mir ein ungutes Bauchgefühl erzeugt. »Sie hat geheime Informationen über ihn, die wir gegen ihn verwenden können.« Mutters Augen leuchten, dabei hat sie keine Ahnung, dass sie gerade von dem Menschen spricht, an den ich mein Herz verloren habe. Für ihn würde ich mittlerweile sogar diese Wohnung aufgeben und woanders einen Neuanfang wagen.

»Aha«, sage ich und setze mich gegenüber von ihr hin. Ich lasse die Frau nicht aus den Augen. Irgendetwas führt sie im Schilde.

»Ich war einmal in der gleichen Situation wie du.« Sie blickt mir fest in die Augen.

»Dir wurde auch die Wohnung gekündigt?«, erwidere ich misstrauisch.

»Ich war verliebt in North.« Augenblicklich wird mir schwindelig. Was genau will diese Person? Ist sie eine eifersüchtige Ex-Geliebte? Bestimmt.

Nun runzelt meine Mutter die Stirn. »Ich dachte, du willst uns gegen den Immobilienhai helfen.« Nun wird mir heiß und kalt zugleich.

»Oh, hat South nicht erwähnt, dass North diese Person ist, die euer Schicksal in der Hand hält?« Sie zieht eine Braue nach oben und nun überkommt mich Wut. Denn sie ist nicht gekommen, um irgendein Geheimnis zu lüften, sie will mein Leben zerstören.

»Ich denke, Sie gehen jetzt besser«, erwidere ich bestimmt.

»Nein, sie bleibt hier und von dir will ich sofort eine Antwort haben. Stimmt das? Du hast mit unserem Gegner eine Affäre?« Mom sieht mich eindringlich an.

»Mum, du hast North selbst kennengelernt, er ist ein guter Mann. Er wird dafür sorgen, dass wir unsere Wohnung behalten können.« Mit meiner Vermutung lehne ich mich weit aus dem Fenster, denn bisher habe ich von ihm keine schriftliche Bestätigung, nur sein Wort.

Ein kehliger Lacher entweicht Christine. »Hat er dir das zwischen euren Küssen versprochen? Dann kannst du gleich deine Koffer packen. Für ihn zählt in erster Linie der Profit und nicht irgendeine Vagina, die ihn ab und an zum Orgasmus bringt.« Ihre vulgäre Aussprache macht mich wahnsinnig, zugleich vergleicht sie sich mit mir? Sie ist das völlige Gegenteil von mir.

»Vor ein paar Jahren bin ich ihm verfallen gewesen und war dumm genug, zu glauben, dass er wahre Gefühle für mich hegt. Ich habe die ganzen Mieter dazu überredet, ohne Krieg auszuziehen, weil er mir versprochen hatte, wir könnten nach ein paar Monaten alle wieder in unsere renovierten Wohnungen zurückkehren. Es war gelogen, denn ein Jahr später, als dieses Haus feierlich an die neuen Mieter übergeben wurde, war kein einziger von uns dabei. Die Mietpreise waren so hoch, dass wir uns das niemals hätten leisten können.«

Augenblicklich wird mein Hals eng, als hätte jemand ein Seil darumgelegt und mit jedem weiteren Wort, das Christine verliert, würde es enger zusammengezogen. Ich bekomme kaum noch Luft, denn genau diesen Vorschlag hat mir North vor einer halben Stunde unterbreitet. Er meinte, wir könnten nach den Umbauarbeiten unsere Wohnung wieder beziehen.

»Aber wie kannst du uns nun helfen?«, wirft meine Mutter ein und ich kann nicht glauben, dass North wirklich so hinterhältig sein soll.

»Ich habe jemanden gefunden, der beweisen kann, welche korrupten Geschäfte er vor ein paar Jahren geführt hat, die ihn zu einem reichen Mann gemacht haben. Er war nicht immer in der Immobilienbranche tätig, sondern einige Jahre vertickte er gestohlene Dinge, wie Computer, Fernseher und vieles mehr. Davon gibt es ein Video. Ich bin mir sicher, wenn du ihm das vor die Nase hältst, wird er wie ein ängstliches Hündchen einen Rückzieher machen. Denn mit diesem Video wäre sein Ruf zerstört. Für eine Anklage wird es zwar nicht reichen, aber ...« Ihre Augen funkeln böse.

»Stopp!« Ich hebe die Hand. »Wie lange hast du das Video schon?«

»Vor ein paar Jahren hat mir ein Mann dieses zukommen lassen.«

»Und warum hast du es nicht gegen ihn verwendet oder bist zur Polizei gegangen?« Ich kann nicht glauben, was gerade aus Christines Mund kommt.

»Hör zu Süße, ich verstehe, dass du ihn nicht so leicht aufgeben kannst. Ich kann auch nachvollziehen, dass dich sein großer Schwanz antörnt, aber sobald er euch alle aus der Wohnung hat, wird er dich sowieso abservieren. Für ihn sind Frauen nur Mittel zum Zweck. Und um auf deine Frage zurückzukommen, zu diesem Zeitpunkt war es schon zu spät, um zu reagieren. Aber als ich vor ein paar Tagen erfahren habe, dass er dieselbe Masche hier abziehen will wie bei mir damals, wusste ich, jetzt ist die Zeit gekommen, dass er seine gerechte Strafe erhält.« Sie fährt sich durch ihr Haar, dabei kommt eine Tätowierung an ihrem Unterarm zum Vorschein. »North forever« steht dort in geschwungener schwarzer Schrift.

Sie bemerkt mein Starren. »Ein Überbleibsel aus einer Zeit, als ich genauso die rosaroten Schmetterlinge gesehen habe wie du. Als ich geblendet war von seinem Äußeren und seinen netten Worten.«

Mein Magen dreht sich und ich will nicht glauben, was mir diese Frau erzählt. Ich kann nicht fassen, das North derselbe sein soll wie damals. Er hat mir erzählt, dass er früher ein Arschloch war, aber ich habe heute gesehen, wie er sich über Claires Fortschritt gefreut hat. Wie er sich bemüht, den Obdachlosen zu helfen. Niemals ist North noch der Gleiche. Aber was ist, wenn ich mich irre? Wäre es möglich, dass er ein perfekter Schauspieler ist, nur um an sein Ziel zu gelangen? Glaube ich ihr, einer Person, die mir völlig fremd ist, aber doch Dinge weiß, die nicht jeder von North kennt? Oder vertraue ich ihm, dem Mann, an den ich mein Herz verloren habe, den ich aber von einer Seite kennengelernt habe, die niemals gespielt sein kann?

»Du hast also Beweise, die wir gegen ihn verwenden können? Das ist doch großartig South, oder?« Mutters Worte lassen mein Herz in tausend Einzelteile zerbrechen. Sie spricht über ihn, als wäre er nur einer von vielen. Aber er ist der Mensch, mit dem ich mir hätte vorstellen können, gemeinsam alt zu werden.

Ich erhebe mich und fahre mir mehrmals durch mein Haar. »Ja, das ist großartig«, sage ich geistesabwesend, weil in meinem Kopf ein wildes Chaos herrscht. Ich weiß nicht, was ich glauben oder denken soll. Was ist die richtige Entscheidung?

»Nun ist Schluss damit, dass er dich als Spielball benutzt hat. Wir werden ihm zeigen, dass er sich mit uns nicht anlegen darf.« Mums Stimme ist voller Kampfeslust, dabei verspüre ich nur Gefühle wie Enttäuschung, Traurigkeit und Schmerz. Tränen brennen in meinen

Augen, aber ich unterdrücke sie mit aller Kraft, die ich aufbringen kann.

»Lass uns deine Telefonnummer da, wir melden uns bei dir«, sage ich mit brüchiger Stimme.

Sie reicht mir ihre Visitenkarte. »Warte nicht zu lange. Denn wenn er dir noch kein Angebot unterbreitet hat, wird er es sicher bald tun. Zeit ist für ihn Geld, das er mit jeder ungelösten Aufgabe verbindet.« Sie verlässt unsere Wohnung und als ich das Einschnappen der Tür vernehme, entweicht mir ein tiefer Seufzer. Ich stütze meine Hände an der Küchenzeile ab und starre auf den schmutzigen Teller vor mir. Ein paar Krümel Brot liegen noch darauf und ein roter Fleck einer Tomate. Ein unsinniges Überbleibsel, dennoch starre ich hin, weil ich meine Gedanken sortieren muss.

»Wieso hast du nicht erwähnt, wer North ist?« Mum legt ihre Hand auf meine Schulter.

»Er ist auch mein Boss. Verstehst du? Ich bin beruflich wie privat an ihn gebunden.« Meine Augen brennen nun so stark, dass ich die Tränen nicht länger unterdrücken kann. Ich stehe in einer Sackgasse, aus der kein Weg rausführt.

»Er ist dein Boss?« Ihre Stimme hat eine besondere Höhe erreicht, die mit Vorwurf unterlegt ist, dafür brauche ich sie nicht einmal anzuschauen.

»Ja und ich habe mich in ihn verliebt. Er ist nicht der Mann, von dem Christine erzählt hat. Er ist ein liebevoller, fürsorglicher Mensch, der Obdachlosen jeden Tag etwas zu essen bringt.« Ich will nicht wahrhaben, dass

North so hinterhältig sein soll. Es darf einfach nicht so sein.

»Kann es sein, dass du der Wahrheit nicht ins Gesicht blicken willst? Es ist immer schlimm, zu erfahren, wenn ein geliebter Mensch das Vertrauen missbraucht.« Mitgefühl schwingt in Mums Stimme mit.

»Mum, ich habe mein Herz an ihn verloren und seine Worte klangen so aufrichtig und ehrlich.« Tränen rinnen über meine Wangen.

Sie schließt mich in ihre Arme. »Dann sprich noch mal mit ihm. Vielleicht ist alles ein Missverständnis und Christine hat gelogen, aber was ist Plan B? Du solltest ihr Angebot unbedingt in Erwägung ziehen. Zumindest hast du dann ein Druckmittel.«

Obwohl es mir nicht gefällt, North mit einem Video zu erpressen, wird mir wohl nichts anderes übrig bleiben, als es zumindest als Notfallplan in Betracht zu ziehen. Denn bisher deckt sich alles, was Christine vorhin erzählt hat, mit meinen Erfahrungen. Auch mir hat er heute vorgeschlagen, dass wir vorübergehend in eine andere Wohnung ziehen. Sie ist bei Weitem nicht so hübsch und auch nicht in dieser Lage, doch als Überbrückung durchaus okay. Aber wenn es wirklich nur ein Trick ist, uns raus zu bekommen, stehen wir vor dem Nichts. Denn dann gibt es keine Rückkehrmöglichkeit.

»Wie geht es dir überhaupt mit dem Husten?« Ich will das Thema wechseln, denn egal wie ich es drehe oder wende, mein Vertrauen ihm gegenüber ist nicht mehr dasselbe wie vor wenigen Minuten, bevor ich die Wohnung betreten habe.

»Es geht mir viel besser und heute habe ich auch ein paar Bewerbungen geschrieben. Ich bin wieder bereit für den Arbeitsmarkt.« Mums Augen leuchten und ich würde gern dieselbe Zuversicht North betreffend in mir tragen. Mum wird einen Job finden, davon bin ich überzeugt. Zumindest eine Sorge weniger. Denn mit ihrem Einkommen dazu stehen wir finanziell bald wieder auf der Sonnenseite unseres Lebens.

Weil ich nicht unvorbereitet in das Gespräch mit North gehen möchte, bin ich seit über einer Stunde im Archiv und durchforste die letzten Immobilieneinkäufe. Die vergangenen Jahre liefen sie alle nach dem gleichen System ab. Sie haben Immobilien gekauft, die in einem schlechten Zustand waren. Die Mieter wurden nach unzähligen Verhandlungen aus den Wohnungen vertrieben und schlussendlich wurde das Gebäude um ein Vielfaches teurer verkauft. Und auch die Mieten erhöht. Nichts davon lässt North in einem besonderen Licht erscheinen. Ich finde ein paar Namen, die ich mir notiere, ehe ich die Akten zurück in die Kartons stecke. Als die Tür aufspringt, schrecke ich hoch.

»Darf ich fragen, was du hier suchst?« Richard sieht mich eindringlich an.

Mit geradem Rücken schreite ich auf ihn zu, recke sogar etwas mein Kinn, um selbstbewusst zu wirken. »Ich musste nur ein paar Unterlagen zurückbringen.«

»Das kann doch Sue für dich erledigen.« Er rückt seine Brille zurecht.

»Sie hat genug um die Ohren und ich war gerade auf dem Weg zum Mittagessen. Weißt du schon, was es heute Leckeres gibt?« Small Talk ist die beste Ablenkung. Richard springt zu meinem Glück auf den Zug auf und beginnt gleich, ausgiebig zu quasseln. Ich klinke mich aus, denn meine Gedanken hängen bei den Namen fest, die ich mir vorhin noch schnell notiert habe. Ich muss herausfinden, ob sie damit einverstanden waren, ihre Wohnungen zu räumen. Was, wenn er wirklich eine lukrative Masche aufgezogen hat? Zweifle ich gerade an Norths Ehrlichkeit? Definitiv ja, aber ich werde von ihm nicht die Wahrheit erfahren, auch wenn ich ihn damit konfrontiere. Denn wer lässt sich bei seinem Plan gern in die Karten schauen? Niemand. Noch weniger wird er zugeben, dass er unzählige Menschen über den Tisch gezogen hat.

Den ganzen Tag bin ich North aus dem Weg gegangen, so gut es ging. Beim Mittagessen hat er mir gegenübergesessen und hat versucht, ein Gespräch mit mir zu führen. Auf der einen Seite fühle ich mich schlecht, auf der anderen Seite will ich herausfinden, ob Christine recht mit ihren Anschuldigungen hat.

»Wie ist es gelaufen?« Meine Mutter sitzt mir gegenüber und hält mit beiden Händen ihre Kaffeetasse.

»Ich habe noch nicht mit North gesprochen. Hingegen war ich bei ein paar alten Mietern.« Meine Stimme bricht, denn all das, was sie erzählt haben, deckt sich mit Christines Aussagen.

»Und?«

»Alles spricht gegen North.«

Meine Mum legt ihre Hand auf meine. »Das tut mir leid für dich. Wie wirst du jetzt vorgehen?«

»Ich habe keine Ahnung.« Mein Herz zieht sich krampfhaft zusammen, denn ich muss mir eingestehen, dass die Zukunft, die ich mir mit North ausgemalt habe, nie stattfinden wird.

»Übrigens war heute Mr Castell in unserem Wohnhaus und hat jedem einzelnen Mieter die wahrlich verlockende Idee unterbreitet, dass wir nur vorübergehend ausziehen und später in unsere renovierten Wohnungen einziehen können.«

»Richard war hier? Was habt ihr ihm geantwortet?«

»Dass wir uns das in Ruhe anschauen. Ich habe zum Glück heute Morgen alle eingeweiht, dass sie nichts unterschreiben sollen, bevor wir nicht mehr von Norths Plan wissen. Aber mittlerweile denke ich, du solltest Christine anrufen und sie um das Video bitten. Es führt kein Weg daran vorbei.«

Mein Magen dreht sich bei dem Gedanken, North mit diesem Video zu erpressen. Immerhin liebe ich ihn noch immer. Leider kann ich die dummen Gefühle nicht auf Knopfdruck abstellen, nur weil sich herausgestellt hat, dass North ein hinterlistiger Herzensbrecher ist. Seine Masche ist grandios, denn er vermeidet dadurch Prozesse vor Gericht und jegliche Diskussionen mit den Mietern.

»Übrigens ist das der Vertrag, den wir bis Ende der Woche unterschreiben sollen.« Mum legt mir ein zehnseitiges Dokument vor. Ich lese die Details und wenn man mit den bürokratischen Formulierungen nichts anfangen kann, wird man im ersten Moment denken: Wow, was für ein lukratives Angebot. Doch es ist ein klitzekleines Detail dabei, das jegliche Ansprüche auf dieselbe Wohnung mit dem gleichen Mietzins zunichtemacht. Denn dort steht »zu dem marktüblichen Mietzins«, was so viel bedeutet, dass die Wohnungen durch aufwendige Sanierungen natürlich auch mehr kosten dürfen.

»Ich rufe Christine gleich an«, sage ich und gebe gleichzeitig ein Seufzen von mir. Ich habe wirklich gehofft, mich zu täuschen, aber North ist genau das, was Christine mir erzählt hat. Er hatte niemals vor, dass wir in dieses Wohnhaus zurückkehren.

NORTH

»Hast du einen Moment für mich?« South steht viel zu weit von mir entfernt, weshalb ich von meinem Stuhl aufstehe und auf sie zugehe.

»Für dich immer.« Ich öffne meine Arme, doch sie macht einen Schritt zurück.

Sie räuspert sich und stellt sich vor mein Bücherregal.

»Was ist los?« Ich verringere den Abstand zwischen uns.

»Du dachtest wohl, ich komme nicht hinter deine üble Masche, oder?« Sie sieht mich mit einem ernsten Blick an, den ich bei ihr noch nie gesehen habe.

»Wovon redest du?«

»Wie viele Frauen hast du so um ihr Zuhause gebracht?« Ihr Kiefer ist angespannt und ich kann nicht leugnen, dass mich gerade ein ungutes Gefühl übermannt.

»Wie bitte? Ich habe niemandem sein Zuhause weggenommen.« Ich schüttle den Kopf und kann nicht nachvollziehen, um was es sich gerade handelt.

Ihr entweicht ein gespielter Lacher. »Vielleicht ruft dieses Video alte Erinnerungen in dir wach?« Sie reicht mir ihr Handy und augenblicklich, wird mir schlecht. Dieses Video ist der Beweis, wie ich früher mit Drogen dealte und ebenso mit gestohlenen elektronischen Geräten, wie Computer, Fernseher und vielem mehr. Man kann mich genau darauf erkennen, als ich die Dinge an Giovanni überreiche. Dieses Leben habe ich lange hinter mir gelassen. Richard hatte mich gewarnt, dass South mich ausspioniert. Ich wollte es nicht wahrhaben, aber vielleicht ist alles nur ein Missverständnis?

»Was willst du?«, entgegne ich hart, obwohl ich nicht glauben kann, dass sie genauso sein soll wie damals Chris. Ich habe dieser Frau ebenso vertraut, bis sie mich um zigtausende Pfund gebracht hat und nur, weil ich vor Jahren einen Fehler begangen habe. Dabei will ich den Menschen da draußen helfen und Chris wollte abkassieren. Dieses Video ist eindeutig von ihr. Doch was mich viel mehr schmerzt, ist, dass South mit denselben Mitteln arbeitet wie Chris. Niemals hätte ich damit gerechnet.

Ich habe in meiner Vergangenheit viele Fehler begangen und eines der größten war dieser Teil meines Lebens. Ich kann meine Taten von früher nicht rückgängig machen, das weiß ich. Aber wenn dieses Video an die Öffentlichkeit gelangt, ist meine Karriere ruiniert. Denn kein Politiker oder Investor will mit einem

Drogendealer oder Kriminellen Geschäfte machen, geschweige denn gesehen werden. Auch wenn es damals für mein Überleben notwendig war, würde das heute wohl niemand verstehen.

»Ich will, dass du unsere Verträge änderst. Ich möchte, dass wir mit garantiertem Fixpreis die renovierte Wohnung beziehen können, sonst landet dieses Video im Fernsehen und auf allen Social-Media-Kanälen.«

Nun runzle ich die Stirn. »Dafür hältst du mir das Video vor die Nase? Das war sowieso so ausgemacht.«

Wieder entgleitet ihr ein kehliger Lacher. »Ich habe die Verträge gelesen und da ist viel Spielraum für dich drin.«

»Welche Verträge?« Ich weiß nicht, wovon sie spricht, denn ich habe noch keine Verträge zu ihrem Wohnhaus in Auftrag gegeben.

»Jetzt tu nicht so, als wüsstest du von nichts. Richard war gestern bei uns und hat jedem von uns die Verträge unterbreitet. Sie sind identisch mit all den anderen, die du in den letzten Jahre an die alten Mieter rausgegeben hast.« Ihre Stimme wird immer lauter und sie fuchtelt mit den Händen, weil sie sich so aufregt. Ich hingegen verstehe weiterhin nicht, von welchen Verträgen sie spricht. Ich bin mir definitiv sicher, dass ich keine gesetzeswidrigen Vereinbarungen erstellen lasse.

»Ich habe Richard noch keinen Auftrag diesbezüglich gegeben«, sage ich nun ruhiger, weil ich mit ihr nicht streiten möchte. Das alles muss ein großes Missverständnis sein. Was ich aber nicht ausblenden kann, ist, dass sie mich mit dem Video erpressen will.

»Aber er war gestern bei uns und ich habe den Vertrag selbst durchgelesen. Er ist hinterhältig und mit Klauseln verfasst, sodass uns das Gleiche blüht wie den anderen, die du mit dieser üblen Masche aus den Wohnhäusern vertrieben hast.« Sie zieht ein paar Zettel aus ihrer Handtasche.

Augenblicklich wird mir schlecht, denn warum sollte South mich anlügen. »Wir klären das jetzt sofort mit Richard. Das ist bestimmt ein Missverständnis.«

»So wie das auch ein Missverständnis mit Christine war? Sie hat nur durch dich ihr Zuhause verloren! Ich will, dass du mir sofort schriftlich gibst, dass wir zu denselben Konditionen wieder in unsere Wohnung zurück können.«

»Christine? Was hast du mit ihr zu tun?« Mein Herz rast. Diese Frau ist der Inbegriff des Bösen. Sie hat mich unter Druck gesetzt, als ich schon am Boden lag und dachte, ich würde alles verlieren, was mir wichtig war. »Diese Frau ist eine Lügnerin und Betrügerin«, entgegne ich barsch.

»Das bist wohl eher du? Nicht wahr? Immerhin zeigt das dieses Video ganz genau. Zudem deine üblen Tricks, die du anwendest, um die Mieter aus ihren Wohnungen zu bekommen.«

Nun reißt mein Geduldsfaden. »Wir holen jetzt sofort Richard dazu. Er wird dir beweisen, dass ich niemanden über den Tisch gezogen habe.« Ich ziehe mein Handy aus der Hosentasche und wähle seine

Nummer. Nach nur einmal Klingeln hebt er ab. »Komm sofort in mein Büro.« Ich warte nicht auf seine Antwort und lege auf. »Also, wie lange hast du schon diesen Pakt mit Christine?«

Ihre Augen funkeln mich böse an. »Ich habe keinen Pakt mit ihr. Sie war vor ein paar Tagen bei mir und hat erzählt, mit welchen Mitteln du arbeitest.«

Richard betritt mein Büro und South verstummt. »Was gibt es, North? Ich war gerade in einem wichtigen Meeting mit einem neuen Investor.«

»Welche Verträge hast du gestern South und den anderen Mietern unterbreitet?«

Richard steckt seine Hände in die Hosentaschen. »Die, die wir immer haben. Du kennst sie ja.« Er spricht ruhig und blickt abwechselnd von South zu mir.

»Ich hatte dir dazu keinen Auftrag erteilt.«

Richard kommt auf mich zu. »North, du hast gesagt, ich habe drei Wochen. Ich habe das getan, was für dich und das Unternehmen das Beste ist. Die Vereinbarungen sind dieselben, die wir stets an die Mieter aushändigen. Genau so wie du es immer wolltest. Jeder von ihnen hat die Möglichkeit, zurückzukommen. Du solltest dir lieber Gedanken darüber machen, wem du hier vertraust. Denn ich habe South dabei erwischt, wie sie in deinem Archiv geschnüffelt hat. Und nicht nur das, sie hat einige alte Mieter sogar persönlich aufgesucht.«

Weil mir alles zu viel ist, mache ich auf dem Absatz kehrt und stelle mich vor mein Fenster. »Verlasst sofort mein Büro!«, knurre ich.

»North«, erhebt Richard seine Stimme.

»Raus, ich will meine Ruhe!«, unterbreche ich ihn. Ich muss meine Gedanken sortieren. South kann nicht nur auf Geld aus sein, das ist mir klar. Sie wollte nur einen Vorteil für ihre Nachbarn. Als ich das Einschnappen der Tür vernehme, drehe ich mich langsam um. Beide sind weg, dabei hatte ich gehofft, dass South zumindest das Gespräch mit mir sucht.

Ich öffne die Bürotür. »Sue, komm bitte sofort in mein Büro.«

Keine paar Sekunden später steht sie vor meinem Schreibtisch. »Was ist gerade hier drinnen passiert?«

Ich erzähle ihr jedes Detail und ihr klappt der Mund auf. »Kann es sein, dass South nur aus der Not heraus so reagiert hat? Ich kann mir nicht vorstellen, dass sie alles aus Berechnung getan hat. Sie ist nicht Chris.«

Ich will Sues Gesagtem Glauben schenken, denn ich kann mich nicht so sehr in ihr getäuscht haben. Sie kann nicht dieselbe falsche Person sein wie Chris.

»Für mich klingt das eher, als würde Chris wieder abkassieren wollen.«

»Und Richard? Was ist mit ihm? Er ist für die Verträge verantwortlich und ehrlich gesagt ist mir nie etwas Falsches darin aufgefallen.«

»Na ja, seltsam war es schon immer, dass von den alten Mietern nie jemand zurückkehren wollte, oder?«

Ich zucke mit den Schultern. »Nein, eigentlich nicht. Ich dachte, sie fühlen sich in ihrem neuen Zuhause wohler. Jedenfalls müssen wir die alten Verträge durchgehen. Wir müssen herausfinden, was an den Vorwürfen von South dran ist.«

»Okay, wird sofort erledigt.«

Drei Tage sind seit dem Gespräch mit South vergangen. Drei Tage des Schweigens zwischen uns. Nun stehe ich vor ihrer Wohnung mit Erkenntnissen im Gepäck, die ich niemals erwartet hätte. Manchmal hat das Schicksal eigene Pläne für einen und diesmal war es wirklich ein Wink von oben. Denn all die Jahre, in denen ich dachte, ich würde einen großen Teil zur Verwirklichung der Träume von hilfsbedürftigen Menschen beitragen, habe ich mehr Schaden angerichtet. Ich habe Richard blind vertraut, seine Arbeit nie hinterfragt. Für mich lief alles gut und es gab nie eine Beschwerde. Ich kann die Dinge von damals nicht rückgängig machen, aber ich werde nun eine Veränderung herbeiführen. Auch auf die Gefahr hin, dass ich dadurch mein Unternehmen verliere. Denn die Kosten sind nach den letzten Statistiken so hoch, dass es für mich schwierig werden wird, die Verluste auszugleichen. Aber ich hatte damals eine Vision und ich werde einen Weg finden, auch dieses Problem zu lösen.

Die Tür springt auf und Souths Mutter steht vor mir. »Was tust du hier?« In ihrer Miene ist nichts Freundliches zu erkennen, was ich auch nicht erwartet habe. Alles, was Sue herausgefunden hat, lässt mich in einem schlechten Licht dastehen.

»Kann ich mit South sprechen?« Ich hätte mit ihr

auch in meinem Büro reden können, aber sie hat sich in den letzten Tagen krankgemeldet. Warum sie das getan hat, kann ich nachvollziehen. Ich hätte es wohl nicht anders gemacht.

»Sie ist krank und liegt im Bett.«

»Bitte, ich muss mit ihr reden und sie geht nicht ans Telefon.« Ein paarmal habe ich heute schon versucht, sie zu erreichen, aber erfolglos.

»Ist schon gut Mum, lass ihn rein«, ertönt Souths Stimme und dann wird die Tür weiter aufgeschoben.

Ich betrete die Wohnung und South steht im Türrahmen zur Küche. »Hast du die neuen Verträge mit?« Ihre Stimme ist kühl.

»Das auch.« Ich senke den Blick auf meine Hand, in der ich die Dokumente halte.

»Gut.« Sie und ihre Mutter gehen in die Wohnküche voraus und ich folge ihnen.

Wir setzen uns an den Tisch. »Hier sind die neuen Verträge.« Ich breite sie vor South aus und kurz berühren sich unsere Fingerspitzen.

Sie beginnt zu lesen, dabei lässt mich ihre Mutter nicht aus den Augen. »Ich wusste nicht, dass diese Klauseln im Vertrag enthalten sind«, sage ich nach einer Weile.

»Hör schon auf zu lügen. South kennt bereits die Wahrheit.«

Ich reiße den Kopf herum und blicke in Doris' Gesicht. »Nein, die kennt sie eben nicht. Sie kennt nur die Seite von Chris, einer Frau, die berechnend vorgeht.«

»Das gilt wohl eher für dich«, kontert Doris und verschränkt ihre Finger ineinander.

South hebt den Kopf. »Mit diesem Vertrag sind wir einverstanden«, sagt sie sachlich. »Ich werde das mit den Nachbarn besprechen, aber ich denke, nun steht der Vertragsunterzeichnung nichts mehr im Wege.«

»Kann ich mit dir allein sprechen?« Auch wenn sie mich auf Distanz hält und sich die Chance, eine gemeinsame Zukunft zu haben, in Luft aufgelöst hat, will ich zumindest die Dinge klarstellen.

»Ich denke, es ist alles gesagt.« Sie erhebt sich und verlässt die Küche. Ich folge ihr in den Flur. South hat bereits die Eingangstür geöffnet. »Mach's gut.« Sie blickt mir nicht einmal in die Augen.

»Eine Frage hätte ich da noch«, sage ich und halte vor ihr an.

Sie hebt den Blick. »Ja?«, haucht sie kaum hörbar.

»Hast du jemals ernsthafte Gefühle für mich gehabt? Oder war das alles nur ein Plan, um an dein Ziel zu gelangen?«

Ihre Augen werden glasig. »Nichts davon war gespielt, wenn du das wissen möchtest. Ich war immer aufrichtig, im Gegensatz zu dir.«

Ich verringere den Abstand zwischen uns. »Meine Liebe zu dir war nie vorgetäuscht und auch alles andere nicht.« Mit diesem Schlusswort verlasse ich ihre Wohnung.

SOUTH

Ich weiß, dass kein Weg daran vorbeiführt, bei North zu kündigen. Niemals will ich für ein Unternehmen arbeiten, das mit solchen Mitteln Profit macht. Auch wenn ich vorübergehend in der Bar Doppelschichten übernehmen werde und mir einen neuen Job als Anwältin suchen muss, um die Schulden und die Miete weiterhin bezahlen zu können, werde ich diesen Weg einschlagen. Mit der Kündigung in der Hand betrete ich den Meetingraum. Die Nachbarn haben sich bereits eingefunden und sitzen mit einem Lächeln auf den Lippen rund um den Tisch. Ling winkt mich zu sich und ich sinke auf den Stuhl neben ihr.

North betritt mit Sue und ein paar anderen Anzugträgern das Büro. Seine Miene ist ausdruckslos. Kurz begegnen sich unsere Blicke und ich verspüre einen Stich in meinem Herzen. Ich habe zwar den Kampf für unser Zuhause gewonnen, dafür habe ich aber mein

Herz verloren. Auch wenn ich für North und mich keine Zukunft sehe, liebe ich ihn immer noch. Gefühle kann man eben nur bis zu einem gewissen Grad manipulieren. Leider sind die Schmetterlinge in meinem Bauch sofort da, wenn er mich ansieht. So wie letztens in der Wohnung. Auch wenn ich dort mit aller Gewalt versucht habe, ernst und sachlich zu bleiben, habe ich in meinem Innersten einen harten Kampf ausgefochten, um das laute Schreien meines Herzens zu unterdrücken. Ich wollte ihm um den Hals fallen, ihn küssen und für immer in seinen Armen liegen, aber ich habe ihn von mir gestoßen, denn noch immer habe ich kein Vertrauen zu ihm gefasst.

»Guten Tag«, begrüßt er uns und legt einen Stapel Verträge auf den Tisch. »Wie mit Ms Westwood bereits besprochen, wurden die Verträge auf Ihre Wünsche geändert.«

Ling erhebt ihre Stimme und steht auf. »North, wir schätzen deine Arbeit wirklich sehr und sind für dein Entgegenkommen unglaublich dankbar. Übrigens haben wir am Sonntag wieder unser gemeinsames Nachbarschaftsessen. Vielleicht kommst du mit South?«

Sein Blick heftet sich für einen langen Moment an Ling, ehe er sich Sue zuwendet. »Kannst du bitte den Mietern ihre Unterlagen austeilen?« Sie nickt zustimmend und beginnt, jedem am Tisch die Dokumente zu überreichen. »Alles Weitere werden meine Anwälte mit Ihnen besprechen.« Bevor North den Besprechungsraum verlässt, blickt er noch einmal in die Runde und als sein Blick an mir hängen bleibt, setzt mein Herz für ein paar Takte aus. Die Tür fällt ins Schloss und nun ist der Schlussstrich zwischen ihm und mir gezogen.

»Du solltest ihm folgen und ihm eine zweite Chance geben, denn er liebt dich so wie du ihn.« Ling lächelt mich an.

»Genau!«, wirft Sue ein, während sie mir den neuen Vertrag in die Hand drückt. »Seit ich ihn kenne, war er noch nie so glücklich wie mit dir. Und jetzt willst du nur wegen Richard und Christine, die wirklich nur hinter seinem Geld her waren, alles hinschmeißen?«

Ich blicke zu ihr auf. »Chris hat ihr Zuhause nur wegen ihm verloren.«

Sue schüttelt den Kopf. »Hat sie das erzählt?« Sie seufzt. »Er hat damals mit ihr Schluss gemacht, weil er für sie keine Gefühle mehr hatte, und dann hat sie ihm mit diesem ominösen Video erpresst. Du denkst, diese Frau ist ehrlich? Sie ist die Inbrunst des Teufels.«

»Und Richard?«

»North wusste von all dem nichts. Er kann das Geschehene nicht rückgängig machen, aber zumindest hat er Richard gefeuert.« Sue wirkt sichtlich erleichtert.

»Jetzt geh ihm schon hinterher«, fordert Ling mich auf, weil ich wie in Schockstarre dasitze.

»Ja, lauf, bevor er aus London verschwindet.« Sue legt ihre Hand auf meine Schulter.

»Wie lange ist er weg?«, frage ich und ein flaues Gefühl in meiner Bauchgegend macht sich breit.

»Vielleicht für immer?« Sue zieht eine Braue nach oben und verschränkt die Arme vor ihrer Brust.

Wie in den schnulzigen Filmen laufe ich los. Denn

alles, was Sue mir gerade erzählt hat, beweist Norths Unschuld und ich war so naiv und habe Chris vertraut, obwohl meine innere Stimme dagegen rebellierte. Meine Füße fliegen förmlich über den Marmorboden, bis ich schwer atmend vor Norths Büro ankomme. Ohne anzuklopfen, reiße ich die Tür auf. Er steht vor seinem Schreibtisch und packt gerade seinen Laptop in seinen Trolley.

»Stimmt schon wieder etwas mit den Verträgen nicht?«

Ich knalle die Tür hinter mir zu, ehe ich auf ihn zurenne und seine Lippen mit meinen verschließe. Ich will nicht drum herumreden, was war oder nicht. Wir beide wurden wie zwei Marionetten von Christine und Richard vorgeführt. Er liebt mich und ich ihn, dafür braucht es keine Worte, sondern Taten.

Norths Hände finden erst nach einer Weile meinen Körper. Bestimmt ist er überrascht und weiß nicht einmal, wie ihm gerade geschieht. Doch er lässt den Kuss zu, erwidert ihn sogar. Und als mich seine starken Arme fest an ihn ziehen, gebe ich ein leises Stöhnen von mir. Wie ich mich nach seiner Nähe gesehnt habe. Seine Zunge vollführt den perfekten Tanz mit meiner. Er nimmt meinen Kopf in seine Hände und dann löst er sich von mir. Er blickt mir tief in die Augen und dabei kann ich das dunkle Lodern in seinen erkennen.

»Wieso hast du plötzlich deine Meinung mir gegenüber geändert?«

»Weil ich dich liebe«, sage ich und küsse ihn wieder. Ich will auf seine Antwort nicht warten, denn ich weiß, wie er für mich empfindet. Ich war mir noch nie so sicher und irgendwie ärgere ich mich über mich selbst, dass ich ihm nicht vertraut und geglaubt habe. Doch das ist Vergangenheit. Nun steuern wir geradewegs auf eine neue Zukunft hin. Er hebt mich hoch und setzt mich auf seinen Schreibtisch. Schnell öffnet er meine Bluse und ich kann es kaum erwarten, dass er mich überall berührt. Hier in seinem Büro auf seinem Schreibtisch soll er mich haben, wie er will. Ich bin bereit, mich ihm völlig hinzugeben. Ich habe meine Zweifel ihm gegenüber abgeschüttelt.

Er schiebt meinen Rock hoch und seine Hand wandert zwischen meine Beine. »Verdammt, bist du feucht«, keucht er an meinem Ohr und ein wohliger Schauder flattert über meine Haut. Jedes Nervenende wird durch seine Berührung stimuliert und aktiviert. Mit schnellen Handgriffen öffne ich seine Hose, die ihm zu den Knöcheln runterrutscht. Wie von Zauberhand hat er ein Kondom in der Hand und streift es sich über.

Wir beide brauchen kein großes Vorspiel, denn unsere Körper rufen förmlich nach dieser intimen Nähe.

North schiebt meinen Slip ein Stück zur Seite und dann stößt er in mich. Ich wimmere leise, obwohl ich am liebsten lauthals schreien würde. Er füllt mich völlig aus und die Reibung, die er in mir erzeugt, ist einfach himmlisch. Meine Lider beginnen zu flattern, als sich erste Wellen eines Orgasmus ankündigen. Meine Finger krallen sich an seinem Hemd fest, um den Halt nicht zu verlieren. Norths leises Stöhnen vermischt sich mit meinem zu einem flüsternden Cocktail, der trotzdem sein gesamtes Büro mit unserer Lust tränkt. Sein Schreibtisch vibriert, wie mein Körper auch. Alles um mich herum verschwimmt, denn die Ekstase schwappt wie eine drei Meter hohe Welle über mich. North verzieht das Gesicht, als er noch einmal in mich stößt und mit einem zufriedenen Lächeln auf mich sackt.

»Baby, das war …« Er atmet abgehackt.

»Unglaublich?«, beende ich seinen Satz.

Er nickt und blickt zu mir auf. »Ich wusste wirklich nicht, was Richards …« Ich lege meinen Zeigefinger auf seine Lippen und schüttle kaum merklich den Kopf.

»Ich weiß und es tut mir leid, dass ich dir nicht vertraut habe. Wirst du jetzt trotzdem London für immer verlassen?«

Langsam zieht er sich zurück und entsorgt das Kondom im Mülleimer. »Wie kommst du darauf? Wegen dem Trolley? Ich wollte nach Hause, um von dort aus zu arbeiten.«

Ich muss kichern. »Sue kann wirklich sehr gut schauspielern.«

»Ja, Sue hat ein gutes Händchen, Menschen wieder zueinander zu führen. Wir sollten vielleicht zurück in den Meetingraum und sie zur Rede stellen.«

Ich ziehe meinen Rock zurecht und schließe meine Bluse. »Möglicherweise keine dumme Idee. Wir könnten aber auch einfach abhauen und einen wunderschönen Tag gemeinsam genießen.«

Er kommt auf mich zu und blickt mir so tief in die Augen, dass mein Herz ein paar Saltos schlägt. »Dein

Vorschlag gefällt mir eindeutig besser«, raunt er an meine Lippen, ehe er mich leidenschaftlich und voller Hingabe küsst.

Vier Wochen sind seither vergangen und auch wenn sich die Wogen in der Firma und auch zwischen North und mir geglättet haben, steht ein wichtiger Punkt weiterhin an. Denn Chris hat noch immer dieses Video und sie könnte jederzeit damit an die Öffentlichkeit treten. North will diesbezüglich keine weiteren Schritte unternehmen, aber ich kann ihre Taten nicht ignorieren. Außerdem könnte sie jederzeit Norths Vorhaben, eine bessere Wohnsituation für arme Menschen in London zu schaffen, gefährden.

Die Kellnerin serviert mir den Tee und am liebsten würde ich ihn sofort zur Beruhigung trinken. Denn in wenigen Minuten wird die Person vor mir stehen, die mit nur einem Klick alles zerstören könnte, was North in den letzten Jahren aufgebaut hat. Die Recherche über Christine hat mir einiges offenbart und ich hoffe, sie realisiert, welche Möglichkeiten sich ihr durch diesen Deal bieten.

North war anfangs von meiner Idee nicht begeistert, aber ich kann ziemlich hartnäckig sein, was hoffentlich auch in diesem Fall eine positive Wendung herbeiführen wird.

Mein Blick verharrt an der Eingangstür und jedes Mal, wenn die Tür aufspringt, halte ich die Luft kurz an. Und jedes Mal aufs Neue puste ich die angestaute Luft wieder aus, weil jemand anderes das Café betritt. Mein Blick wandert zu meiner Armbanduhr, Chris hat bereits über zehn Minuten Verspätung. Meine Hoffnung schwindet mit jeder vergangenen Minute.

Vorsichtig nippe ich vom heißen Tee, als Chris eintritt. Sie blickt sich um und entdeckt mich schnell. Sie kommt auf mich zu und ich erhebe mich.

»Schön, dass du so spontan Zeit gefunden hast.« Ich strecke ihr meine Hand entgegen. Sie blickt darauf, als hätte ich etwas Ekliges an meinen Fingern kleben, und ich ziehe meine Hand zurück.

»Also, um was geht es?« Ihre Augen funkeln mich misstrauisch an.

»Setz dich doch zuerst.« Ich lächle und deute ihr, Platz zu nehmen. Sie folgt meiner Bitte und blickt sich mehrmals um.

»Guten Tag, was kann ich Ihnen zu trinken bringen?«, fragt die Kellnerin freundlich.

»Nichts, danke, ich bleibe nicht lange«, erwidert Chris trocken.

Augenblicklich werde ich unruhig. Weiß Chris bereits davon, dass North und ich wieder ein Paar sind? Ich habe stärkere Karten in der Hand als sie, rufe ich mir in Erinnerung und augenblicklich beruhigt sich mein Herzschlag.

»Kannst du jetzt endlich zu reden beginnen? Deine Nachricht klang ziemlich wichtig.« Sie verschränkt die Arme vor ihrer Brust.

»Na ja, du strebst ja seit Längerem eine Karriere in der Filmbranche an und ich könnte dir einen Kontakt vermitteln, der vielleicht deine Karriere in diesem Bereich ankurbelt.«

»Das hast du in deiner Nachricht erwähnt, aber wieso willst du mir dabei helfen? Immerhin sind du und North ja wieder ein Herz und eine Seele.« Sie beugt sich etwas über den Tisch. »Oder hast du etwa Angst, dass ich das Saubermannimage des lieben North zerstören könnte?«

Nun beuge ich mich etwas über den Tisch. »Tja, vielleicht ist das so. Wenn man es aber aus der juristischen Sicht betrachtet, würdest du genauso in die Verantwortung gezogen werden wie North. Denn du hast es niemals zur Anzeige gebracht. Aber lass uns nicht über juristische Dinge plaudern.« Ich schiebe ihr einen Vertrag zu. »Genau genommen unterzeichnest du eine Verschwiegenheitsklausel, händigst mir das Original aus, löschst jegliche Sicherheitskopien und erhältst im Gegenzug ein Vorsprechen bei der größten Vermittlungsagentur in der Filmbranche Englands.« Ich atme hörbar aus. Ein Bekannter aus meiner Studienzeit war mir noch etwas schuldig, weil ich des Öfteren für ihn ein paar Hausarbeiten unterstützt habe. »Ich würde sagen, für beide Seiten ein grandioser Deal.« Ich lege einen Stift auf den Vertrag und lehne mich dann siegessicher zurück. Auch wenn ich nach außen selbstbewusst wirke, rast mein Herz.

»Das ist noch keine Zusage für einen Film. Also mehr für North ein Vorteil als für mich.«

»Das ist mehr, als du die letzten Jahre in diesem Bereich erreicht hast und eine grandiose Chance.

Normalerweise hat man dort kaum Möglichkeiten zu einem Vorsprechen und das weißt du. Also unterschreib diesen Vertrag und du kannst bereits morgen dort erscheinen. Oder du gehst mit dem Video an die Öffentlichkeit, hast vielleicht ein kurzes Gastspiel und landest genauso vor Gericht wie North. Du hast deine Zukunft selbst in der Hand.« Ich pokere hoch, aber das ist die einzige Möglichkeit, North aus dieser Situation zu retten. Er wollte bei diesem Treffen dabei sein, aber das wäre wohl in einer Katastrophe geendet.

»Ich will noch weitere fünfzigtausend Pfund zugesichert bekommen.« Sie rutscht auf ihrem Stuhl hin und her. Auch sie pokert hoch, aber damit habe ich gerechnet. Damals war ihr Geld wichtig und warum sollte sich das heute verändert haben.

»Zwanzigtausend und du unterschreibst sofort.« North hätte auch mehr bezahlt, aber diese Summe ist meines Erachtens hoch genug.

Chris reibt sich die Stirn. Sie schiebt den Vertrag vor und zurück. Nach längerem Zögern schnappt sie sich den Stift und unterzeichnet.

»Sehr gute Entscheidung«, sage ich und trinke den letzten Schluck meines Tees aus.

»Er wird dich früher oder später genauso zerstören, wie er mich damals vernichtet hat.« Chris erhebt sich und eilt aus dem Café.

1 Jahr später

. . .

»Wir sollten unbedingt die neuen Verträge besprechen.« Ich betrete Norths Büro.

Er erhebt sich und kommt auf mich zu. »Zuerst solltest du mich küssen.« Er zieht mich in seine Arme und wirbelt mich mit ihm um die halbe Achse, ehe er seine Lippen auf meine presst.

Die letzten Monate mit North waren unbeschreiblich schön. Den Job in der Bar habe ich kurz nach unserer Wiedervereinigung an den Nagel gehängt. Meine Mutter hat gleich darauf endlich wieder einen Job gefunden, weshalb sich unsere Geldsorgen zwar nicht komplett in Luft aufgelöst haben, sich aber trotzdem unser Leben massiv vereinfacht hat.

Vergangene Woche waren North und ich für ein paar Tage in Paris. Wir haben dort unzählige schöne Stunden verbracht, doch nun hat uns die Realität wieder. Die Arbeit ist nicht weniger geworden. North hat eine neue Strategie entwickelt, die es ermöglicht, Menschen mit geringerem Einkommen ein schönes Zuhause zu verschaffen. Er ist hier in London Vorreiter in dem, was er macht.

Er hat es definitiv nicht immer leicht, die Probleme zu lösen. Denn auch er muss wirtschaftlich denken. Trotzdem hat er eine unglaubliche Möglichkeit für die Obdachlosen gefunden, um sie wieder in die Gesellschaft zu integrieren. Einige von ihnen arbeiten mittlerweile in unserem Unternehmen und haben dadurch eine Chance bekommen, wieder Fuß zu fassen. Viele von diesen Menschen waren froh, endlich wieder eine Aufgabe zu erhalten. Zwar sind die Gehälter angemessen, jedoch machen sie oft freiwillig Überstunden, weil sie North für die Möglichkeit unsagbar dankbar sind. Ich bin so stolz auf ihn.

»Habe ich dir schon gesagt, wie sehr ich dich liebe?«, flüstert er an meinen Lippen.

Ich runzle gespielt die Stirn. »Vor einer Stunde das letzte Mal«, antworte ich und muss schmunzeln.

»Eindeutig viel zu lange her.« Er küsst mich erneut und ein leises Seufzen entweicht mir. »Übrigens darf Claire heute nach Hause«, sagt er, als er von mir Abstand nimmt.

»Das ist doch großartig. Wie geht es ihr?«

»Henry meinte, es liege noch viel Arbeit vor ihnen, aber sie könne mittlerweile ein paar Wörter sprechen. Das Gehen funktioniert mit dem Rollator schon ganz gut. Vielleicht sollten wir sie die Tage besuchen?«

»Das klingt nach einer hervorragenden Idee, hast du mit Henry schon darüber gesprochen?«

»Ja, er überlegt sogar, eine kleine Party für sie zu veranstalten.«

»Das gefällt Claire bestimmt.« Claire hat die letzten Monate unglaubliche Fortschritte gemacht. Die Ärzte reden von einem medizinischen Wunder. Ich hingegen denke, dass Familie und Freunde ihr geholfen haben, wieder ins Leben zurückzufinden. Vor allem hat man sie nicht aufgegeben, sondern weiterhin Hoffnung gehabt. Ihr Ehrgeiz, ihr Leben wieder normal zu meistern, ist für mich beeindruckend.

Claire und North haben mir gezeigt, dass man das Unmögliche möglich machen kann, wenn man eine

Vision vor Augen hat. Verliere nie die Hoffnung, dein Ziel zu erreichen, denn von einem Tag auf den anderen kann sich dein Leben auf wundersame Weise verändern.

North zieht mich erneut in seine Arme. »Viel mehr würde mir gefallen, wenn du dein Höschen zu Hause vergessen hast«, raunt er in mein Ohr und meine Wangen beginnen zu glühen.

»Finde es doch heraus«, necke ich ihn und streichle mit dem Zeigefinger über seine harte Brust.

Ende

EIN BLICK HINTER DIE KULISSEN

Du wolltest schon immer erfahren, wie es bei mir hinter den Kulissen abläuft? Keine Neuerscheinung von mir verpassen? Vor der Veröffentlichung schon das Cover und Klappentext sehen?

Dann melde dich gleich jetzt bei meinem Newsletter an. https://www.evaperkics.com/newsletter/

Außerdem habe ich für Schreibanfänger:innen einen Blog auf meiner Homepage eingerichtet. Vielleicht ist ja der eine oder andere Tipp für dich dabei.

BÜCHER VON EVA PERKICS

Mr. Womanizer in Love

Manchmal muss man sich seiner Vergangenheit stellen, um die Gegenwart zu verändern.

Vincent Price ist der heißeste Junggeselle New Yorks und möchte am liebsten die ganze Welt retten. Doch er trägt eine schwere Last mit sich, die ihn daran hindert, das wahre Glück der Liebe zu finden.

Grace Middelton ist stark und selbstbewusst. Ihr Vater ist der einzige Mensch, der ihr das Gefühl vermittelt, schwach zu sein und ihre Ziele niemals zu erreichen. Durch ihn wird sie von Wut und Hass geleitet, was zur Folge hat, dass sie und Vincent ständig aneinandergeraten.

Ein Abend verändert zwischen den beiden alles. Und plötzlich werden aus Feinden Freunde. Vincent strahlt eine innere Ruhe aus, die auf Grace übergeht. Sie lernt durch ihn eine andere Seite des Lebens kennen.

Aber ist Vince mutig genug, sich seiner dunklen Vergangenheit zu stellen?

Wenn aus Feindschaft Freundschaft wird, können dann aus Freunden Liebende werden?

Weitere Bücher der Autorin

Who is the Boss

Who is the CEO

Die Stille hinter den Wolken

Der Donner hinter dem Sturm

ÜBER DIE AUTORIN

Eva Perkics schrieb ihre ersten Romane unter dem Pseudonym Eva Fay. Bis sie sich dazu entschied, zu ihren Wurzeln zurückzukehren und ihren Geburtsnamen wählte.

Sie liebt es, Geschichten, die genauso gut aus dem Leben gegriffen sein könnten, zu kreieren. Sie möchte die Leser im Herzen berühren und zum Nachdenken anregen.

Neben dem Schreiben nimmt ihre Familie einen wichtigen Teil ihres Lebens ein.

Man findet sie auf Facebook, Instagram und Tik Tok. Sie freut sich auf den persönlichen Austausch mit den Lesern.

facebook.com/EvaPerkics.autorin
instagram.com/evaperkics.autorin